KB021217

대한민국의 빛과 소금,
공복들 ❷

대한민국의 빛과 소금,

공복들 ②

파이낸셜뉴스 지음

북스토리

힘들고 낮은 곳에서 수고하는 모든 공복들에게 감사합니다

지난 2013년 여름, 원전 비리와 사고가 잇따라 터지면서 전력 확보에 비상이 걸렸습니다. 그때 파이낸셜뉴스는 서울 당인리 발전소를 찾아 찜통더위 속에서 전력 위기를 극복하기 위해 사투를 벌이는 발전소 직원들을 취재·보도했습니다. 그리고 구슬땀을 흘리는 그들을 격려하고 위로하는 마음에서 시원한 수박을 보낸 적이 있습니다. 그 일이 있은 뒤 우리 사회를 위해 묵묵히 일하는 그들의 존재를 세상에 보다 널리 알려야겠다는 생각을 갖게 됐습니다.

이 책의 토대가 된 이른바 〈공복公僕 시리즈〉는 그렇게 해서 탄생했습니다. 2014년 1월에 '대한민국의 빛과 소금, 공복들'이라는 큰 타이틀 아래 서울 대림동 차이나타운의 경찰관들을 다룬 첫 기사가 나갔습니다. 시리즈는 당초 5회로 짧게 기획했으나, 독자들의 뜨거운 관심 속에 해를 두 번 넘긴 끝에 2016년 3월 대단원의 막을 내렸습니다.

흔히 공무원이라면 편한 직업이라고 생각합니다. 비리 사건이 터지면 싸잡아 손가락질을 받기도 합니다. 그러나 우리 주위엔 낮고 어두운 곳에서 묵묵히 제 역할을 다하는 공무원들이 많습니다. 바로 이 책에 소개된 분들이 그렇습니다.

서해 작은 섬에서 나 홀로 밤을 지새우며 일하는 항로표지관리원(등대지기)은 한 달에 한 번 가족을 보는 게 전부입니다. 강원도 태백의 광산보안관은 지하 1,000m 막장으로 내려가 탄부들의 안전을 챙깁니다. 이른 새벽부터 거리에 나와 쓰레기를 치우는 환경미화원, 무거운 소방장비를 메고 시뻘건 불 속으로 뛰어드는 소방대원도 있습니다.

이 책은 파이낸셜뉴스 기자들이 일일이 이들을 찾아다니며 발로 쓴 생생한 기록입니다. 때론 항만청소선을 타고 바다 쓰레기를 치우기도 하고, 때론 철도장비팀을 따라 지하철 동굴 속을 걸어 다니기도 했습니다.

그래도 기자들은 행복했습니다. 몸은 힘들었지만 우리 사회의 빛과 소금을 세상에 소개한다는 데 큰 보람을 느꼈습니다. 취재에 응한 공무원들도 언론에 보도된 뒤 더 큰 자부심과 사명감을 갖게 됐다고 이구동성으로 말합니다.

빛도 없이 힘들고 낮은 곳에서 수고하는 모든 공복들과 참언론의 소명을 다하기 위해 전국을 구석구석 뛰어다닌 기자들의 헌신과 노고 위에 하나님의 크신 사랑과 은혜가 함께하시길 기원합니다.

파이낸셜뉴스 대표이사 회장
전재호

행복한 사회를 만들어 가는 공복의 길을 다시 생각하며

흐르는 강물은 쉬지 않고 흘러야 한다는 '천류불식川流不息'의 사자성어처럼 우리 사회가 하루도 쉼 없이 평온하게 흘러갈 수 있는 것은 사회의 곳곳에서 맡은 바 업무를 다하고 있는 사람들이 있기 때문이다. 이들 가운데는 국민을 위해 '공복公僕'이라는 이름으로 묵묵히 헌신하며 소임을 다하고 있는, 드러나지 않는 공직자들이 있다. 우리가 정부혁신을 통해 이루고자 하는 것도 결국은 공직자들이 공복으로서 국민을 위해 맡은 바 소임을 성실히 이행해 국가와 사회가 멈춤 없이 원활하게 돌아가고, 국민들이 편안하고 행복하게 살 수 있도록 만드는 것이다.

이번에 파이낸셜뉴스에서 발간하는 『대한민국의 빛과 소금, 공복들』은 우리 사회의 빛과 소금이 되어 전국 각지에서 국민을 위해 헌신하고 땀 흘리는 100여 명 공직자들의 이야기를 담고 있다. 정부혁신을 이끌고 있는 행정자치부장관으로서 반갑기만 하다.

특히 이 책은 파이낸셜뉴스 취재기자들이 무려 2년에 걸쳐 현장에서 애쓰고 있는 공직자들의 모습을 직접 보고 겪은 경험을 생생하게 풀어내고 있으며, 헌신하는 공직자들의 노고와 애환을 꾸밈없이 담아냈다.

사실 공직자의 삶은 일반 국민이 생각하는 것만큼 쉽지 않다. 자신이나 가족을 앞세우기보다 국가와 국민을 위해 공복으로서 봉사하며 희생하는 자리이기 때문이다. 국가와 사회를 위해 희생은 기본이고, 다소 억울한 상황에 부딪치더라도 조용히 감내해야만 하는 경우도 있다. 그래서 '공복'이라는 호칭에는 국민에 대한 엄중한 책임감과 사명감이 담겨 있다고 하겠다.

이 책이 오늘도 국민들 삶의 현장 곳곳에서 국민을 위해 사명감을 가지고 묵묵히 일하는 공직자들에게 힘이 되고, 공복의 길을 다시 되돌아보는 소중한 기회가 되길 소망한다. 아울러 국민들에게는 공직사회를 좀 더 따뜻하고 새롭게 바라볼 수 있는 계기가 되기를 기대한다.

공직사회를 새롭게 조망할 수 있는 좋은 책을 발간하는 데 애써주신 파이낸셜뉴스 가족 여러분께도 감사의 말씀을 전한다.

행정자치부장관
홍윤식

음지를 밝히는 묵묵한 헌신들, 그들이 있어 오늘도 안심합니다

우리나라에서 공무원은 '철밥통'으로 불린다. 공무원법에 따라 신분 보장이 철저히 이뤄지고, 시간이 흐르면 호봉에 따라 봉급이 차곡차곡 올라가니 '만년 직장' '만년 직업'이라는 조롱을 받고, 공기업이나 공공기관에 근무하는 이들에게는 '신의 직장'이라는 부러움 섞인 조소가 따른다. 게다가 정부가 '개혁'을 부르짖을 때마다 첫손가락에 꼽히는 이들이기도 하다. 하지만 우리 사회에는 꼭 필요하지만 아무도 알아주지 않는 음지에서 묵묵히 자신의 일을 수행하는 '공복'들도 참으로 많다. 이들의 희생이 있어 우리 사회가 유지된다고 해도 과언이 아니다.

그동안 공무원들을 바라보는 국민들의 시선은 대체로 부정적이었던 게 사실이다. 특히 세월호 사고 이후 이런 양상은 더 심화됐다. 그러나 이런 공무원의 이미지를 불식시키는 공복은 사회 곳곳에 존재했다. 국민들의 안전과 행복을 위해 불철주야 온몸을 던지면서 일하는 공무원들이 많지만 의외로 이 같은 사실이 사회에 잘 알려지지 않는 것 또한 사실이다. 파이낸셜뉴스의 『대한민국의 빛과 소금, 공복들』은 바로 이런 공무원을 찾아 알리고자 기획됐다.

2014년 1월 2일, 중국 동포 밀집지역으로 치안 수요가 많은 서울 영등포경찰서 대림파출소 경찰관을 시작으로 대장정에 오른 『대한민국의 빛과 소금, 공복들』은 그동안 외딴 섬부터 깊은 산속까지 음지에서 고생하며 묵묵히 헌신하는 공복이 있는 곳이라면 어디든지 달려가 그들의 일상을 취재했다. 총 90개 이상 팀과 70개가 넘는 기관이 『대한민국의 빛과 소금, 공복들』에 참여했다. 모두 '우리가 낸 세금이 전혀 아깝지 않다'는 생각이 들 만큼 고생하는 이들에 대한 얘기다.

국민들에게 비교적으로 익숙한 경찰관, 소방관, 사회복지사 등을 비롯해 유해발굴감식단, 특허심사관, 국가지진센터, 항만청소선, 한우연구실 등 익숙하지 않은 공복들도 발굴, 적극 알렸다.

『대한민국의 빛과 소금, 공복들』의 가장 큰 특징은 공복들이 일하는 현장에 기자가 나가 함께 체험하고 기사를 작성했다는 점이다. 전 시리즈에 걸쳐 전문성을 요구하는 업무를 제외하고는 단속 현장, 근무 현장에 늘 동행했다. 『대한민국의 빛과 소금, 공복들』의 생동감은 자료나 인터뷰를 통해 전해 듣기보다는 현장에서 직접 보고 썼기 때문에 나올 수 있었다.

『대한민국의 빛과 소금, 공복들』의 또 다른 특징은, 평소 국민들이 잘 알지 못했던 공복들까지 상세히 소개했다는 점이다. 공무원이라면 으레 경찰관, 소방관, 주민센터 직원 등을 떠올리기 쉽지만 실제로는 사회 전 분야에 걸쳐 묵묵히 헌신하는 공복들이 많다.

2년 이상 진행되며 사회 곳곳에서 소리 소문 없이 국민의 안전과 행복을 지켜주는 공무원을 발굴, 활약상을 소개한 『대한민국의 빛과 소금, 공복들』에 참여했던 공복들은 하나같이 뿌듯함을 느꼈다고 말했다. 또 자신이 하는 일이 어떤 일인지 되새기며, 사명감과 책임감을 다시 한 번 느꼈다고 전했다.

『대한민국의 빛과 소금, 공복들』을 읽은 독자들 또한 공무원들이 이렇게 다양한 일을 하고 있는지도, 이만큼 고생하는지도 몰랐다며 신선한 충격이라는 반응을 보였다.

일부 공무원들의 부정·부패 등으로 공직사회 전체가 매도당하고 있는 안타까운 현실 속에서도, 뒤에서 말없이 열심히 노력하고 국민을 위해 봉사하는 공복들이 훨씬 많다는 점을 다시 한 번 되새기는 데 『대한민국의 빛과 소금, 공복들』이 작은 물꼬가 되길 바란다.

CONTENTS

2장 왜 이런 일을 하냐고요?

3장 끊임없는 고민과 끝없는 보람

1장

나를 더욱 성숙하게 만드는 일

지적공사

대한지적공사 부산연산2지구 지적재조사팀, 삶의 경계를 바로잡다

서울 서대문구에 사는 김모 씨는 30년 넘게 살아온 단독주택이 낡아 새로 짓기로 마음먹었다. 집을 지으려고 측량을 하니 생각지도 못한 일이 생겼다. 땅의 경계가 옆집을 2m가량 잠식하고 있었던 것이다. 옆집 역시 그 옆집을 똑같이 침범하고 있다는 것을 알게 됐다. 최악의 경우 집을 못 짓거나 소송까지 벌여야 할 상황이었지만 다행히 김씨는 이웃과 원만하게 합의했다.

토지를 재정비하거나 택지를 개발할 때 가장 먼저 하는 일이 땅의 주민등록이라 할 수 있는 '지적地籍공부'를 조사하는 것이다. 그런데 지적이 잘못돼 김씨와 같이 낭패를 겪는 경우가 각지에서 비일비재하게 벌어지고 있다.

2015년 3월 11일 대한지적공사(LX) 등에 따르면 전국의 3,710만 8천 필지 가운데 553만 6천 필지(14.8%, 2009년 기준)가 지적도상 경계와 실제 토지의 경계가 일치하지 않는 '지적불부합지'다. 이 때문에 연간 수만 건에 이르는 토지 분쟁이 일어나고, 소송 비용이 수천 억 원을 웃돌아 막대한 사회적 낭비를 초래하고 있다.

근본 원인은 100년 전 일제 강점기에 만들어진 낡은 종이지적도를 사용해온 데 있다. 당시 일본은 토지 수탈과 세금 징수를 위해 대나무 줄자, 연필, 한지 등 전근대적인 측량 장비와 기술을 사용해 지적도를 제작했다. 경제성에 따라 500분의 1부터 6,000분의 1까지 여러 종류의 축척을 사용했고, 서울도 지역별로 축척이 달라 지적도를 연결하면 맞지 않는 곳이 부지기수였다.

이후 한국전쟁 등을 거치면서 상당수의 지적도가 소실됐고, 종이 도면이 훼손되기도 했다. 또 재작성으로 인한 정확도의 한계와 도시화를 거치면서 많은 건물이 무단으로 신·증축돼 지적불부합지는 늘어날 수밖에 없었다. 이러다 보니 1990년대 지적도의 전산화 과정을 거쳤음에도 초기 지적도의 오류는 그대로 남아 있다.

이에 따라 정부는 2012년부터 '지적재조사' 사업을 시작, 오는 2030년까지 1조 3천억 원을 들여 잘못된 땅의 경계를 바로잡을 계획이다. 첨단 장비를 이용해 기존의 지적공부를 새로운 디지털 지적공부로 대체함으로써 국민의 재산권 보호는 물론 국토를 더욱 효율적으로 관리하자는 것이다. 2014년까지 전국 493개 지구, 14만 8,885필지에 대해 지적재조사를 이미 마쳤거나 진행 중이다. 2015년 2월 26일, 지적재조사 작업이 한창인 금련산 아래 부산 연제구 연산동 연산2지구를 찾았다.

한 치의 오차 없는 지적도 만들기

오전 9시가 조금 넘은 시각, 부산지하철 3호선 배산역에서 미로처럼 좁고 구불구불한 골목길을 따라 한참을 올라갔다. 낡은 다세대·다가구 주택들이 줄지어 선 모습이 서울 같으면 벌써 재개발이 됐을 법한 동네다. 느릿한 걸음으로 20여 분이 지나서야 연산2지구 지적재조사 현장에 도착했다. 새로 건설하려다 공사가 중단된 2차선 도로가 현지 사정을 잘 설명해주고 있었다. 연제구청 관계자는 "연산2지구는 10여 년 전에 지적불부합지로 지정돼 그동안 주민들의 불편이 이만저만 아니었다"며 "중단된 도로공사 역시 지적재조사가 마무리돼야 재개할 수 있을 것"이라고 설명했다.

지적불부합지로 지정되면 각종 인·허가가 제한되는 것은 물론 토지 거래도 제한을 받게 된다. 동행한 대한지적공사 김성수 팀장이 "특히 집을 신축할 때 옆집이 내 땅을 점유하고 있어도 그만큼 짓지 못하고 점유 현황대로 지어야 한다"고 부연했다.

한쪽 토지의 경계를 정리해주려 해도 '도미노' 식으로 인접한 토지 소유자 사이에서 경계 분쟁이 발생하기 때문에 불가능하다. 법적 근거가 없어 지금까지는 토지 소유자 간의 합의가 유일한 해결 방안이었다.

2014년 1월 지적재조사가 시작된 연산2지구는 151필지에 전체 면적은 3만 3,843m², 토지 소유자는 모두 142명이다. 김 팀장은 "원래는 주민 동의를 얻는 게 가장 힘든데 연산2지구는 오랜 기간 불편을 겪어온 터라 2~3개월 새 일사천리로 진행됐다"며 "측량이 끝나면 오는 7월까지 경계를 확정하고, 조정금 산정·지급 과정을 거쳐 연내 사업을 마무리할 계획"이라고 설명했다.

측량은 2014년 12월부터 대한지적공사 부산·울산지역 본부 소속 박홍식 팀장과 민종대 담당관, 정성규 주임이 맡아서 하고 있다.

연제·동래·금정·해운대·수영구가 관할인 이들 셋은 6개 지구의 측량 작업을 동시에 벌이고 있는데, 그중에서도 연산2지구가 가장 힘든 곳이라고 입을 모았다. 박 팀장은 "다른 지구는 모두 평지지만 연산2지구는 고저차가 심하다 보니 상대적으로 힘들다"며 "부산 지역이 산비탈에 집을 많이 짓긴 했다"고 너털웃음을 지었다.

그래서 하루에 측량하는 양(?)은 보통 7~8가구 정도에 그치고, 경사도가 심하면 더 줄어들기도 한다. 박 팀장은 "우리가 측량한 것을 토대로 경계가 설정되고, 주민들을 설득해야 하기 때문에 '하루에 얼마나 많이 하는가'가 목적이 아니라 '정확하게 하는 것'이 일의 핵심"이라며 "그런 측면에서 다양한 경험과 노하우를 가진 베테랑들이 하는 게 낫지 않나 생각한다"고 말했다.

이들은 모두 지적기술 자격증을 갖고 있다. 박 팀장과 민 담당관은 경력이 30년을 훌쩍 넘었고, 정 주임 역시 7년째 측량을 하고 있다. 옆에 있던 민 담당관이 "논두렁은 하단부, 평지와 담장은 중앙 등으로 경계 설정 기준이 지형지물에 따라 달라지는 탓에 경험치를 무시할 수 없다"고 거들었다.

박 팀장은 "1+1은 2가 되는 것이 맞지만 종이 지적도에서는 그렇지 못한 경우가 많다"며 "현재의 여건에 맞춰서 조정해야 하는 사례도 있어 베테랑의 노하우가 필요한 것"이라고 말했다.

박 팀장에 따르면 낡은 지적도와 실제 면적이 보통은 10~20m², 많게는 60m² 전후로 차이가 난다. 특히 임야는 면적 차이가 크다고 했다. 도면을 만들 때 정밀도가 떨어지기 때문이다. 그는 "임야의 경우 대부분 지적도 축척이 6,000분의 1에 달한다"면서 "1m는 돼야 지적도에 나타나는데 1m가 실제로는 엄청난 차이를 만든다"고 설명했다.

무거운 장비보다 힘든 건 빈집

정 주임이 차에서 장비를 내리는 동시에 측량 작업은 본격적으로 시작됐다. 위치를 잡아주는 장비인 네트워크 RTK를 땅에 박힌 지적 기준점에 정확하게 맞추는 것이 제일 먼저다. 박 팀장은 "위성측량 시스템(GNSS)을 사용해 한 치의 오차도 없는 위치를 잡는 거라 상공 장애가 있으면 안 된다"며 "큰 건물 옆 등은 가능한 피해야 한다"고 말했다.

그다음에 거리와 방향을 재는 토털스테이션으로 멀리 있는 약 2m 길이의 폴을 조준하니 모니터에는 그대로 선이 그려졌다. 이처럼 첨단 장비로 측량을 한 것은 10년이 채 안 된다. 민 담당관은 "옛날에는 줄자·분도계·연필 등을 이용해 수작업으로 측량을 하고, 지적도를 만들었다"며 "지금은 첨단 장비를 이용하니 경사가 있어도 자동으로 수평거리를 측정해주어 아주 편리하다"고 강조했다.

모니터는 기존의 지적도를 나타내는 검은 선과 새로 측량한 빨간 선이 뒤섞여 눈이 어지러울 정도다. 자세히 들여다보니 검은 선과 빨간 선이 일치하는 게 거의 없다. 그만큼 기존의 지적도가 현실 경계와 맞지 않았다는 얘기다. 박 팀장은 "모니터에서는 오차가 1cm도 안 되지만 실제로는 3~5m씩 차이가 난다"며 "연산2지구는 다른 지역보다 오차가 심한 편"이라고 설명했다.

이들은 하루에도 몇 번씩 무거운 장비를 들쳐 메고 비탈을 오르락내리락한다. 한참 계단을 올라가더니 이번에는 한 사람이 지나기에도 벅찬 좁은 골목길로 다시 내려가야 한단다. 골목 여기저기에 임시경계점 표지가 박혀 있다. 민 담당관은 "지구에 따라 수천, 수백 개의 임시경계점 표자를 박는데 이를 연결하면 실제 지적도가 된다"며 "이후 토지 소유주와의 협의를 거쳐 경계를 확정한다"고 말했다.

잠시 후 앞장서서 가던 박 팀장이 어느 집 옥상으로 성큼성큼 올라가더니 장비를 설치했다. 뒤를 따르던 정 주임은 "이 집은 그래도 골목에서 옥상이 바로 연결돼 있어서 다행"이라고 했다.

실제로 장비의 무게보다 이들을 힘들게 하는 것은 빈집이란다. 측량을 위해 무시로 집을 들락날락해야 하는 입장에서는 여간 곤혹스러운 일이 아니라는 얘기다. 주민들의 동의를 받고 하는 일이지만 세입자들은 잘 모르는 경우가 많기 때문이다.

민 담당관은 "대문 앞에서 '계십니까?' 하고 큰 소리로 몇 번 외쳐도 답이 없으면 불가피하게 담을 넘어가기도 한다"면서 "간혹 경찰에 신고하는 주민이 있어서 낭패를 보기도 한다"고 말했다.

"대연지구에서 기준점 측량을 할 때였습니다. 초인종을 눌러도 답이 없어 폴을 들고 담을 넘어갔는데 경찰차가 출동하고 아주 난리가 났더라고요. 하필이면 그 집이 여자 둘이서 사는 집이었답니다. '어떤 남자가 방망이를 들고 침입했다'고 신고가 들어간 거예요. 결국 파출소까지 가서 구청에 확인을 한 뒤에야 오해를 풀었습니다."

옆에 있던 박 팀장이 "슬레이트 지붕에 올라갔다가 지붕이 무너지고, 담을 넘어가다 담장이 무너지고 해서 물어준 사례도 있지 않느냐"며 "과거 신창원이 탈주했을 때는 가방을 메고 몽둥이 비슷한 것을 들고 다니니까 한 주민이 신고해 경찰이 출동한 적도 있다"고 덧붙였다.

박 팀장은 “이달 말이면 1차 측량은 모두 끝난다”며 “측량을 토대로 한 경계 확정, 조정금 산정 · 지급 등 새로 지적공부를 작성하기까지는 주민들의 이해와 협조가 중요하다”고 말했다.

산림청 산림병해충과 방제팀, 더 건강한 숲을 위해 싸운다

'남산 위에 저 소나무 철갑을 두른 듯 바람서리 불변함은 우리 기상일세…….'

애국가 2절의 앞 소절이다. 실제로 소나무는 우리나라 산에서 자라고 있는 나무 다섯 그루 가운데 한 그루를 차지할 정도로 많은 수종이다. 전체 642만ha 중에서 147만ha를 소나무가 차지하고 있는 셈이다. 그 수는 약 16억 그루에 이르는 것으로 추정하고 있다.

소나무는 국민의 67.7%(2010년 갤럽 조사 결과)가 가장 좋아하는 '국민수國民樹'다. 아기가 태어나면 잡신을 쫓기 위해 새끼줄에 솔가지를 내다 걸었고, 죽으면 소나무 관에 묻혀 이 세상을 하직하던 것이 우리 선조들의 일생이었다.

그런데 이 땅의 소나무가 '소나무 에이즈'로 불리는 소나무 재선충병으로 인해 죽어가고 있다. 마땅한 치료제가 없어 걸렸다 하면 베어내는 수밖에 도리가 없다.

주중 내내 떠돌이 생활

2015년 3월 12일 오전, 신경주역에서 포항으로 가는 길은 온통 소나무들의 '공동묘지'였다. 도로를 따라 좌우로 솟은 산에는 소나무 재선충병에 감염된 소나무를 베어내고, 훈증처리를 한 흔적이 여기저기 남아 있었다. 녹색 타포린(훈증포)으로 덮은 무더기가 적게는 10~20개였고, 많은 곳은 40~50개를 훌쩍 넘어 차를 타고 이동하면서 헤아리기가 쉽지 않았다.

한 시간 가까이 달려 포항시 연일읍 중명리 '연일 중명지구'에 도착했다. 포항과 경주의 경계에 있는 형산으로, 확인된 재선충 고사목이 4,500그루에 이른다고 했다.

산림청 산림병해충과 조준규 사무관과 포항시 산림녹지과 소나무 재선충병 방제 태스크포스(TF) 금창석 팀장이 도끼와 톱을 들고 나무를 절단하고 있었다. 기자에게 소나무 재선충을 옮기는 솔수염하늘소의 유충을 보여주기 위해서란다.

조 사무관은 "소나무 재선충병은 소나무 재선충과 매개체인 솔수염하늘소의 합작품"이라고 했다.

"솔수염하늘소는 나이 든 나무에 100개가량의 알을 낳습니다. 애벌레가 그 안에서 자라나 소나무 재선충을 온몸에 묻힌 채 다른 나무의 새순이 나오는 곳에다 퍼뜨립니다. 소나무 재선충 한 쌍이 소나무에 침투하면 불과 20일 만에 20만 마리로 증식해 물과 양분이 올라가는 길을 막습니다. 일주일이면 나무의 색이 변하고 결국은 말라죽게 되죠."

금 팀장이 "소나무 재선충으로 피해를 보는 수종은 소나무·해송·잣나무로, 감염이 되면 솔잎이 우산살처럼 아래로 처지면서 갈색으로 변한다"며 "소나무에 영향을 미치는 병해충이 약 30개가 있는데 그중에서 소나무 재선충이 최고의 치사율을 자랑(?)한다"고 덧붙였다.

포항의 경우 지난 2004년 기계면 내단리에 처음 소나무 재선충병이 발생했다. 부산·경남지역에서 북상한 것으로 추정하고 있다. 2014년 포항에서 발생한 고사목은 22만 7천 그루에 이른다. 올해도 지금까지 19만 그루의 고사목이 생겨났다. 금 팀장은 "지금은 흥해읍이 가장 심하고 계속 올라가고 있다"며 "울진 금강송과 영덕 송이를 지키기 위해 더 이상 번지지 않도록 막는 것이 최대의 과제"라고 설명했다.

산림청과 해당 지방자치단체는 소나무 재선충병 방제를 위해 안간힘을 쓰고 있다. 9월부터 이듬해 4월까지는 유충에 대한 직접방제, 5~8월에는 항공과 지상에서 성충에 대해 직접방제를 실시한다.

또 가을과 겨울에는 솔수염하늘소의 서식처 제거와 나무에 예방주사를 놓는 등 일 년 내내 쉴 틈이 없다.

대구 · 경북지역의 소나무 재선충병 방제를 책임지고 있는 조 사무관은 2015년 1월 초부터 대구를 비롯해 포항 · 김천 · 구미 · 상주 등 18개 시 · 군을 순회하는 '떠돌이'와 같은 생활을 한다. 방제작업이 부진한 곳을 중심으로 돌아다니면서 보완과 재작업 지시 등을 해야 하기 때문이다. 그는 "그래도 주말에는 집에 갈 수 있지 않느냐"며 "제주 · 포항 · 거제 등 심한 지역에 파견된 지역 담당관의 경우 오는 4월까지 둘이서 한 달씩 교대로 상주해야 한다"고 말했다.

길 없는 산으로, 산으로

차를 타고 기계면 현내리의 야산으로 자리를 옮겼다. 여기저기서 기계톱 소리가 요란하게 들렸다. 30~40년을 산 12~15m 크기의 소나무들이 잘려나가고 있었다. 2명이 나무를 베고, 7명은 훈증작업을 벌이는데 하루 작업량은 대략 50~70그루 정도란다.

소나무 재선충병에 걸린 나무에는 붉은색 띠가 둘러져 있고, 위성위치확인시스템(GPS) 좌표와 날짜 등이 적혀 있다. 금 팀장은 "산 건너편에서 보면 소나무 재선충병에 걸린 나무가 잘 보이지만 정작 산으로 들어가면 착시현상 등으로 잘 보이지 않는다"며 "실수로 다른 나무를 베지 않도록 기계톱은 늘 2인 1조가 돼서 움직인다"고 설명했다.

베어낸 나무를 적당한 크기로 잘라 한데 모은 후 '소일킹'과 같은 약제를 뿌리고 타포린을 덮으면 훈증작업은 끝이다. 금 팀장은 "큰 나무는 1~2그루, 작은 나무는 4~5그루를 모아 무더기 하나를 만든다"며 "재발생 우려 때문에 6개월 내 이동을 금지하고 있는데 실제로는 대략 2년간 그대로 둔다"고 했다.

조 사무관이 톱으로 자른 소나무의 단면을 손으로 쓱쓱 문질렀지만 아무것도 묻어나지 않았다. 자세히 들여다보니 나무가 바싹 말라 있다. 그는 "우리가 흔히 쓰는 말 중에 '진이 다 빠진다'는 말이 있는데 꼭 그대로"라며 "소나무 재선충병에 걸린 소나무들은 이렇게 송진이 다 빠져서 죽는다"고 말했다.

소나무 재선충의 확산을 막는 방법은 훈증, 소각, 파쇄 등 3가지다. 소각이 가장 확실하지만 산불의 위험이 있고, 파쇄한 후 펠릿으로 만들어 바이오에너지로 사용하는 방법은 '일석이조'의 효과를 거둘 수 있으나 수집 비용이 만만치 않다. 훈증이 합리적인 선택이지만 경관상 좋지 않은 데다 야생동물들이 파헤칠 경우 재발생 우려가 있는 것이 단점으로 꼽힌다. 금 팀장은 "가능한 한 많이 수집해서 처리하려고 노력하는데 2014년 18%를 수집했고, 2015년에는 30%(약 6만 그루)가 목표"라면서 "하지만 산에 길을 내야 하고, 특히 주민들의 논밭을 훼손할 수밖에 없어 설득하는 데 어려움을 겪고 있다"고 설명했다.

방제작업을 수행 중인 시공사 대표는 "가까운 거리로 갈 수 있어도 주민들이 '내 땅은 안 된다'고 반대하기 때문에 두 배, 세 배 먼 길로 돌아가야 하는 경우도 있다"며 "초기 비용이 들더라도 이번에 작업로를 내면 다음에는 더 쉽고 비용도 줄어들어 궁극적으로는 싸게 먹힌다"고 부연했다.

조 사무관은 "소나무 재선충을 완전히 없앤다는 것은 불가능에 가깝고, 발생 밀도와 확산 속도를 늦춰 통제 가능한 수준으로 만드는 것이 현실적인 과제"라며 "그 과정에서 숲이 더 건강한 모습으로 다시 태어날 수 있을 것"이라고 말했다.

산길을 수차례 오르락내리락하니 다리도 아프지만 옷이 온통 먼지투성이였다. 금 팀장은 "주로 길이 없는 곳으로 다니기 때문에 한 번 현장을 둘러보려면 15~16km는 족히 걸어야 한다"며 "그래서 사무실에는 운동화와 점퍼, 차에는 도끼와 톱을 늘 구비해둔다"고 웃었다.

이들의 노력에 힘입어 '~대한 사람 대한으로 길이 보전하세'라는 애국가 후렴구처럼 건강한 소나무가 가득한 우리 강산이 오래오래 지켜졌으면 하는 바람이다.

소나무 재선충병이란

소나무 재선충병은 일본 · 유럽 · 중국 등지에서 가장 위험한 병해충으로 지정할 만큼 무섭다. 0.6~1mm 크기의 재선충이 공생 관계인 솔수염하늘소의 몸에 기생하다가 솔수염하늘소의 성충이 소나무 잎을 갉아먹을 때 나무에 침입한다. 감염된 소나무는 100% 말라죽는다. 일본의 경우 지난 1905년 최초로 소나무 재선충병이 등장했다. 현재 중요 지역을 제외한 대부분의 소나무가 전멸한 상태로, 사실상 방제를 포기하고 보호수와 해안방풍 등에 대해서만 선택적 방제를 실시하고 있다.

우리나라에서는 1988년 부산에서 처음 소나무 재선충병이 발생했다. 2005년 소나무 재선충병 방제특별법을 제정하는 등 범정부적인 노력에 힘입어 감소세를 보이다 최근 들어 다시 급격하게 확산되고 있다.

산림청에 따르면 지금까지 전국 93개 지방자치단체에서 피해가 발생해 부산 동래구와 충북 옥천군, 전남 목포시, 강원 강릉시를 비롯한 19개 지방자치단체는 방제에 성공했고, 나머지 74개 지자체는 여전히 힘겨운 전쟁을 벌이고 있다.

그동안 피해를 본 고사목은 모두 782만 본에 달한다. 2014년 9월 이후 2015년 2월까지 6개월 사이 파악된 피해 고사목은 121만 본에 달한다. 이 중 86%(104만 본)에 대해서는 방제작업을 마무리했다.

소나무 재선충병은 우리나라의 핵심 생태축인 백두대간을 위협하고 있다. 숲길과 둘레길, 유명 사찰 주변의 아름다운 소나무 경관이 훼손되는 것은 물론 목재·송이·잣의 생산이 크게 감소하는 등 지역경제에도 나쁜 영향을 미치고 있다.

산림청 관계자는 "소나무 숲은 역사·문화·관광자원인 동시에

목재 · 송이버섯 생산 등 경제적 가치도 높다"면서 "경북 울진 소광리의 금강소나무 군락지는 연간 방문객이 2만 명에 이르고, 목재 · 송이 · 잣 생산액은 1천억 원에 육박한다"고 설명했다.

산림청은 2015년을 완전방제 원년으로 삼아 방제에 총력을 기울이고 있다. 661억 원의 방제 예산을 마련해 하루 4천~5천 명의 방제 인력을 투입하고 있으며, 철저한 현장 관리를 통해 완벽한 방제 품질을 확보하는 데 초점을 맞추고 있다.

산림청은 소나무 재선충병 피해를 본 소나무의 수를 2014년 109만 본에서 2015년 33만 본으로 줄이고 2017년에는 '0'으로 만들 계획이다. 산림청 관계자는 "청정지역의 경우 발생 초기 철저한 대응으로 긴급 방제에 성공했고, 이후에도 지속적인 예찰과 체계적인 방제를 통해 청정지역의 지위를 유지하고 있다"며 "적극적인 방제를 실시하면 관리 가능한 수준으로 낮출 수 있을 것"이라고 말했다.

서울 중구청 위조상품 전담팀, 짝퉁 찾기의 달인들

서울의 한복판인 중구에는 명동과 동대문·남대문시장 등 3곳의 관광특구가 있다. 한 해 우리나라를 찾는 관광객 가운데 절반을 웃도는 800여만 명이 이들 관광특구를 거쳐 간다. 외국인 관광객들은 이곳에서 쇼핑을 즐기며 한국에 대한 첫인상을 느끼게 된다.

하지만 명동과 동대문시장 등지에서 팔리는 '짝퉁(위조상품)' 상품은 그동안 외국인 관광객들에게 '대한민국은 짝퉁 천국'이라는 인식을 강렬하게 심어줬다. 3개 관광특구를 모두 관할하는 중구청이 '짝퉁' 상품을 단속하는 전담팀을 만들 수밖에 없었던 이유다. 중구청 관계자는 "서울의 관광특구에서 외국인 관광객들이 '위조상품'을 들여다보고 있으니 창피해서 안 되겠더라"고 말했다.

2015년 3월 26일 밤, 서울 중구청 시장경제과 위조상품 전담 태스크포스(TF) 소속의 특별사법경찰관들과 함께 아직은 차가운 바람이

부는 명동·남대문시장으로 나갔다. "향후 업무에 지장이 초래될 수 있다"는 당사자들의 우려에 따라 조덕진 팀장을 제외하고는 성만 공개한다.

하루 밤새 10km 누벼

위조상품 전담 TF의 사무실은 건물 옥상 한편에 별도로 마련돼 있다. 엘리베이터에서 내려 한 층은 걸어 올라가야 하고, 인터폰을 통해 방문자를 확인한 후에야 문을 열어준다. 모두가 단속에 적발돼 조사를 받으러 나오는 이들을 보호하기 위한 조치라고 했다.

시곗바늘이 오후 9시 30분을 가리키자 조 팀장과 수사관들이 일제히 자리에서 일어섰다. 명동을 시작으로 동대문시장을 둘러볼 계획이란다. 조 팀장은 "남대문은 저녁 7~8시면 노점들이 문을 닫고, 명동은 보통 10~11시까지 장사를 한다"며 "동대문은 밤 10시 30분께 문을 열어 다음 날 새벽 2~3시까지 영업을 한다"고 설명했다.

수사관들은 "2~3일에 한 번씩 야간 단속을 나가면서 체력적 부담과 함께 생체 리듬이 깨져 힘들다"며 "오죽하면 구청 내에서 기피 부서로 첫손가락에 꼽히겠냐"고 입을 모았다. 특히 '짝퉁'이 기승을 부리던 2014년 상반기까지는 야간 단속을 마친 다음 날에도 단속에 걸린 노점상들을 조사하느라 쉬지도 못했다. 조 팀장은 "2015년 들어서도 2월까지는 9명이 3개조로 나뉘어 주말·휴일도 없이 매일 야간 단속을 벌였으니 지금은 근무 여건이 훨씬 나아진 것"이라며 미소를 지었다.

이날 단속에 투입된 수사관은 모두 6명이었다. 그중에서도 TF의

'산 증인'으로 꼽히는 조 팀장은 2013년 3월부터 2년을 꼬박 단속에 나서고 있는 '짝퉁' 적발의 달인이다. 2014년 1월부터 TF에서 근무하고 있는 장 수사관 역시 '짝퉁'을 취급하는 이들 사이에서 '저승사자'라고 불릴 정도로 이름을 떨치고 있다.

수사관들이 도착한 곳은 명동 은행연합회관 앞이었다. 차에서 내리자 장 수사관이 "다리가 좀 아플 텐데 준비 단단히 하고 왔냐"고 농담을 건넸고, 기자는 "전혀 문제없다"며 웃음으로 답했다. 그는 "단속을 나왔을 때 걷는 거리가 보통 10km 안팎"이라고 했다.

수사관들은 흩어져서 명동 골목골목을 누볐다. 의류, 액세서리를 파는 노점이 나타나면 느린 걸음으로 훑고 지나가기를 계속 반복했지만 장 수사관의 날카로운 레이더에 걸리는 노점은 없었다. 장 수사관은 "명동은 지갑이나 벨트, 액세서리가 '짝퉁'이 상대적으로 많은데 지속적인 단속 덕분에 크게 줄었다"며 "명동 노점의 상당수가 음식으로 업종을 바꿨다"고 설명했다.

그는 이어 "일본 관광객이 '짝퉁' 제품의 주요 고객인데 일본인 관광객의 발길이 눈에 띄게 뜸해졌다"며 "중국인 관광객은 자기 나라에도 좋은(?) '짝퉁'이 많아서인지 잘 안 산다"고 덧붙였다.

조 팀장은 "매일 단속을 나오다 보니 버젓이 진열해놓고 파는 사례는 거의 없어졌다"며 "과거에는 2~3명이 단속을 나가도 다 못 잡을 정도였지만 지금은 건당 압수 물량이 절반 이하로 줄었다"고 강조했다.

예리한 눈으로 '짝퉁' 찍어내

밤 11시가 가까워오자 명동에서 허탕(?)을 친 수사관들은 동대문시장으로 발걸음을 옮겼다. 이동하는 차 안에서 수사관들은 어디서부터 훑어볼 것인지에 대해 의견을 교환했다. 장 수사관은 "노점들의 경우 단속반이 뜨면 재빨리 도망을 가버리기 때문에 최대한 노출이 되지 않도록 동선을 짜는 게 중요하다"고 설명했다.

동대문시장에 다다르자 신 수사관이 "오늘의 마지막 코스가 될 것"이라며 동대문디자인플라자(DDP) 건너편을 가리켰다. 인도에는 이미 노란색 천막이 줄지어 서 있었는데 어림잡아 봐도 200m는 족히 되는 듯했다. 조 팀장은 "명동이나 남대문은 수사관들도 활동력이 왕성한 시간대여서 그나마 낫지만 동대문은 새벽에 주로 단속을 하는 터라 두 배, 세 배로 힘들다"고 푸념했다.

수사관들을 태운 승합차는 작은 골목길에서 멈췄다. 대형 상가들이 모인 곳으로 발걸음을 옮겼다. 장 수사관은 "동대문의 30여 개 대형 상가 가운데 '짝퉁'을 취급하는 곳은 10곳 정도"라며 "이들 상가를 위주로 단속을 벌인다"고 말했다.

서울지방경찰청 기동본부 인근에는 구청 직원들이 무리를 지어서 있었다. 조 팀장은 "원래 '짝퉁'의 천국이었던 골목인데 2014년

10월부터 노점 설치를 막기 위해 밤마다 지키고 있다"며 "덕분에 노점이 모두 다른 곳으로 흩어졌다"고 설명했다.

한 대형 상가 앞에 이르자 조 팀장이 수사관들을 향해 점검할 구역을 정해줬다. 기자는 장 수사관을 따라 지하 1층으로 향했다. 여성용 의류와 신발 등을 파는 소형 매장들이 다닥다닥 붙어 있다. 미로 같은 매장 사잇길을 장 수사관은 희한하게 잘 찾아서 돌아다녔다.

상가 안에 남자라고는 수사관들과 기자가 전부였다. 행동거지 역시 일반 쇼핑객들과는 달라 단박에 눈에 띄었다. 하지만 장 수사관은 한 바퀴만 도는 것이 아니라 조금 미심쩍은 곳은 두 번, 세 번을 돌기도 했다. 환기가 제대로 되지 않아서인지 20여 분이 지나자 눈이 따갑고 눈물이 자꾸 흘렀다.

1층으로 올라온 장 수사관이 한 액세서리 매장에서 '보테가베네타' 상표의 팔찌를 발견했다. 주인은 "자신이 하던 것을 잠시 판매대에 걸어둔 것"이라고 했다. 장 수사관이 주인의 동의를 얻어 매장 안을 샅샅이 뒤졌으나 다른 제품은 나오지 않았다.

다른 상가로 이동했다. 이번에는 조 팀장을 뒤쫓아 액세서리 매장이 많은 지하 2층으로 이동했다. 잠시 후 조 팀장이 어느 매장 진열대에 있는 '구찌' 상표의 귀걸이를 발견했다. 새끼손톱 절반 크기였지만 '매의 눈'을 피하지 못한 것이다.

이내 수사관들이 모여들었다. 조 팀장과 다른 수사관이 매장 내부를 확인하는 사이 장 수사관은 주인으로부터 진술서를 받았다. 여기저기서 '티파니' '마크 제이콥스' 등 명품을 베낀 제품들이 쏟아져 나왔다.

상황이 대강 정리되자 조 팀장은 다시 단속 현장으로 발걸음을 옮겼다. 1분도 채 지나지 않아 "이거 뭐야. 여기도 있네"라는 그의 목소리가 들려왔다. 10m도 떨어지지 않은 시계 매장에서 '짝퉁'을 찾아낸 것이다.

조 팀장이 '샤넬' 브랜드가 새겨진 시계를 들고 추궁하자 주인은 "상표가 아니라 디자인을 차용한 것"이라고 목소리를 높였다. 하지만 거짓말은 금세 들통이 났다. 수사관들이 매장 안 서랍을 열자 '샤넬' 이외에 '구찌' '에르메스' '루이비통' 등의 상표를 단 '짝퉁' 시계 100여 개가 더 나왔다.

신분증이 가장 큰 무기

한양공고 앞을 지나 노란 천막들이 있는 곳으로 향했다. 시간은 자정을 넘어가고 있었다. 가만 생각해보니 이동 시간을 제외하고는 3시간 가까이 앉아본 기억이 나질 않았다. 거리에는 일본·중국에서 온 관광객들과 내국인들이 드문드문 있었다.

한 노점상이 장 수사관에게 아는 체를 했다. 두어 차례 단속에 적발된 적이 있는 사람이라고 했다. 조 팀장이 "여기 장사치들은 모두 한두 번씩 단속에 걸린 경험이 있을 것"이라고 말했다. 장 수사관은 "남대문시장에서는 가족들이 노점 5~6개를 소유하면서 '짝퉁'을 판매한 사례도 있었다"며 "덕분에 엄마와 아들, 딸이 줄줄이 단속에 적발되는 진풍경이 연출되기도 했다"고 설명했다.

조 팀장은 얼마 전 노점상들과 물리적 충돌을 빚어 무릎에 찰과상을 입기도 했다. 그는 "노점상들의 상당수가 전과자 등 거친 사람들이고, 숫자상으로도 항상 밀리기 때문에 가끔 신변에 위협을 느끼기도 한다"며 "보호장구를 따로 갖춘 것도 아니어서 '신분증' 하나로 누르는 수밖에 없다"고 어려움을 토로했다.

단속에 적발되고도 계속 '짝퉁'을 파는 이유가 뭘까. 조 팀장은 "벌금이 너무 적기 때문"이라고 지적했다. '짝퉁' 제품의 규모 등을 따져 벌금을 매기는데 보통은 100만~300만 원에 그친다. 지금까지 최고로 큰 벌금 액수는 900만 원이 조금 넘는 정도였단다.

길을 걷던 장 수사관의 눈에 '데상트' 상표가 박힌 스포츠의류가 들어왔다. 주인은 어디로 사라졌는지 보이지 않았고, 텐트 안에는 다른 '짝퉁' 상품은 없었다. 조 팀장은 "어디선가 우리를 지켜보고 있을지도 모른다"며 "날이 새도 나타나지 않을 것"이라고 말했다.

의류 3벌에 불과했지만 그냥 넘어갈 수는 없는 노릇이었다. 결국 장 수사관은 '30분이 경과된 이후에도 소유주가 나타나지 않으면 영장 없이 압수하겠다'는 알림장을 판매대에 올려둔 채 그대로 자리를 지켰다.

노점 사이를 눈으로 쓸고 가던 조 팀장에게 '에르메스' 브랜드와 똑같은 반지가 꽂혔다. 액세서리를 꼼꼼하게 하나하나 확인했다. '브랜드' 이름이 정확하게 찍혀 있어야 단속이 가능하다고 했다. '에르메스' '불가리' 상표를 단 반지 5개를 찾아냈다.

이번에도 주인은 등장하지 않았다. 조 팀장은 알림장과 함께 30분을 기다렸다. 봄이라지만 새벽 공기는 여전히 차가웠고 길거리에 서서 시간을 보내기는 여간 고되지 않았다. 조 팀장은 새벽 1시가 훌쩍 넘어서야 '상표법 위반으로 물건을 압수했으니 낮 12시까지 구청으로 와서 의견을 제시해달라'는 알림장을 남긴 채 돌아섰다.

'짝퉁' 6만 8,828점, 정품 가격은 312억 원 이상

'312억 8,811만 2,000원.'

2014년 한 해 동안 서울 중구청이 압수한 '짝퉁'의 정품 가격이다. 중구청은 2014년 총 449건을 단속해 6만 8,828여 점을 압수했다. 전년에 비해 단속 건수는 272건, 압수 물량은 3만 1,764점, 정품 가격은 73억 7,449만 7,000원이 늘어난 수치다.

단속 건수를 지역별로 보면 동대문 관광특구가 285건으로 63.5%를 차지했고, 남대문시장 92건(20.5%), 명동 72건(16%) 등이었다.

또 장소별로는 노점이 283건으로 최다를 기록했고, 상가 147건, 차량 15건, 가판대 4건 등의 순이었다.

'짝퉁'이 적발된 상표는 모두 103종에 달했다. 압수 물량을 기준으로 프랑스 명품 브랜드인 '샤넬'이 최다인 2만 7,360점으로 집계돼 전체 '짝퉁' 5점 가운데 2점이 '샤넬' 상표를 달고 있는 것으로 나타났다. 그다음으로 '루이비통'(1만 132점), '구찌'(2,775점), '나이키'(2,546점), '디스퀘어드'(2,350점), '보테가베네타'(2,068점), '아디다스'(1,986점), '꼼데가르송'(1,727점), '몽클레어'(1,537점), '버버리'(1,536점) 등이 뒤를 이었다. 품목별로는 반지 · 목걸이 · 귀걸이 등 액세서리가 2만 3,516점으로 가장 많았고, 의류(1만 4,406점), 양말(1만 679점), 휴대전화 케이스(2,928점), 지갑(2,846점), 벨트(2,157점), 선글라스(1,831점), 가방(1,419점) 등의 순이었다.

국회 속기사, 그들의 손끝에서 역사가 기록된다

국회 속기사들은 '현대판 사관'으로 불린다. 국회의원들의 공식 행사와 회의에 참석해 속기록을 남기는 속기사들을 보면 조선시대 사관들이 임금과 가까운 곳에 앉아 언행을 낱낱이 기록했던 모습이 연상된다. 조선시대 사관은 궁궐에서 숙직하면서 조정 행사와 회의가 열리면 임금의 지근거리에서 속기록이라 할 수 있는 사초를 작성했다. 국회가 바쁘게 돌아갈 때면 숙직과 다름없는 생활을 하는 속기사들의 일상도 사관의 삶과 닮았다. 최근 다양하게 전개되는 입법 활동으로 인해 바쁜 일정 속에서도 국민의 알 권리를 위해 역사의 현장을 묵묵하게 지키는 국회 속기사들을 만나봤다.

'손'보다 '귀'가 중요한 공복

대한민국에서 가장 많은 '말'이 오가는 여의도동 1번지 국회. 한시도 쉬지 않고 쏟아지는 말을 고스란히 기록하는 속기사에게 가장 궁금한 질문은 역시 '얼마나 빨리 받아 칠 수 있는가'였다. 빠르게 쓴다는 뜻의 '속기'라는 말에서 연상되는 이 같은 단순한 궁금증에 15년 차 속기사로 현장에서 뛰는 최고참급 속기사 최혜련 주무관은 "속도는 더 이상 중요하지 않다"고 잘라 말했다. 매일 바뀌는 정책 현안에 대해 각계 전문가 집단인 국회의원들은 맥락을 생략하고 발언하는 경우가 다반사기 때문이다. 속기사는 빨리 받아 치는 직업이라고 흔히 알려져 있지만 실은 정확하게 알아듣고 찾아보기 쉽게 기록으로 남기는 업무를 담당하고 있다.

말이 특별히 빠르거나 사투리를 쓰는 의원들의 말을 속기하기 어렵지 않느냐는 질문에도 "한 상임위원회를 맡아 소속 의원의 말을 계속 듣다 보면 처음에 잘 알아듣지 못했던 의원의 말도 결국은 들린다"고 프로다운 답변이 돌아왔다. 최 주무관은 "누가 더 정확히 듣느냐, 듣는 귀가 더 좋으냐가 관건"이라면서 "귀는 시험을 안 보는데 들어오고 나선 손보다 귀가 더 중요하다고 깨닫게 된다"며 웃었다.

특히 국회의 업무가 이전보다 전문화되고 회의도 많아지면서 비공개로 열리는 소위원회의 중요성이 훨씬 높아졌다. 실제 지난 제15대 국회에선 344쪽에 불과했던 소위원회 회의록이 제18대 국회에선 4만 7,078쪽으로 100배 이상 증가했다. 소위원회가 열리는 빈도와 진행 시간이 그만큼 증가한 셈이다.

언론에도 공개되지 않는다는 점에서 소위원회의에서의 유일한 관찰자이자 기록자는 속기사들뿐이다. 상임위 회의 가운데 법안소위 회의는 전문가 중의 전문가들이 모여 진행하는 것으로, 법안소위 회의 기록은 속기사들이 가장 애를 먹는 작업 중 하나다.

최 주무관은 “소위원회에서는 정돈되지 않은 말이 오가고 의원들은 모두 전문가이기 때문에 주어를 생략하고 말한다”면서 “갑자기 튀어나오는 용어들이 그때 파악되지 않으면 속기 이후에도 정리하는 과정이 힘들기 때문에 담당 상임위 관련 현안을 항상 주시할 수밖에 없다”고 설명했다.

이처럼 속기사들은 5분, 10분, 15분 등 짧은 간격으로 교대하며 속기하는 그 순간보다는 정확한 ‘받아쓰기’를 위해 미리 공부하고 기록 후 정리하는 과정 등 보이지 않는 곳에서 더 바쁘게 일한다. 단 5분 속기를 하고 나와 전문 용어를 확인하는 데 2박 3일이 걸리는 경우도 있다. 예산 정책처에서 발간되는 보고서와 연구 결과 등 간행물을 꼼꼼히 살피는 것도 완벽한 속기를 위한 준비 작업에 속한다.

국회 의사국 의정기록1과 이순영 과장은 “얼핏 보기에 국회 속기사는 기술적인 능력이 더 필요해 보이는 직업으로 보이지만 기술적인 능력보다는 지적 능력이 더욱 요구되는 직업”이라면서 “발언을 하는 사람의 말을 이해하지 못하면 글로 풀어낼 수 없기 때문에 발언자와 동일한 지식과 자질을 갖춰야 한다”고 강조했다.

속기 후 조각조각 떨어져 있는 기록물을 하나로 묶고, 오타와 오류를 수정하는 것은 20년차 이상 베테랑 선배 속기사들의 몫이다. 본 회의나 예산결산특별위원회 회의의 경우 빠른 시간 내에 취합과 검토가 끝나 회의 바로 다음 날 임시 회의록이 의원실로 배부돼야 한다. 이처럼 신속히 처리해야 하는 회의는 1인당 5분씩 시간이 배정돼 업무 속도를 높인다.

의원들의 발언이 분 단위로 정확히 나눠지지 않을 경우엔 발언을 놓치지 않기 위해 일정 부분 '겹치기' 업무를 하기도 한다. 기계처럼 나눌 수는 없고 앞뒤로 10초 정도 겹쳐서 기록되는 부분이 생기는 것. 이 부분을 이어 붙이는 것도 편집을 맡은 선배들의 업무다. 5분을 속기한 내용을 검토하는 데는 일반적으로 1시간가량 소요된다. 이렇게 정리된 회의록은 전자회의록 형태로 만들어져 요즘은 누구에게나 인터넷상에서 공개된 자료로 제공되고 있다.

회기 중엔 쉴 틈 없고, 정시 퇴근은 남 얘기

"가을에 정기국회와 국감이 동시에 진행되면 애인이랑 헤어지는 여직원들이 종종 있어요."

농담으로 넘겨버릴 수 없는 이러한 고충은 '공무원=정시 퇴근'이라는 공식이 전혀 통하지 않는 국회 속기사들의 애환을 상징적으로 보여준다. 국회 회의가 진행되는 곳에는 항상 함께해야 하는 속기사의 숙명은 국회 선진화법 도입 이전엔 연말마다 예산 심의가 해를 넘겨 계속되는 관례 아닌 관례에 12월 24일과 31일을 모두 국회에서 맞게 했다.

2014년에는 예산 심의를 기한 내에 마치면서 연말을 가족과 보냈지만 그렇다고 국회선진화법이 마냥 고마운 것은 아니다. 일명 '날치기 방지법'인 선진화법 때문에 전처럼 최루탄을 맞을 수도 있는 극한 환경에서 작업하는 것은 아니더라도 대화와 타협 정신을 기본으로 하는 선진화법의 취지 탓에 절대적으로 회의 시간이 길어졌기 때문이다.

최 주무관은 "사실 전에는 회기와 비회기 구분이 명확해서 비회기 땐 분주한 느낌이 적었는데 요즘엔 전혀 그렇지 않다"고 분위기를 전했다. 올해 들어서도 비회기 도중 열린 국무총리와 장관 인사청문회, 공무원연금개혁특별위원회의 등으로 회기 때와 다름없는 바쁜 날을 보냈다.

그래서 공무원은 대부분 '9 to 6'를 지키는 직업이라고 생각하는 일반의 인식이 서운할 때도 많다. 최 주무관은 "친구들도 당연히 '칼퇴'하는 게 아니냐고 하지만 실상은 주말에도 남편 혼자 아이를 보는 일이 다반사"라고 말했다.

국회 속기사들은 일반 공무원과 똑같이 수당에 대한 규정을 적용받기 때문에 아무리 추가 업무 시간이 길어져도 하루 최대 4시간까지만 추가 업무 수당을 받을 수 있다. 그마저도 야근이 집중되는 9~12월 기간에는 예산 부족 등의 이유로 추가 수당을 제대로 받지 못하는 일이 발생하기도 한다. 야근보다 더한 고충은 시간이 정해진 회의가 아니다 보니 퇴근 시간을 예측할 수 없다는 것. 회의 비중을 보고 야근 인원을 정하는데 익일 회의록 발간을 요하는 중요 회의는 절반 이상의 속기사들이 남아서 대기하는 경우도 있다.

20여 년 '빠르게 받아 치는' 업무에 종사하면서 얻게 되는 직업병도 있다. 일반 사무직 종사자들도 흔히 겪지만 어깨나 손가락, 손목 관절에 대한 부담이 훨씬 큰 편이다. 또 속기한 원고를 자세히 보고 교정하는 과정에서 시력 저하와 안구건조증 등은 덤으로 따라온다. 2년차 신입 손아영 주무관은 회의가 길어지니 '미용'을 포기하고 렌즈 대신 안경을 선택하게 되더라며 육체적 피로를 호소했다.

그렇다면 여타 공무원 직급 체계와 똑같은 수준의 대우를 받으면서 훨씬 강한 업무 강도를 이겨내는 속기사들의 보람은 뭘까.

최 주무관은 "지금 하고 있는 회의가 몇백 년 후에도 볼 수 있는 자료가 된다는 사명감이 있다"면서 "특히 활자로 정제된 자료는 의원뿐 아니라 학생, 교수 등의 연구자료로도 활용되고 있다"며 자부심을 나타냈다.

국회 속기사들은 회의가 끝난 뒤 '내가 무슨 말을 했는지 확인하고 싶다'고 연락이 오는 의원들의 전화가 오히려 반갑다고 했다.

요즘은 의원들이 회의 도중 "지금 이건 기록으로 남기기 위해 발언하는 것"이라고 '무언의 관찰자'인 속기사들을 수면 위로 끌어올려 줄 때면 책임감과 동시에 보람을 느끼기도 한다.

특히 국회의 입법활동이 다양해지면서 국회 속기사들의 중요성도 점차 높아지고 있다.

의사국 의정기록1과 이순영 과장은 "사회적 화두가 소통과 공감인데 국회 속기사는 과거의 기록인 역사와 소통한다는 점에서 책임감과 사명감을 가지고 일하고 있다"면서 "선진 의회에서는 회의 내용이 어떻게 기록되는지 다른 국가 의회의 속기사들과 교류하면서 우리의 속기 문화와 능력을 발전시켜 나가겠다"고 포부를 밝혔다.

경북 김천의료원 포괄간호서비스 병동 간호사, 보호자 없는 병동을 지킨다

'뇌종양 수술을 한 차례 받았던 아내에게 암이 재발한다. 간병을 위해 병원에서 직장으로 출퇴근하는 남편의 피곤한 하루하루가 쌓여간다.'

영화 〈화장〉의 내용 중 일부다. 실제 갑작스런 사고나 질병으로 가족이 입원했을 때 치료비 이상으로 보호자를 힘들게 하는 것이 '간병'이다. 병실 보조의자에서 새우잠을 자고, 아픈 부모를 누가 간병할 것인지 형제들끼리 다툼을 벌이는 것이 우리의 현실이다. 최근 한 연구 결과에 따르면 입원 환자의 19%는 간병인을 쓰고, 35%는 가족이 이를 떠안는다. 간병 비용은 연간 3조 원으로, 환자 1인당 275만 원이 들어간다. 입원비(231만 원)보다 많아 '배보다 배꼽이 더 큰' 셈이다.

'보호자 없는 병동'으로 불리는 포괄간호서비스는 이 같은 고민을 단박에 해결해준다. 간병인도 가족도 병실에 없다. 간호사와 간호조무사가 간병까지 맡는다. 관건은 간호 인력의 확충이다. 포괄간호서비스 병동의 경우 일반 병동에 비해 2배 이상의 간호 인력을 필요로 한다.

2015년 4월 9일 경상북도 김천에 있는 김천의료원 포괄간호서비스 병동을 찾아 기본적인 간호는 물론 환자들의 손과 발 역할까지 대신하고 있는 간호사들의 일상을 들여다봤다.

김천의료원 3층 포괄병동(32병동)에서 일하는 김진숙 수간호사의 하루는 다른 사람들보다 조금 이른 아침 7시에 시작된다. 먼저 야근조로부터 인수인계를 받고 회진 준비를 한다. 오전 8시 30분에 시작한 회진은 오전 10시가 돼서야 끝이 났다.

간호사 경력 26년차의 베테랑인 그에게도 포괄병동은 어렵고 힘들다. 기본 간호는 물론 보호자를 대신해 환자의 식사 보조나 목욕 수발 등을 해줘야 하기 때문이다. 게다가 외과, 내과, 이비인후과, 정형외과 등 여러 환자들이 모이는 병동이라 항상 공부를 해야 한

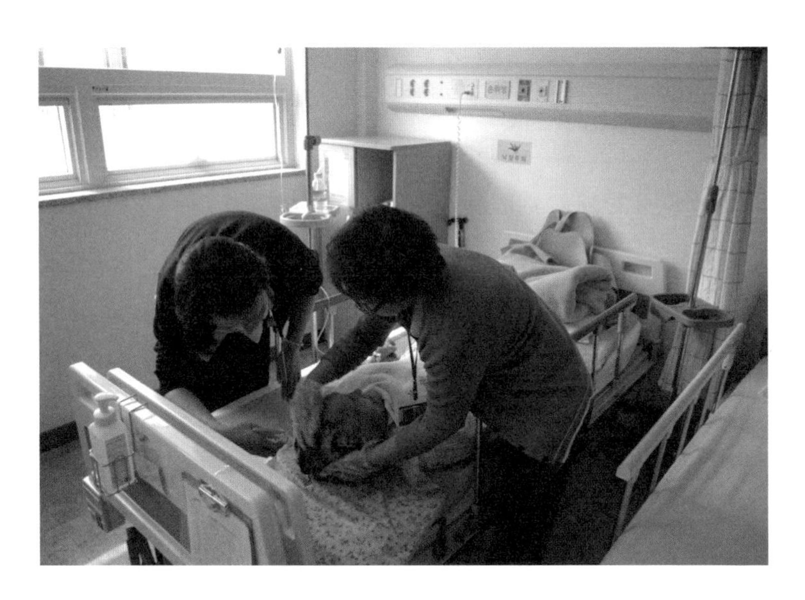

다. 그는 "다양한 과를 경험했지만 아직도 모르는 게 많다"면서 "의사가 간호사에게 환자를 믿고 맡기려면 환자에 대해, 병에 대해 그만큼 알아야 하지 않겠나"고 반문했다.

농촌 도시의 특성상 '아이고 허리야'를 버릇처럼 외치는 노인 환자들이 많다. 포괄병동에 대한 수요는 끊임이 없다. 하루 평균 유료 간병비는 3만 5천 원이다. 반면 포괄병동은 본인부담금 5,700원만 내면 된다. 경제적으로 큰 이득이다. 그래서 포괄병동의 침대는 늘 만원이다.

2014년도 병상 가동률은 93.3%, 이달에는 95.8%를 기록하고 있다. 포괄병동에 들어오기 위해 대기 중인 환자도 있다. 이날도 46개 병상 가운데 44개는 이미 주인이 있고, 2개만 비어 있었다. 그나마도 오후에 새 환자가 들어올 예정이라고 했다.

현재 포괄병동에서 일하는 간호사는 모두 18명, 간호조무사까지 합쳐도 24명에 불과하다. 이들이 46개 병상에 누워 있는 환자들을 24시간 돌보고 있다. 아침부터 밤까지는 6~7명이 일하지만 늦은 밤부터 새벽에는 4명이 전부다.

김 수간호사는 "2014년 2월 포괄병동을 시작할 때만 해도 56병상에 간호 인력은 32명으로, 1명이 환자 7.6명을 돌봤다"며 "병원 증축 공사 등으로 병상이 축소되면서 간호 인력도 덩달아 줄어 지금은 1명이 환자 9.2명을 돌보고 있다"고 설명했다. 배가 남산처럼 부른 박미진 간호사가 지나가자 김 수간호사가 그의 손을 붙들었다. 김 수간호사는 "오는 6월 출산을 앞두고 있는데 애기 낳고 난 후에 병원 그만둔다고 할까 봐 노심초사하고 있다"고 웃으며 말했다.

간호 인력 구하기가 그만큼 힘들다는 뜻이다. 실제 병동 내 게시판에는 '간호사를 모집한다'는 채용 공고가 붙어 있었다. 포괄병동 간호사의 절반은 이제 20대 초반인 1~2년차 간호사들이다. 2014년만 해도 14명의 간호사가 새로 들어왔지만 그중 5~6명은 견디지 못하고 그만뒀다. 김 수간호사는 "김천과학대 등에 간호학과가 있어 인력 수급에 도움이 되고 있으나 연봉 등에 큰 격차가 있어 대다수는 서울 · 대구 등 대도시로 빠져나간다"고 하소연했다.

최진희 간호사는 2014년 간호사가 됐다. 처음에는 '보호자 없는 병동'이라고 해서 가족이 없는 사람들 내지는 불우한 사람들만 오는 병동이라는 편견을 갖고 있었다. 실제로 해보니 일이 만만치 않았다. 하루를 콜벨 울림과 함께 시작해 콜벨 울림으로 마무리하는 일이 다반사였다.

그는 "식사 보조와 기저귀를 갈아드리는 일, 침상 목욕과 세발 등 내가 알고 있던 간호사의 일과는 너무 달랐다"며 "다른 병동 간호사들은 하지 않는 보호자 역할까지 맡아서 해야 한다는 부담감과 여러 가지 어려움으로 힘든 날이 많았다"고 설명했다.

같은 2년차인 서화진 간호사도 "학교에서 배운 것과는 너무 달라 많이 힘들었던 기억밖에 없다"면서 "지금은 어느 정도 적응이 돼서 괜찮지만 2014년만 해도 여러 번 포기할까 하는 생각을 했었다"고 털어놨다.

서 간호사는 또 "인력이 적어서 야간 근무가 가뜩이나 힘든데 아픈 증상이 밤에 더 많이 나타나기 때문에 콜벨도 더 자주 울린다"며 "늦은 시간에는 담당 주치의를 바로 호출하기도 힘들어 애를 먹는다"고 덧붙였다.

김 수간호사가 한 간호조무사와 함께 병실로 향했다. 거동이 불편한 환자의 머리를 씻겨드리려는 참이다. 물 없이 가능한 샴푸를 쓰는 덕분에 많이 편해졌단다. 김 수간호사는 "스스로 할 수 있는 환자는 제외하고 목욕은 일주일에 한 번, 세발은 두 번씩 해드린다"고 설명했다.

사실 포괄병동을 시작할 때 어느 선까지 해줘야 하는지 몰라 막막했었단다. 속옷을 입힌 상태에서 샤워를 시켰는데 '때를 밀어달라'는 할아버지 환자까지 등장했다. 김 수간호사는 "집에서 남편 발을 씻겨준 적도 없는데 참으로 난감했다"며 "어린 간호사들에게는 더 큰 충격이었을 것"이라고 소회했다. 결국 샤워가 꼭 필요한 경우를 제외하고는 침상에서 세정제를 사용해 구석구석 깨끗하게 닦아주는 방법으로 바꿨다.

점심 식사 시간이 되자 서 간호사가 허리가 아파 일어나지 못하는 한 할머니의 식사를 도와드리기 위해 나섰다. 메뉴는 비빔밥과 미역국이었다. 환자를 옆으로 눕힌 채 밥 한 숟가락, 국 한 숟가락을 번갈아 떠넣어줬다. 할머니가 불편함을 호소하자 서 간호사는 환자의 자세를 이렇게 저렇게 바꿔가면서 한 술이라도 더 뜨게 하려고 안간힘을 썼다.

간호사들에게 가장 기억에 남는 환자가 누구냐고 물었다. 하나같이 한국으로 시집온 지 3개월밖에 안 된 베트남 출신 여성 환자를 첫손가락에 꼽았다. 그는 2014년 시아버지와 함께 남편이 모는 경운기를 타고 가다 사고가 나서 포괄병동에 입원했었다. 시아버지는 그 자리에서 사망했고, 남편은 의식불명으로 대구의 큰 병원으로 후송됐다.

시어머니가 보호자로 있었지만 별다른 도움이 되지 못했다. 우리말을 못 하는 처지라 의사소통이 되지 않았기 때문이다. '어디가 아파요'라는 간단한 질문도 온갖 손짓, 몸짓을 동원해야 했다. 급기야는 사전을 들고 서로 단어를 찾아 보여주기도 했다.

최 간호사는 "보호자가 있었다면 간호사들도 이렇게까지 노력하지 않았을 것이고, 딱딱한 환자와 간호사 관계에 머물렀을 것"이라며 "포괄병동이었기에 환자와 교감할 수 있었고, 사람과 사람으로서 관계를 맺을 수 있었다"고 강조했다.

간호사들을 힘들게 하는 환자도 더러 있다. '포괄서비스'라는 단어를 악용하는 사람들이다. 어느 40대 남자 환자는 '옷을 모두 벗기고 갈아입혀 달라'는 요구를 한 적도 있다. 김 수간호사는 "움직이지 못하는 환자가 아니어서 '도와드리기만 하겠다'고 했더니 '이런 거까지 해주는 데 아니냐, 너희가 이런 거 하려고 있는 거 아니냐'고 오히려 역정을 내더라"면서 "순간 '내가 이러려고 간호사가 된 게 아닌데'라는 자괴감마저 들었다"고 말했다.

서 간호사는 "간호사들도 나름대로 노력하는데 가족들이 왔을 때 이런저런 불평불만을 쏟아내는 환자들을 보면 서운한 생각이 든다"고 했다. 그는 "허리 골절로 입원하신 90대 할머니는 입원 기간(3개월) 내내 불만사항을 늘어놓으셨지만 정작 퇴원하실 때는 연신 '고맙다, 미안하다'고 말씀하시더라"며 웃었다.

최 간호사는 2014년 가을 놀라운(?) 경험을 하면서 스스로가 변했다고 했다. 여느 때와 같은 아침 출근길이었다. 병원 앞에서 어떤 여성이 최 간호사를 보고는 웃으면서 인사를 건넸다. '모르는 사람이 왜 나한테 인사를 하지'라며 의아해하며 지나려는데 그 여성이 최 간호사를 붙잡았다. 그러고는 "어머니가 여름에 포괄병동에 입원하신 적이 있는데 너무 친절하게 대해줘서 좋았다. 최근에 다시 입원을

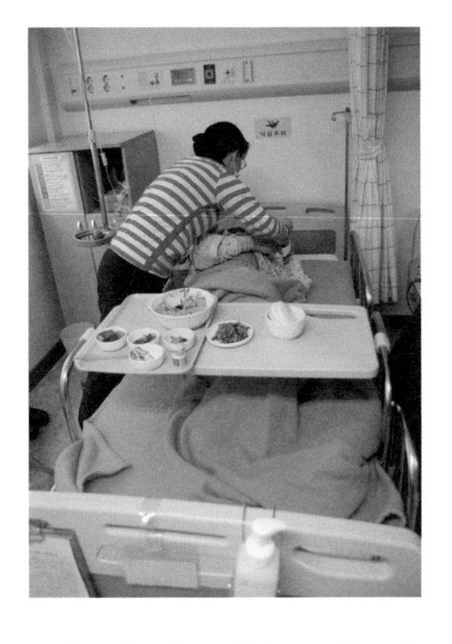

하셨는데 포괄병동으로 옮길 수 없겠나" 하고 부탁을 했다.

최 간호사는 "다른 백 마디 말보다 그 보호자의 '어머니가 고마워했다'는 한마디에 그동안의 모든 수고가 눈 녹듯이 사라졌다"면서 "어느덧 '나는 포괄병동에서 일하는 간호사'라는 자부심까지 생겨났다"고 말했다.

김 수간호사도 "걷지도 못하는 아픈 몸으로 왔다가 건강한 몸으로 걸어서 나가는 환자들을 보면 기분이 좋아진다"며 "환자들이 병원을 나서면서 '딸 · 아들보다 고맙다'고 인사를 할 때는 정말 뿌듯함을 느낀다"고 거들었다.

오후 2시가 넘어가면서 김 수간호사의 발걸음이 빨라졌다. 새로 오는 환자를 맞기 위해서다. 5층에 입원 중인 70대 할머니 환자라고 했다. 정형외과로 입원을 했는데 한쪽 눈은 실명했고, 다른 쪽 눈도 거의 보이지 않는 상태라는 설명이다. 그는 "간호사 하나가 전적으로 매달리다시피 해야 하기 때문에 다른 환자 5명을 맡는 것보다 힘들다"며 "도움이 절실한 환자이니 할 수 있는 만큼 성심성의껏 돌봐드릴 것"이라고 말했다.

김 수간호사는 "오늘은 상대적으로 조용하지만 수술이 많거나

입·퇴원이 많은 날에는 간호사들도 더 힘이 든다"며 "얼마 전 퇴원 8명, 입원 11명이 하루에 벌어진 적이 있는데 퇴근시간 무렵에는 간호사들이 모두 지쳐서 헉헉거릴 정도였다"고 설명했다.

취재를 마치고 내려오니 1층 로비에 할머니 여럿이 앉아 있었다. 그중 김천시 양천3동에 사는 이분덕 할머니를 만났다. 그는 2014년 8월 2주 동안 포괄병동에 입원했었다.

할머니는 "자기 부모도 잘 돌보지 않는 요즘 세상에 나이 들고 아픈 나를 돌봐줘서 얼마나 고마운지 모른다"고 했다.

"머리를 감겨주고, 옷도 갈아입혀 주니 좋지요. 제 부모도 아니고 생판 남이잖아요. 더럽다고 생각할 법도 한데 손주 같은 어린아이들이 목욕하는 날이라며 몸을 깨끗이 닦아주기도 했습니다. 특히 샴푸 냄새가 좋았습니다. 지금 생각해도 눈물이 나려고 하네요."

탐지견훈련센터,
체계적인 훈련을 통해
마약 탐지견을 육성한다

2014년 7월 3일 인도에서 인천국제공항으로 반입된 국제우편물에서 사탕으로 위장해 차茶 봉투 안에 넣은 대마수지(일명 해시시) 29.93g이 적발됐다. 네 살배기 마약탐지견 '두나'가 검색 과정에서 반응을 보여 개장 검사를 실시한 덕분이었다. 해시시는 대마초(마리화나)를 농축한 것으로, 잎을 말린 대마초보다 환각성이 강한 것으로 알려져 있다.

개는 인간보다 40배가량 많은 후각세포를 갖고 있다. 후각 능력이 인간보다 수만 배 높다는 것이다. 탐지견은 개의 뛰어난 후각 능력을 이용해 마약류와 화약류 등의 냄새를 개에게 인지시켜 숨겨진 마약이나 폭발물을 찾아낸다. 우리나라는 서울올림픽의 성공적 개최를 위해 지난 1987년 폭발물 탐지견 6마리를 도입한 이후 1990년부터 전국의 공항과 항만에 마약탐지견을 배치, 여행자와 휴대품, 선박, 수입화물, 국제우편물에 은닉된 마약을 적발해오고 있다. 탐지견들이 적발해낸 마약류 밀수는 2010년 50건 766g(2억 9,200만 원 상당)에서 2012년 25건 3,375g(9,700만 원 상당)에 이어 2014년 98건 1,804g(9,900만 원)에 이른다.

관세청 관세국경관리연수원의 탐지견훈련센터는 2001년 9월에 문을 열었다. "이 정도의 훈련시설을 갖춘 나라가 많지 않다"는 평가를 받는다. 동남아를 중심으로 여러 나라에서 견학을 올 정도다.

그동안 탐지견훈련센터가 길러낸 탐지견은 약 150마리에 이른다. 일 년에 평균 6마리를 육성해 현장에 투입한 셈이다. 현재는 인천공항 14마리를 비롯해 총 30마리가 전국 공항과 항만에서 활약하고 있다. 군산공항과 청주공항 등 여기저기서 '탐지견이 부족하다'고 아우성이다.

탐지견들 사료만 하루 한 끼

2015년 4월 17일 오전 8시 40분께 기자가 찾은 탐지견훈련센터는 적막 그 자체였다. 이따금 들려오는 항공기 엔진 소리가 인천국제공항이 멀지 않음을 상기시켜 줄 뿐이었다. 널찍한 운동장에는 TV 프로그램에서 봤던 개들을 훈련시킬 때 쓰는 구조물들이 설치돼 있었다.

이곳에서 탐지견 양성을 책임지고 있는 훈련 교관은 최동민 팀장을 비롯해 7명이다. 이들은 오전 9시가 가까워서야 모습을 나타냈다. 대중교통이 불편한 탓에 대다수가 통근버스를 이용하기 때문이다.

탐지견훈련센터에는 현재 훈련견 10마리를 비롯해 아직 어린 후보견, 번식을 위한 종견까지 모두 35마리가 있다. 대부분이 캐나다가 원산지인 '래브라도 레트리버'이고, 중간급 크기인 '스프링어 스패니얼'도 몇몇 있다.

박창렬 계장은 "탐지견이라고 하면 '셰퍼드'를 먼저 떠올리지만 공항 등지에서 일반인들이 셰퍼드를 본다면 기겁할 것"이라며 "여러 견종을 테스트한 결과 레트리버가 제일 온순하고 능력도 뛰어났다"고 설명했다. 박 계장도 교관과 탐지조사요원(핸들러) 등을 두루 거치며 24년째 탐지견들과 함께하고 있다.

한 마리가 사는 견사는 대략 4m²다. 천장에는 무더위를 대비해 선풍기가 달려 있고 바닥에는 겨울을 따뜻하게 보낼 수 있도록 온돌이 깔려 있다. 교관들이 출근해서 가장 먼저 하는 일은 탐지견들이 밤새 '안녕'한지를 확인하는 것이다.

그러고 나서 견사를 청소하고 밥을 챙겨준다. 훈련견들에게는 유일한 하루 끼니다. 지정된 사료만 먹이고 다른 음식은 '절대' 주지 않는다. 그래도 영양분은 충분히 공급된다고 했다.

최 팀장은 "사료를 조금만 더 줘도 금방 살이 붙는 훈련견도 있다"며 "평소보다 살이 쪘다 싶으면 다이어트 사료를 먹이기도 한다"고 말했다. 이어 "살이 찌면 움직이기 힘든 것은 사람이나 훈련견이나 매한가지"라며 "특히 훈련견은 살이 오르면 후각 사용을 덜하게 된다"고 덧붙였다.

옆에 있던 박 계장이 "다른 음식을 먹이면 실전에서 마약을 찾다가도 관광객의 가방에 든 음식물에 관심을 갖게 되고, 마약을 찾았을 때와 비슷한 형태의 반응을 보이게 된다"고 거들었다.

탐지견을 보고 제일 먼저 든 생각이지만 차마 묻지 못한 말을 꺼냈다. '가격이 얼마나 될까' 하는 것이었다. 박 계장은 "사고팔지는 않는다"면서도 탐지견의 능력에 따라 가격이 결정된다고 했다.

그는 "훈련은 안 됐지만 기본적인 자질을 갖추고 있는 탐지견의 경우 상위 클래스는 800만~1,000만 원 정도"라며 "훈련을 받은 탐지견이라면 그 가격에 적어도 곱하기 4는 해야 하지 않겠나"라고 했다. 탐지견으로 키우는 과정에 그만큼 노력과 정성이 들어간다는 얘기다.

박 계장은 "탐지견은 자체 조달이 80% 선이고, 갑작스러운 수요가 생기거나 하면 해외에서 사오기도 한다"며 "내부에서만 번식하다 보면 근친교배 가능성이 높아지는 등 소위 '족보가 안 나오기 때문'에 번식에 주로 활용한다"고 말했다.

탐지 훈련만 하루 서너 시간

탐지견은 태어난 지 3개월이 지나면 유치원 교육(자견 훈련)을 시작한다. 탐지견으로서의 기본적인 자질을 높이고 환경 적응력과 체력을 기르는 과정이다. 그리고 '싹수'가 보이는 후보견을 골라 4개월짜리 신규(성견) 훈련에 들어간다. 박 계장은 "통상 한 살부터 신규 훈련이 가능한데 최적기는 생후 15개월 안팎"이라고 설명했다.

탐지견에게는 일반적인 탐지 능력 외에 물품 소유욕이나 목적물에 대한 적극적인 반응 표현이 반드시 필요하다. 최 팀장은 "굳이 외형이 예쁜 개를 뽑을 필요는 없지 않겠어요" 하고 되물었다. 이어 "새끼 10마리 가운데 탐지견으로 완성되는 것은 2~3마리도 채 안 될 만큼 쉽지 않다"고 덧붙였다.

신규 훈련의 첫 단계는 소나무와 갈대가 듬성듬성 올라와 있는 녹지탐지 훈련장이다. 풀숲 여기저기에 마약 냄새가 나는 물건을 숨겨 놓고 찾는 훈련을 벌인다. 그리고 바구니, 가방 등으로 난이도를 높여간다. 마약류나 화약류를 인지(기억)하는 훈련이다.

2주간의 기초 훈련이 끝나면 실제와 비슷한 환경에서 단계적인 훈련을 진행한다. 견사와 실내 훈련장 사이의 넓은 공간에는 이미 용도 폐기된 트럭과 승용차 등 차량 10여 대가 줄지어 서 있다. 폭발물탐지견의 훈련을 위해 마련된 것이다.

컨베이어벨트가 설치된 훈련장 한쪽에 마련된 교관 휴게실에는 하얀 수건을 둘둘 말아놓은 '보상용 타월'이 박스에 한가득이다. '장난감 갖고 놀기'를 좋아하는 탐지견의 특성을 고려해 마약을 발견했을 때 상으로 주는 것이다.

잠시 후 3마리의 훈련견이 등장했다. 이제 생후 18개월이 지난 타래와 투지, 17개월짜리 태백이었다. 타래와 투지는 2개월가량 지났고, 태백은 이제 겨우 3주차였다. 최 팀장은 "본능적으로 불안감을 느끼기 때문에 사다리를 타고 높이 올라가는 것이나 컨베이어벨트처럼 움직이는 곳에서의 훈련을 싫어하는 경향이 있다"고 설명했다.

컨베이어벨트 위의 가방을 이리저리 킁킁거리던 타래가 1분이 채 되지 않아 냄새를 맡았는지 그 자리에 앉았다. '홍일점'인 정혜원 교관이 보상용 타월을 물려주자 타래는 좋아서 장난을 쳤다. 체중이 20kg을 넘는 탐지견을 건사하기가 만만치 않아 보였다.

정 교관은 "오전 1시간 반, 오후 2시간 등 하루 서너 시간 실질적인 탐지 훈련을 진행하는데 특별한 경우가 아니면 한 마리씩 훈련하는 것이 원칙"이라며 "여러 마리가 함께 있으면 아무래도 집중력이

분산되고, 특히 암수가 섞여 있을 경우에는 더 심하다"고 말했다.

훈련을 받았다고 해서 모두가 탐지견이 될 수 있는 것은 아니다. 중간 평가와 최종 평가 등 엄격한 시험을 거쳐야 탐지견으로 인증을 받을 수 있다. 정 교관은 "평가에서 떨어져 재수를 하는 경우도 있고, 소질이 없어 완전 탈락하기도 한다"며 합격률이 높은 편은 아니라고 했다. 운동장으로 나오자 갑자기 콩 볶는 듯한 요란한 소리가 들려왔다. 고개를 돌려보니 길 건너에서 경찰특공대가 훈련하는 모습이 보였다. 박 계장은 "이제 적응이 돼서 사람도, 탐지견도 큰 스트레스를 받지 않는다"며 웃었다.

7~8년간 현장 누빈 후 은퇴

탐지견훈련센터의 교관들은 베테랑들이다. 올해로 20년을 맞는 최 팀장의 경우 군견대에서 복무한 경험을 탐지견 양성으로 이어가고 있다. 지난 1996년부터 교관으로 일하다 현장으로 자리를 옮겼다가 다시 교관으로 돌아왔다.

가장 기억에 남는 탐지견은 '유니콘'이라고 했다. 2005년 훈련을 시작할 때부터 2012년 현장에서 은퇴할 때까지 함께한 '동료'였다. 최 팀장은 "입사부터 정년퇴직까지 같이 한 셈"이라며 "성격이 유별나 다루기가 참 힘들었다"고 소회했다.

"성격이 참 급한 녀석이었습니다. 특히 다른 사람 손에 가면 난리도 아니었어요. 훈련받을 때였어요. 한번은 견사 문을 열어줬더니 앞뒤 가리지 않고 급하게 뛰어가더니 유리문에 부딪혀서 기절한 적도 있습니다. 처음에는 죽은 줄 알았다니까요. 오랜 시간을 함께 지내다 보니 개가 아닌 사람으로 보일 때도 있어요. 마구 화도 내고 그랬죠."

정 교관은 말 그대로 '애견愛犬인'이다. 무작정 개가 좋아서 애완동물관리과에 진학했고, 탐지견훈련센터로 현장학습을 온 것을 계기로 훈련사 자격증을 취득해 탐지견훈련센터에 들어왔다.

그는 "체중 25kg 정도 나가는 탐지견들과 하루 종일 씨름하다 보면 힘에 부칠 때도 있다"면서 "더구나 말이 안 통하고, 탐지견들을 100% 이해할 수도 없는 노릇이어서 탐지견들의 컨디션이 좋지 않거나 하면 더욱 힘들다"고 말했다.

교관들에게 가장 기분 좋은 순간은 훈련시킨 탐지견이 마약을 발견했을 때다. 정 교관은 "얼마 전 직접 길러낸 탐지견들이 공항에서 마약을 발견했다는 소식을 듣고서 마음이 뿌듯했다"면서도 "은퇴한 탐지견들이 좋은 주인을 만나는 게 더 기분이 좋다"고 전했다.

탐지견은 7~8년가량 현장에서 활약한 후 은퇴하게 된다. 자연스레 노화가 찾아오는 것이다. 최 팀장은 "사람이 나이 들면 근력이 떨어지는 것처럼 탐지견들도 8~9세가 되면 냄새를 맡는 능력과 함께 체력도 떨어진다"고 설명했다.

은퇴한 탐지견은 다른 국가기관에 분양하거나 매각한다. 박 계장은 "탐지견이 여생을 편안하게 보낼 수 있도록 아무한테나 분양하지 않고 있지만 엄연한 국유재산을 아무런 절차 없이 공짜로 내줄 수도 없는 노릇"이라며 "우선은 매각 공고를 내고 낙찰자가 없으면 무상으로 증여한다"고 설명했다.

국토지리정보원, 발로 뛰며 국가기본도를 만든다

"국가기본도는 지도의 뿌리입니다. 나라가 발전하려면 정확한 국토지도를 갖는 게 기본이죠. 국가기본도가 없으면 네이버에서 맛집을 검색하는 것도, 티맵(Tmap)을 이용해 10년 만에 고향 친척집을 찾아가는 것도 불가능할 겁니다."

국가기본도는 국토 전역에 걸쳐 통일된 축척과 정확도로 제작된 지형도를 말한다. 모든 종류의 지도를 만들 때 기본이 된다. 우리나라는 5,000분의 1 축척으로 국가기본도를 만든다. 공공기관은 물론 인터넷 포털업체나 내비게이션 제작업체 등이 각자의 서비스 및 상품에 맞는 용도로 이를 활용한다. 국가기본도는 공공 및 민간 부문의 활용으로 연간 1,120억 원의 경제적 효과를 거두고 있으며, 순 현재가치는 5,991억 원에 이른다.

우리나라 국토 면적은 10만km²다. 5,000분의 1 지도를 만들려면 무려 1만 7,456도엽(장)으로 나눠야 한다. 여기에 건물과 도로, 철도 등 총 678가지, 약 1억 개의 지형지물을 표시한다. 지난 2012년 기준으로 도로가 58만km, 하천이 43만km, 건물이 1,550만 개 정도다. 2만 5,000분의 1 지도(866장)나 5만분의 1 지도(229장)에 비해 수십 배 힘든 작업이라는 것을 알 수 있다.

국기기본도를 만드는 국토지리정보원에서도 지도 제작에 투입되는 인원은 30명 안팎이다. 그래서 대부분의 작업을 전문업체에 맡기고, 지리원은 결과물을 검수하는 형태로 진행할 수밖에 없는 것이 현실이다.

2015년 4월 30일 오전, 경기 수원에 있는 국토지리정보원은 평소와 달리 하루 종일 사람들로 북적였다. 국가기본도 제작 용역을 맡은 민간업체들이 그동안의 성과를 검사받는 날이라고 했다.

국토 담으려면 항공 사진 20만 장 필요

국가기본도 제작의 첫 단계는 항공 촬영이다. 경비행기에 20억 원짜리 카메라를 싣고 다니면서 국토를 샅샅이 담아낸다. 항공 촬영은 연중 계속된다. 하지만 날씨에 큰 영향을 받을 수밖에 없다. 비가 오는 날은 물론이고 바람이 세게 부는 날도 촬영이 힘들다. 비행기가 흔들리기 때문이다.

날씨가 맑아도 사진을 찍을 수 있는 시간은 제한적이다. 경기 수원 지역의 국가기본도 제작을 맡고 있는 신한항업 최홍기 조사탐사팀장(이사)은 "건물 등의 그림자가 생기면 판독이 어렵기 때문에 보통 해가 제일 높은 위치에 있는 오전 10시~오후 2시에 사진을 찍는다"며 "맑은 날이라야 하루에 찍는 사진은 기껏 500~600장 정도"

라고 설명했다. 류 주무관이 "항공 촬영의 적기는 요즘 같은 봄과 가을"이라며 "낙엽이 많이 쌓여 있거나 수풀이 우거져서도 안 되기 때문"이라고 거들었다.

그나마 마음 편하게 사진을 찍을 수 있는 구역은 우리 국토의 절반에 불과하다. 나머지는 공군훈련구역 등을 이유로 촬영이 엄격하게 제한돼 있다. 최 이사는 "군부대를 비롯한 보안시설은 지도에 표시할 수가 없다"면서 "군에서 항공사진에 대한 보안검열을 거쳐 지도상에 나타나지 않도록 위장 처리를 한다"고 말했다.

특히 경기 파주나 문산 등 북한과의 접경 지역에서는 사진 촬영이 원천적으로 '불가능'하다. 해상도가 떨어지는 위성사진을 활용할 수밖에 없고, 그만큼 현장에서 일하는 사람들이 발품을 더 팔아야 정확한 지도를 만들 수 있다. 고도 1천m에서 25cm 크기의 물건을 식별할 수 있는 해상도로 촬영하며 1장당 5km²를 담는다. 무엇보다 입체적(3D)으로 표현하기 위해서는 진행 방향으로 60%, 인접 코스 간에는 30%를 겹치게 찍어야 한다. 김주환 주무관은 "국토 전체를 담으려면 대략 20만 장의 사진이 필요하다"고 말했다.

이렇게 촬영한 항공사진을 토대로 '도화圖畫'를 진행한다. 도화기를 이용, 항공사진상 지형지물의 외곽선을 추출해내는 작업이다. 3D 영화를 볼 때처럼 특수 안경을 끼고 모니터를 바라보면 건물이나 산이 입체적으로 나타난다.

지금은 도화 작업이 컴퓨터로 진행돼 그나마 편해졌다. 1980년대까지만 해도 항공사진 위에 반투명한 종이를 대고 연필로 그렸단다. 류 주무관은 "연필심의 굵기가 일정하지 않으면 오차가 생기는 탓에 연필심 굵기를 점검하는 현미경이 따로 있었을 정도”라면서 “연필 하나를 오래 쓸 수가 없어 하루에도 몇 번씩 정성을 들여서 연필을 깎아야 했다”고 설명했다.

곁에 있던 김 주무관이 “요즘에는 과거와 달리 건물을 네모반듯하게 짓는 경우가 드물다”면서 “건물의 모양이 특이하고 복잡하면 지도상에 표현할 때도 그리기가 그만큼 힘들어진다”고 어려움을 토로했다. 류 주무관은 “지도 제작 장비 등은 선진국에 비해 5년 정도 뒤지지만 지도를 만드는 기술은 선진국 이상이고, 특히 도화 기술은 세계 최고 수준이라고 자부한다”고 강조했다.

조사팀 ‘발품’이 지도의 정확성 높여

그다음은 도화 작업을 통해 만든 지도를 들고 현장에서 눈으로 점검하는 작업이다. 오전 11시께 광교신도시 연무중학교 앞에서 현지조사를 벌이고 있는 신한항업 탐사조사팀을 만났다. 2인 1조로 움직

이는데, 한 사람은 5,000분의 1 지도를 4배 확대한 2,500분의 1 지도를, 다른 한 사람은 측량 장비를 들고 거리를 누비고 있었다.

건물의 층수와 명칭, 대표성 있는 상가 등은 물론, 모든 도로의 포장 여부, 차선 등도 확인을 거쳐야 한다. 통상 5월에서 10월까지 진행되는 점을 감안하면 이들은 일 년 중 제일 더운 시기를 뜨거운 아스팔트 위에서 보내는 셈이다.

류 주무관은 "같은 상가 안에 A병원과 B병원이 있을 경우 하나만 지도에 표시해주면 다른 병원에서 아주 난리가 난다"며 "종교시설도 빼먹으면 종교 차별을 거론하면서 목소리를 높이곤 한다"고 말했다.

하루 종일 돌아다녀야 이들이 처리하는 면적은 1km² 정도다. 20년 경력을 가진 김종복 신한항업 조사탐사팀 부장은 "5,000분의 1 지도의 전체 면적이 6.25km²인 점을 감안하면 사나흘은 걸릴 것"이라며 "수원시만 해도 같은 지도 20장을 조사해야 한다"고 설명했다.

김 부장은 "그래도 도심에서의 조사는 양반에 속한다"고 했다. 산속에 있는 절이나 기도원 등도 빠뜨려서는 안 된다. 자동차가 들어가지 못하면 걸어서라도 가야 한다. 지도에서 표시를 빠뜨리면 어김없이 민원이 들어오기 때문이다.

그는 "초입에 간판이 있어도 맞는지 확인하기 위해 두세 시간이나 산을 올라야 하는 경우도 있다"며 "최근 산 속에 집을 짓고 사는 사람이 늘어나 산에 오르는 횟수도 갈수록 늘어나고 있다"고 말했다.

"항공사진을 보고 이전에 찍은 사진과 비교해 바뀐 게 있으면 하나하나 확인해야 합니다. 옛날에는 여기저기 돌아다니다 요기를 할 만한 식당이 없어 아무 집에 들어가 얻어먹기도 했어요. 사람도 살지 않는 섬에 갔다가 뱀이 너무 많아서 식겁한 적도 있고, 여름에 더위를 피해서 새벽이나 밤에 조사를 하러 다니다 오해를 사기도 했습니다. 비록 민간에서 일하지만 '국가기본도를 만든다'는 사명감이 아니라면 할 수 없는 일이라고 생각해요."

지도를 만드는 일을 하는 것뿐인데 이해관계에 얽혀 있는 것처럼 비쳐질 때는 참으로 난감하다. 류 주무관은 이미 소송도 서너 차례 경험했다. 그는 "개발지역에 사는 한 주민이 보상을 더 받기 위해 급하게 유실수를 심고서는 '10년 전부터 심어서 재배해왔다'고 우겼다. 하지만 2~3년 전 지도를 확인해본 결과 그런 사실이 없었다. 해당 주민은 항의를 하다 하다 뜻대로 안 되니 소송을 제기하는 것"이라고 설명했다.

김 부장은 "모텔들이 밀집한 곳을 조사할 때는 사진을 찍다가 심부름센터 직원으로 오해를 받은 적도 있고, 재개발지역에서는 지도를 들고 왔다 갔다 하니까 개발을 반대하는 분들이 낫을 들고 쫓아오기도 했다"며 웃었다. 이처럼 현장조사팀이 발로 뛰어 검증한 내용을 보완 · 편집하면 국가기본도가 완성되는 것이다.

하루 1만 4천 건 변화에 쉴 틈도 없어

우리 국토에서는 하루 약 1만 4천 건, 연간 5백만 건이 넘는 변화가 일어나고 있다. 이는 영국(하루 5천 건)의 2.8배에 달하는 것이다. 류 주무관은 "2014년도의 경우 도로 · 철도 등에서 2,269건의 변화가 발생했다"면서 "최근 몇 년 사이 가장 변화무쌍한 곳은 세종시를 품고 있는 충남 공주와 대전 일부"라고 설명했다.

국가기본도는 이 같은 변화를 신속하게 반영하기 위해 2년마다 새로 제작된다. 국토를 서북권(서울, 경기, 충남·북, 전북)과 동남권(부산, 강원, 경남·북, 전남, 제주)으로 나눠 항공 측량에 기반한 기본 수정과 수시 수정을 병행하고 있다.

류 주무관은 "가끔 '지도가 있는데 왜 또 만드느냐'는 얘기를 들으면 힘이 빠진다"며 "사람이 꾸준히 건강 관리를 해줘야 하는 것처럼 지도 역시 계속 유지·보수를 해줘야 기능을 제대로 발휘할 수 있고, 비용도 적게 들어간다"고 부연했다.

2015년에는 서북권에 대해 기본 수정을, 동남권에서는 도로와 철도, 하천, 주요 시설물 등의 변화를 반영하는 수시 수정을 진행하고 있다. 류 주무관은 "실시간으로 지도를 업데이트하는 것은 불가능하지만 최신성을 유지하기 위해 노력하는 것"이라고 말했다.

5,000분의 1 축척의 전국 지도를 가진 나라는 전 세계적으로도 우리나라와 영국, 일본 정도에 불과하다. 미국의 경우 국토가 너무 광대한 탓에 2만분의 1이나 2만 5천분의 1 지도를 주로 사용한다.

하지만 서울이나 부산 등 대도시에서는 표시해야 할 지형 정보가 워낙 방대해 더욱 세밀한 대축척 지도가 필요하다는 지적이다. 그래서 국토지리정보원이 만든 것이 1,000분의 1 지도다. 하지만 예산이 부족해 지속적인 업데이트를 하지 못했고, 최신 정보가 생명인 지도의 역할을 제대로 할 수 없는 상태가 되고 말았다.

최 이사는 "5,000분의 1 지도는 지형지물을 표시하는 데 그치고, 내부까지는 상세하게 표현하지 못하는 한계가 있다"며 "지도를 실질적으로 활용하기 위해서는 1,000분의 1은 돼야 한다"고 강조했다.

산림청 산림항공본부 산림헬기 조종사, 화염 속으로 날아드는 사람들

"2015년에는 봄 가뭄이 심해 산불이 자주 발생했습니다. 경기 포천의 경우 두 곳에서 동시에 산불이 나 한 곳을 포기할 수밖에 없는 상황도 발생했죠. 위험해도, 힘들어도 이 나라의 산은 우리가 지킵니다."

대한민국의 푸른 산을 지키는 산림헬기 조종사들은 온갖 위험에도 '국민의 생명과 재산을 지킨다'는 사명감으로 오늘도 조종석에 앉는다. 하지만 많은 국민이 산불을 끄는 헬기를 '소방헬기'로 부르는 탓에 속이 상한다. 그래도 '임무를 다한다'는 그들의 의지에는 변함이 없다. 봄에는 산불 진화, 여름에는 병해충 방제, 겨울에는 산림사업용 자재 운반 등으로 일 년을 바쁘게 사는 산림청 산림항공본부 산림헬기 조종사들의 세계를 들여다봤다.

하루 서너 번 산불 진화에 매달려

2015년 5월 7일 오전, 기자가 찾은 강원도 원주의 산림항공본부는 간혹 들리는 새들의 울음소리를 제외하면 적막에 가까웠다. 5월로 접어들면서 맹렬했던 산불의 기세가 한풀 꺾여 한숨 돌릴 여유를 찾았다고 했다. 실제로 전날은 산불이 전국에서 단 한 건도 발생하지 않았다.

산림항공본부는 '항공모함'을 닮았다. 서울 목동 야구장보다 약간 작은 계류장(1만 5,440m²)은 높낮이 차 때문에 반쯤 공중에 떠 있고, 지상 3층의 본부 건물과 그 위로 불쑥 튀어나온 모습이 딱 그랬다.

산림항공본부의 관할권역은 경기도 동부와 강원 영서, 충북 북부 지역이다. 이날의 1번기 담당은 2008년부터 산림헬기를 조종하고 있는 김현철 기장이었다. 경보가 울리면 가장 먼저 출동해야 하는 탓에 항상 준비 태세를 갖추고 있어야 한다. 김 기장은 "산불에도 골든타임이 있다"며 "신고를 접수한 후 30분 이내에 도착해야 산불의 확산을 막을 수 있다"고 말했다.

봄 산불이 한창일 때는 하루에도 서너 번씩 출동을 한다고 했다. 하루 8시간 이상은 조종을 못 하도록 규정돼 있지만 산불이 커지면 이를 초과할 수밖에 없다. 큰 산불이 나면 해가 뜰 때부터 해가 지기 전까지 9~10시간 동안 진화 작업에 매달리기도 한다는 설명이다.

김 기장은 "연료 보급하는 10여 분 동안 쉬고, 식사도 이때 김밥으로 간단하게 때워야 한다"며 "집중력에 한계를 느껴 담수하다 수면이 흔들리는 것을 보고 비행기가 흔들리는 것처럼 느끼는 '비행착각'을 일으키기도 한다"고 말했다.

산림헬기 조종사들은 일 년에 보통 150시간 정도를 탄다. 산림항공본부의 경우 이미 평균 120시간을 넘어섰다. 경기와 강원 지역에서 예년보다 산불이 많이 발생한 탓이다. 2015년 5월 6일 현재까지 전국에서는 모두 366건의 산불이 났고, 이 가운데 경기와 강원 지역에서만 각각 95건, 67건이 발생했단다.

산림항공본부의 헬기 조종사들은 모두 군 출신이다. 문영석 기장은 어릴 적 꿈이 조종사였다. 육군3사관학교를 거쳐 군에서 20년간 복무했다. 이 중 16년을 헬기 조종석에서 보냈다. 2010년 예편한 이후 산림항공본부로 자리를 옮겼다.

산림헬기 조종사들 사이에는 '불나방이 되지 말라'는 말이 있다. 군대에서의 사명감을 그대로 가져온 조종사들이 불을 끄고자 하는 의욕이 지나쳐 자칫 안전을 뒷전으로 밀어낼 수 있으니 조심하라는 뜻이다. 문 기장은 "그 말에는 '일이 생기면 너만 손해'라는 의미가 포함돼 있다"며 "하지만 때로는 불나방이 될 필요가 있을 거라는 생각이 든다"고 말했다.

"지난 2011년 전북 고창에서 산불이 났을 때였습니다. 산 근처 묘목장에도 불이 붙은 것이 보였습니다. 할머니가 헬기를 보고서는 '불을 꺼달라'며 온갖 손짓발짓을 다 하더군요. 한 번만 물을 뿌려주면 괜찮을 거라 생각해서 지휘통제센터에 건의했지만 묵살됐어요. 산으로 올라가는 불길을 잡는 게 우선이라는 거였죠. 그때 산에 있는 나무를 지키는 것도 중요하지만 국민의 재산을 지키는 일도 못지않게 중요하지 않나 생각이 들었습니다. 그 사람에게는 전 재산일 수도 있으니까요."

김 기장도 "군에서는 훈련만 하지만 여기서는 모든 게 실제 상황이다. 국민을 도와주는 일이라 보람을 느낀다"며 "어느 날 밤나무 병해충 방제를 하는데 밭주인으로 보이는 아주머니가 우산을 쓴 채 기다리는 모습을 보고 정말 가슴이 뿌듯했다"고 말했다.

헬기 조종사들에게 제일 무서운 것은 연기다. 특히 대형 산불이 나면 산림헬기를 비롯해 소방헬기, 지방자치단체의 임차헬기까지 10여 대가 동원되는데, 규정에는 산림헬기가 통제하도록 돼 있으나 이를 잘 따르지 않기 때문이다. 잘못하면 충돌 사고가 발생할 수도 있다.

김 기장은 "연기가 자욱하면 적정 고도로 운항해도 한 치 앞을 분간하기가 어려울 때가 있다"며 "중간에 나무가 유달리 높이 솟아 있는 경우도 있고, 평소 인지하고 있던 고압선이 잘 안 보일 때도 있다"고 어려움을 토로했다.

산불 조심 기간에는 아프지도 말아야……

오후 1시가 가까운 시각 '산불이 발생했다'는 방송이 나왔다. 김 기장이 귀를 쫑긋 세웠다. 다행히 관할 구역이 아닌 경북 안동이라며 한숨을 돌렸다. 문 기장은 "강원 양구의 군사분계선 북측에서도 산불이 났는데 아직 아군 쪽으로 넘어오지 않았다"면서 "갑작스럽게 바람 방향이 바뀔 경우 불길이 넘어올 수 있어 긴장을 늦춰서는 안 된다"고 말했다.

산림항공본부가 보유한 헬기는 '스카이 크레인'으로 불리는 미국산 S-64 1대와 러시아산 카머프(KA-32) 3대다. 김 기장은 "산불 진화에는 S-64가 훨씬 효과적"이라고 했다. 한꺼번에 담을 수 있는 물의 양이 KA-32가 3톤인 데 비해 S-64는 배 이상 많은 8톤이나 되기 때문이다.

오후 2시에는 강원 춘천에서 산불 발생 신고가 들어왔다. 다른 항공관리소에서 춘천으로 전진 배치된 산림헬기가 이미 출동했고, 30분 이내에 진화가 가능할 것이라는 보고가 이어서 들어왔다. 5분이 채 지나지 않아 이번에는 강원 철원의 군사분계선 근처에서 산불이 났다. S-64에 출동 명령이 떨어졌다. 김 기장이 아니라 문 기장과 박영빈 운항실장이 황급하게 계류장으로 달려갔다.

베테랑인 산림헬기 조종사들에게도 군사분계선 인근에서 발생한 산불이 부담스럽다. 자칫 선을 넘어설 경우 북한군의 공격을 받을 수도 있고, 그렇지 않더라도 정전협정 위반으로 문제를 삼을 소지가 다분하기 때문이다. '군사분계선을 넘어갈 듯하면 끄지 말라'는 지침까지 내려올 정도다.

문 기장은 "2015년 4월 말 강원 철원 · 양구에서 산불이 났을 때도 군사분계선을 넘어갈 뻔한 아찔한 순간을 겪었다"며 "자연스레 산불 진화에 소극적으로 나설 수밖에 없었고, 꺼지는 듯 살아나기를 반복하다 보니 산불이 오래 지속됐다"고 설명했다.

그는 "군사분계선이 남측으로 휘어져 있는 곳에서는 산불을 끄다 PDA상으로 미미하게 넘어갈 수 있다"며 "기장이 혼자서 책임진다면 괜찮은데 옆에 앉은 부기장에게 피해가 갈까 봐 엄청난 스트레스로 작용한다"고 덧붙였다.

김 기장 역시 2015년 3월 강원 화천의 군사분계선 인근에서 산불을 끄다 아찔한 순간을 경험했다. 그는 "북측에 '산불을 끄러 간다'고 수차례 방송을 했지만 북에서는 대공포로 헬기를 조준했고, 우리 측에서도 이에 대응하고 있었다"면서 "나중에야 알았지만 뒷목이 서늘했다"고 말했다.

김 기장은 "산림헬기 조종사들은 아프지도 말아야 한다"며 웃었다. 여분(예비) 조종사가 없기 때문이다. 산림항공본부만 해도 헬기 4대에 조종사는 8명이 전부다. 1명이라도 빠지게 되면 헬기 1대를 고스란히 놀릴 수밖에 없다.

문 기장은 "해마다 2월부터 5월까지 계속되는 산불 조심 기간에는 '쉬고 싶다'는 얘기를 마음 놓고 할 수가 없다"고 했다. 문 기장도 2015년 3월 말 아들의 부사관 임용식에 참석하기 위해 동료들의 양해를 구한 뒤 억지로 정비 계획을 잡아 하루를 쉬었을 뿐이다.

병해충 방제, 자재 운반도 산림헬기의 몫

산림헬기가 산불만 끄는 것은 아니다. 산불이 잦아드는 5월부터 8월까지는 소나무 재선충병 등 산림 병해충을 잡기 위한 항공 방제에 나선다. 산림항공본부에 따르면 2014년에는 소나무 재선충병 방제 7만 6,702ha, 밤나무 병해충 방지 2만 3,499ha를 해냈다. 조류인플루엔자(AI) 항공방제도 5,040ha에 걸쳐 진행했다.

산불 진화와 달리 방제 작업은 아무리 길어도 4시간이면 끝난다. 하지만 지상 15~20m 높이로 낮게 내려가야 하는 탓에 지면과의 충돌 우려가 커져 조종사 입장에서는 부담스럽다. 또 선회를 하다 보면 헬기 내부로 약이 새어 들어올 때도 있어 여간 힘들지 않다. 김 기장은 "통상 7~8월에 밤나무 방제를 하는데 섭씨 30도를 오르내리는 여름 날씨에 헬기 안의 온도는 10도 이상 높아 애를 먹는다"며 "예외적으로 반팔 상의를 입고 조종석에 앉을 수 있도록 해준다"고 말했다.

옆에 있던 문 기장이 "특히 여름에 하는 일이라 싫다"며 "기온이 높아지면 양력이 저하돼 헬기의 힘이 떨어지고, 운용하기가 그만큼 어려워진다. 소나기가 온다거나 날씨가 돌변하는 경우도 많다"고 설명했다.

지방자치단체 등이 벌이는 산림사업에 자재를 운반하는 것도 산림헬기의 몫이다. 주로 등산로를 개·보수하거나 산불감시용 폐쇄회로 TV를 설치할 때다. 2013년 1,910톤에 이어 2014년에는 전북 모악산도립공원 등산로 정비사업(200톤)을 포함해 총 882톤의 자재를 날랐다.

김 기장은 "자재를 운반하는 일이 난이도가 더 높다"고 했다. 정확한 자리에 떨어뜨려야 하기 때문이다. 그는 "산에서는 바람의 방향이 일정하지 않아 헬기도 흔들리고, 줄에 매달린 화물도 흔들린다"면서 "최악의 경우 줄을 끊어야 할 때가 있는데, 아래에 사람이 있는지 확인하고, 상황 판단을 잘해야 사고를 막을 수 있다"고 강조했다.

경찰청 행정한류 전문관, 과테말라에 사이버 수사의 씨앗을 뿌리다

"과테말라는 '범죄의 천국'으로 불립니다. 가급적 길거리를 돌아다니지 않는 것이 좋습니다. 행여라도 길을 잘못 들면 밤낮을 가리지 않고 강도를 만나 주머니를 털리거나 총에 맞아 목숨을 잃을 수도 있습니다."

멕시코 아래에 위치한 과테말라로 출장을 떠나기 전 현지 한국대사관에 근무하는 신동욱 경찰 주재관(영사)으로부터 귀가 따갑도록 들은 얘기다. 그는 "총기 소지가 헌법으로 허용된 국가"라며 "인구 10만 명당 살인사건 발생률이 46명으로, 중미 국가 가운데 엘살바도르, 온두라스 다음으로 높다"고 했다.

신 영사는 "특히 수도 과테말라시티의 범죄 발생 건수가 다른 지역에 비해 월등하게 많으며, 살인과 강도, 유괴, 차량절도 등 강력범죄가 주를 이루고 있어 치안 상황이 매우 열악하다"고 부연했다. 당시에는 농담으로 치부한 채 웃으면서 한 귀로 듣고, 한 귀로 흘려버렸다.

하지만 직접 마주한 과테말라의 현실은 무엇을 상상하든 그 이상이었다. 사건 · 사고를 전문으로 다루는 일간신문이 발행되고, 그 신문에서 매일같이 유혈이 낭자한 사진을 '모자이크' 없이 보는 것만으로도 충분했다. 고급스러워 보이는 상점에는 어김없이 총을 든 경호원이 배치돼 있고, 소규모 상점들도 철장으로 막은 채 돈과 물건을 주고받을 수 있도록 작은 창만 내놓았다.

과테말라 전역에 퍼진 총기는 24만 정에 이르고, 미등록 총기는 이보다 훨씬 많은 28만 정으로 추정되고 있다. 개인이 만든 '사제 총기'까지 합치면 100만 정을 훌쩍 넘을 것이라는 얘기도 있다. 경찰(3만 명)에 군대(1만 5천 명)를 더해도 청부 살해, 금품 갈취 등을 전문으로 하는 범죄단체 조직원 수(약 8만 명)의 절반에 불과하고, 화력(무기)도 범죄 조직에 비해 수준이 한참 뒤떨어지는 것으로 평가된다.

힘없는 경찰, 부패한 경찰에 국민들은 등을 돌린 지 오래였다. 소위 돈 있고, 힘 있는 범죄자들은 경찰과 검찰의 비호 속에 처벌조차 받는 않는 경우가 허다하다. 경찰개혁위원회를 만들어 '개혁'을 외치고 있으나 실질적인 성과는 나타나지 않고 있다. 얼마 전 차량 강도를 당한 한 교민이 "보복이 두려워서, 해봐야 소용없다는 것을 알기에 경찰에 신고하는 것을 포기했다"고 말할 정도다.

이렇게 위험천만한 '만리타향'에서 대한민국 경찰이 과테말라 경찰을 돕겠다고 나섰다. 아직 '아날로그'의 늪에서 허우적거리는 과테말라 경찰을 '디지털'의 세계로 이끄는 것이 목표다. "'치안한류'의 바람을 일으키겠다"며 과테말라에서 비지땀을 흘리는 우리 경찰의 모습을 들여다보았다.

디지털 불모지에 '디지털포렌식'을 심다

경찰교육원(충남 아산) 수사학과에서 근무하다 '행정한류 전문관'으로 과테말라에 파견된 김은중 경감은 2014년 8월 과테말라에 도착한 이후 첫 두 달을 스페인어 공부에 매달렸다.

과테말라에는 디지털 증거를 다루는 국가기관이 존재하지 않았다. 김 경감은 과테말라 정부와 경찰에 한국의 사이버범죄 수사 조직, 수사 기법 등을 소개하며 설득하는 작업을 시작했다. 과테말라 경찰아카데미를 비롯해 국립과학수사연구원(INACIF) 등 곳곳에 김 경감의 책상이 마련돼 있는 것을 보고서야 그가 쏟아부은 노력을 짐작할 수 있었다.

그는 경찰 고위층과 접촉하면서 '사이버범죄 수사를 전담할 조직을 창설하고 싶지만 마땅한 계기가 없었다'는 점을 확인했다. 협의를 통해 PC · 노트북 · 휴대전화 등 각종 저장매체나 인터넷에 남아 있는 정보를 분석해 범죄의 단서를 찾는 '디지털포렌식'에 초점을 맞추기로 했다.

'사이버범죄 및 테러 수사 과정'을 신설키로 하고, 처음으로 22명의 교육생을 뽑았다. 김 경감은 "컴퓨터 지식을 갖춘 수사관

들을 선발해달라고 했지만 정작 최하위직으로, 행정 업무를 보던 경찰관이나 컴퓨터 활용 능력이 전무한 경찰관 등을 보냈다"고 설명했다.

본격적으로 교육을 시작하기에 앞서 2014년 12월에 워크숍을 열었다. 디지털포렌식에 대한 개념과 인식을 심어주는 것이 급선무였기 때문이다. 수업 과목을 정하고, 시간표를 만들고, 교육계획서를 작성하는 것도 김 경감의 몫이었다. 우리 경찰수사연수원의 '사이버범죄 수사 과정'을 모델로 삼았다.

김 경감은 "그동안 과테말라 경찰은 일과가 끝난 후 보수 교육을 하는 것이 일반적이었는데 이번 교육은 '파격'에 가까웠다"며 "경찰 고위층의 사이버범죄 수사팀 설치에 거는 의지와 기대를 읽을 수 있었다"고 말했다.

무엇보다 김 경감을 힘들게 만든 것은 '언어 장벽'이었다. 일부 교육생들은 컴퓨터에 나오는 'save' 'exit' 등 컴퓨터 사용에 가장 기초가 되는 영어 단어조차 이해하지 못했다. 김 경감은 "나 스스로도 전문 용어들을 쉽게 설명할 수 있을 만큼의 스페인어 실력을 갖추지 못했었다"며 "직무훈련비를 통역 비용으로 쓰려 했지만 규정상 불가능했고, 결국 영어 구사가 가능한 경찰관 2명을 추가로 뽑아 통역으로 썼다"고 소회했다.

강사(김 경감)는 전문가지만 통역은 비전문가였다. 전문적인 용어들은 손짓, 발짓으로도 의사소통이 되지 않았다. 통역부터 먼저 알아듣고, 이해할 수 있도록 교육을 시켜야 했다. 여기에 또 일주일이 걸렸다.

우여곡절 끝에 2015년 1월 12일 교육이 시작됐다. 오전 9시부터 오후 5시까지 하루 7시간, 15주 과정이었다. 불과 일주일이 지나면서부터 수업을 따라오지 못하는 교육생들이 여럿 나타났다.

그래도 인터넷이나 컴퓨터에 대해 지식이 부족한 문제는 교육을 진행하면서 가르치면서 해결할 수 있었다. 더구나 교육생들의 열정은 놀라울 정도였다. 임신 5개월부터 만삭의 몸으로 교육을 마친 둘세 마리아조차 수업 시간에 단 한 번도 빠진 적이 없었다.

교육 장비가 부족한 점도 걸림돌이었다. 김 경감은 "말로만, 이론으로만 가르쳐야 하는 한계가 있었다"며 "그러다 보니 교육의 질이나 효과가 떨어질 수밖에 없었고, 한발 더 나가는 교육이 불가능했다"고 아쉬움을 나타냈다.

김 경감은 기초 과정으로는 만족할 수 없었다. 교육생들에게 '한 단계 높은 디지털포렌식 세상'을 보여주기 위해 한국 경찰청에 전문가 파견을 요청했다. 4월 중순 부산지방경찰청 사이버범죄 수사대 홍성진 경사와 과테말라 주재관을 지낸 대구 서부경찰서 박성훈 여성청소년과장이 과테말라로 건너왔다.

이들은 2주간에 걸쳐 심화 과정을 진행하면서 휴대전화에 저장된 정보를 수집 · 분석하는 모바일포렌식, 범죄 현장에서 디지털 증거를 수집하는 기법, 손상된 메모리 정보 및 영상을 복구하는 기법 등을 전수했다.

'불 꺼진' 사무실, 그래도 희망의 꽃은 핀다

2015년 5월 13일 오전 과테말라시티 한구석에 있는 2층 작은 건물을 찾았다. 검은색의 높고 두꺼운 철문이 심상치 않은 건물임을 말해주고 있었다. 이달 초 출범한 과테말라경찰청 특수수사대 조직범죄과 사이버범죄 수사팀의 사무실이 있는 곳이다. 10개월에 걸친 김 경감의 열정이 모두 담긴 결과물이기도 하다.

건물 내부는 대낮인 데도 깜깜했다. 창을 통해 들어오는 빛이 가까스로 사람의 얼굴을 확인시켜줬다. 전기요금을 내지 못해 수일째 이렇게 지내고 있단다. 가뜩이나 부족한 예산이 경찰 상부의 부정부패로 줄줄이 새어나간 탓이다.

2층 한쪽에 마련된 사무실 내부의 사정도 별반 다르지 않았다. 장비라고는 책상 위에 덩그러니 놓인 PC 3대가 전부라고 했다. 정상적인 디지털포렌식은 꿈도 꾸지 못할 상황이었다. 일감이 없어 교육을 수료한 24명 가운데 절반이 넘는 14명은 다른 부서로 발령을 내야 했다. 어이가 없어 웃고 있는 기자를 보며 김 경감은 자주 있는 일이라는 듯 아무렇지 않은 표정이었다. 그는 "이게 과테말라 경찰의 현실"이라고 했다.

사이버범죄 수사팀이 마냥 손을 놓고 있는 것은 아니었다. 가장 우수한 교육생 중 하나였던 디에고 테오스 사이버범죄 수사팀장은 "힘든 여건이지만 사이버 추적 수사를 비롯해 할 수 있는 것은 모두 하고 있다"고 말했다. 그는 "2~3세밖에 안 되는 여자아이들을 납치해 아동포르노를 제작한 사건, 인터넷에서 특정 은행이 파산할 것이라는 유언비어를 유포한 사건을 수사 중"이라고 덧붙였다.

김 경감은 "소프트웨어나 장비가 전무해 애써 배운 기술과 능력을 썩히고 있다"며 "하드디스크 복구 · 분석 등에 기본적으로 필요한

700만 원짜리 프로그램 하나만 있어도 좋을 것"이라며 아쉬워했다. 그는 "분석실을 제대로 갖추려면 비용이 많이 들기 때문에 상당한 시일이 걸릴 것"이라며 "이들은 내심 대한민국이라는 감나무에서 감이 떨어지기만을 기다리고 있다"고 부연했다.

테오스 팀장은 "과거에는 해결하지 못했던 사건들을 이제는 해결할 가능성이 높아졌다"고 했다. 그는 "추적 수사만 생각하던 우리에게 디지털포렌식의 새로운 눈을 뜨게 해준 것만으로도 감사한 일"이라며 "향후 과테말라 경찰의 수사 역량 강화에 큰 도움이 될 것으로 확신한다"고 강조했다.

김 경감은 과테말라에 머무르는 2016년 2월까지 힘껏 이들을 도울 계획이다. 테오스처럼 눈에 띄는 친구들을 한국으로 보내 3~4개월 집중 교육을 시켰으면 하는 것이 솔직한 바람이다.

그는 "하루라도 빨리 장비가 갖춰지면 사건 해결에 제대로 적용하는 실무 교육까지 마무리하고 싶다"고 말했다.

대학 강의 등을 통해 사이버범죄에 대한 관심을 높이는 것도 남은 과제다. 사이버범죄에 대한 법적인 규정이 미비해 정비가 시급하다는 지적이다.

여태수 경찰청 치안한류 계장은 "치안한류를 통해 현지 경찰과의 우호적인 관계를 만들면 교민 보호는 물론 국제 사회에서 우리 경찰의 목소리도 높일 수 있다"며 "과테말라는 치안사정이 매우 나빠 교민 보호 필요성이 제일 크다"고 설명했다.

경북 축산기술연구소 한우연구실, 더 좋은 한우를 만든다

"우리나라에는 300만 마리에 가까운 소가 있습니다. 하지만 이들 소의 아버지는 수백 마리에 불과합니다."

대다수의 사람들은 이 얘기를 듣고는 놀란다. 하지만 엄연한 사실이다. 소는 임신 280여 일 만에 새끼를 낳는다. 보통 암소는 24개월부터 출산하고, 15~20년 동안 사니까 일생 동안 대략 15마리 안팎을 낳게 된다.

특히 소는 부모의 영향을 많이 받는다. 그래서 축산 농가의 99%가 뛰어난 씨수소를 골라 인공수정을 한다. 자연교배 시 브루셀라 등 질병 관리가 잘 안 되는 것도 축산 농가들이 인공수정을 선호하는 이유 중 하나다. 유전적으로 우수한 씨수소의 선발은 축산 농가의 수익을 높이고, 소비자에게는 질 좋은 축산물을 공급하는 첫 번째이자 가장 중요한 단계다.

'KPN(Korean Proven Bull No)'은 능력 검정 결과에 따라 선발된 씨

수소에 부여되는 고유번호다. 씨수소의 여러 가지 능력 가운데 유전 능력만을 계산해 후대에게 물려줄 수 있는 '예상유전전달능력'을 평가한다. 이렇게 선발된 씨수소를 '보증 씨수소'라고 하며, 보증 씨수소의 정액을 채취해 인공수정용 정액을 생산하게 된다.

2015년 5월 28일, 우리나라 지방자치단체 가운데 처음으로 자체 씨수소 개발을 시작한 경북 영주시 안정면 소재 경상북도 축산기술연구소를 찾아 씨수소가 어떻게 길러지는지를 들여다봤다.

보증 씨수소가 되기까지 걸리는 시간 5.5년

5월이라고는 믿을 수 없을 정도로 더운 날씨였다. 오전 시간이었음에도 온도계는 이미 섭씨 30도 턱밑까지 도달해 있었다. 사방이 산과 나무로 둘러싸인 한적한 시골이어서 바람도 불고 시원할 거라 예상했지만 순진한 착각이었다.

구제역이 전국을 휩쓸고 간 후라 축산기술연구소로 들어가는 길은 꽤나 까다로웠다. 입구에서 내려 개인 소독을 실시하고, 자동차도 한 차례 소독액을 뒤집어써야 했다. 잠시 후 소들이 일용할 양식을 기르는 푸른 초원이 시원스레 기자를 맞아줬다. 풀밭 위에는 비닐로 꽁꽁 싸맨 건초더미들이 도처에 널려 있었다.

수송아지들이 자라고 있는 축사로 들어가니 역한 냄새가 코를 찔렀다. 코를 잡고 얼굴을 찡그린 사람은 기자뿐, 연구소 관계자들은 아무렇지도 않다는 표정이었다. 등이 어른 배꼽에 닿을 만큼 자란 송아지들이 방(우리) 하나씩을 차지한 채 맑은 눈을 껌벅거리고 있었다.

8년째 이곳에서 소들과 씨름하고 있는 한우연구실 정대진 박사가 사료와 건초를 나눠주고는 일일이 상태를 점검했다. 그다음으로 송아지의 체중을 재고, 자를 이용해 키와 너비를 꼼꼼하게 기록했다. 날뛰는 송아지를 진정시키기 위해 한참이나 실랑이를 벌여야 했다.

보증 씨수소 선발 과정은 당대검정과 후대검정으로 나뉜다. 경북축산기술연구소, 농협 등에서 2년 4개월에 걸쳐 뽑은 후보 씨수소(당대검정)를 모두 농협 한우개량사업소로 보내 3년 2개월 동안 후대검정을 실시한다.

암소가 연구소로 들어오는 것부터 쉽지 않다. '뼈대 있는 가문 출신'이라는 자격 조건 탓이다. 그래서 한우육종 농가 등에서 엄선한 우량 암소를 들여온다. 이 암소를 보증 씨수소와 인공수정시켜 송아지를 낳게 된다.

송아지가 나오면 혈액을 채취해 족보에 나와 있는 부모가 '진짜' 부모인지 혈통을 대조하고 외모 검사와 질병 검사 등을 실시한다.

정 박사는 "송아지라지만 몇 달만 지나면 200~300kg이 나가기 때문에 채혈 작업이 여간 힘든 게 아니다"며 "소와 씨름하다 무릎이나 발목을 채이는 바람에 인대가 늘어나 고생하기도 한다"고 말했다.

그는 이어 "살아 있는 동물을 다루는 일은 공장에서 물건을 찍어내는 것과 달라 마음대로 안 된다"면서 "송아지들은 자주 아프기도 하고, 자다가 새벽에도 새끼가 나온다고 연락이 오면 달려 나와야 한다"고 강조했다.

"올해 초 40kg짜리 새끼를 출산한 적이 있어요. 보통은 30kg이 넘어가면 크다고 하는데 말이죠. 새벽 2시에 4명이 가서 잡아당겼는데도 걸려서 안 나오는 거예요. 결국 외부 수의사를 불러 출산을 했습니다. 이 과정에서 암소는 자궁이 찢어져 하는 수 없이 다음 날 도축하러 내보냈어요. 가만두면 죽으니까요. 새끼는 초유를 먹이다가 다른 암소에게 입양을 보냈습니다."

경북 축산기술연구소는 일 년에 상·하반기 각각 100마리씩 교배시켜 약 160마리의 송아지를 얻는다. 이 가운데 절반가량은 암소다. 정 박사는 "나머지 80마리 중에서 체중과 외모 등을 봐서 40마리를 골라내는데 최소한 350kg은 돼야 뽑힐 가능성이 있다"며 "그리고 6개월 동안 똑같이 먹인 후 '얼마나 잘 크나'를 검정해서 후보 씨수소 1~2마리를 선발하게 된다"고 말했다.

곁에 있던 김병기 한우연구실장은 "단순히 눈에 보이는 체중이 아니라 혈통 등을 감안한 유전적 체중을 따진다. 전국적으로도 1차로 700마리의 수송아지를 선발하고, 6개월 후 후보 씨수소가 되는 것은 55마리 안팎에 불과하다"고 거들었다.

체중과 사료 섭취량을 비교해 효율성을 따진다. 적게 먹고, 살은 많이 찌는 소가 좋은 평가를 받는다. 정액 심사도 빼놓을 수 없다. 사정량이나 정자의 활력, 정자 수 등이 평가 대상이다. 또 암소를 대신해 사정을 돕는 '의빈대'에 잘 올라타는지도 봐야 한다. 아무리 좋은 정자를 가졌다 하더라고 배출할 수 없으면 무용지물이기 때문이다. 이렇게 당대검정이라는 1차 관문을 통과해야 소들은 비로소 'KPN1234'와 같은 이름을 얻을 수 있다.

농협 한우개량사업소에서 진행되는 후대검정은 더욱 가혹하다. 정 박사는 "후보 씨수소(55마리)를 3,200마리의 우량 암소와 교배시켜 수송아지 500마리를 얻고, 이를 거세 비육해 육질 등을 검정한 후 보증 씨수소를 최종적으로 뽑게 된다"고 설명했다.

보증 씨수소로 선발되는 소는 한 해에 20~22마리에 불과하다. 일 년에 전국에서 태어나는 수송아지가 70만 마리 정도라는 점을 고려하면 자그마치 3만 5천 대 1의 경쟁을 이겨내야 가질 수 있는 타이틀이 '보증 씨수소'다.

구제역 직격탄…… 기르던 500마리 직접 살처분

경북 축산기술연구소도 큰 위기를 겪있다. 지난 2011년 1월 구제역의 직격탄을 맞은 것이다. 김 실장은 "당시 500여 마리의 소를 기르고 있었는데 모두 살처분했다"면서 "그것도 우리 손으로 직접……"이라며 말끝을 흐렸다.

태어날 때부터 지켜봐왔던 소들이어서 더욱 가슴이 아팠다. 그중에는 분유를 사서 직접 먹이고 키운 송아지도 있었다. 정 박사는 "주사를 놓으면 송아지들은 2~3초면 죽는다"며 "한창 분만 시기여서 임신한 소들과 송아지들이 많아 가슴이 짠했다"고 소회했다.

경북 축산기술연구소가 배출한 최고의 보증 씨수소 'KPN586'도 은퇴한 후 이곳에 머물다 구제역을 맞아 살처분됐다. 지난 2001년 9월에 태어나 2008년 12월 보증 씨수소로 뽑힌 KPN586은 생후 18개월 당시 체중이 508kg이었고, 23개월 때는 무려 630kg에 달했다.

KPN586은 보증 씨수소로 활약한 2년여 동안 무려 12만 2,241스트로의 정액을 생산해냈다. 그만큼 축산 농가들로부터 사랑을 받았다는 얘기다. 김 실장은 "지금까지 국내에서 길러낸 1천여 마리의 보증 씨수소 가운데 10위 안에 들 것"이라고 자랑했다.

KPN586의 능력은 후대축에서 더욱 도드라진다. 후대축 2만 1,385마리 가운데 28.9%(6,178마리)가 최고등급인 1++를 받았다. 1+등급까지 확대하면 57.9%(1만 2,390마리)나 된다. 1++등급의 출현이 2천 마리를 넘는 보증 씨수소 가운데 단연 1위다. 3위인 'KPN507'의 1++등급 출현율(14.6%)과 비교하면 정확하게 2배다.

김 실장에게 KPN586은 특별하다. 직접 길러낸 소인 데다 '할 수 있다'는 자신감을 심어줬기 때문이다. 김 실장은 "중앙정부가 지방자치단체의 씨수소 개발 능력을 인정할 수밖에 없는 계기를 만든 것이 KPN586"이라고 했다. 그는 "차마 내 손으로 죽일 수가 없어 마지막으로 기념사진을 찍고 함께 산책을 한 후 외부 수의사에게 부탁했다"면서 "땅에 묻을 때는 눈물이 절로 나더라"고 했다.

살처분이 끝난 뒤 김 실장과 정 박사의 발걸음이 바빠졌다. 우선 축사 내부를 처음 지은 것처럼 깨끗하게 만드는 일이 급선무였다. 정 박사는 "물청소와 소독을 몇 번이나 반복하고, 사료도 모두 폐기처분했다"며 "연구소를 정상화하는 데만 2개월이 걸렸다"고 설명했다.

김 실장은 "일 년 내내 좋은 암소를 사기 위해 경남과 경북 일대를 돌아다녔다"면서 "좋은 소가 있다는 소식이 들리면 장소를 불문하고 한달음에 달려가곤 했다"고 말했다. 이어 "당시 암소만 300여 마리를 사들였는데 가격도 30~40%를 더 쳐주고 데려올 수밖에 없었다"고 덧붙였다.

이처럼 치열한 경쟁, 엄격한 심사를 거쳐 최종적으로 선정된 보증 씨수소의 경제적 가치는 어느 정도일까. 보증 씨수소 한 마리가 은퇴할 때까지 생산하는 정액은 대략 12만 스트로에 이른다. 정 박사는 "씨수소 한 마리에서 정액을 한 번 추출하면 이를 희석해서 쓰기 때문에 한꺼번에 200~300마리를 임신시킬 수 있는 양이 된다"며 "한 마리에서 너무 많이 추출해서 사용할 경우 근친도가 높아질 수 있어 12만 스트로 수준에서 제한하고 있다"고 설명했다.

소비자인 축산 농가의 선호도에 따라 정액의 가격은 스트로당 3천~1만 원 선으로 달라진다. 보증 씨수소 한 마리가 최대 12억 원의 값어치를 하는 셈이다. 인기가 높은 최상위권 보증 씨수소의 정액은 추첨으로, 그것도 1인당 10스트로까지만 구입이 가능할 정도로 공급이 부족한 형편이다.

김 실장은 "지자체도 후대검정을 할 수 있는 시스템을 갖추고 있다"며 "지자체에서 직접 정액을 생산·보급하면 근친 문제가 생길 것이라고 우려하고 있으나 지자체에서 선발된 보증 씨수소의 정액을 중앙정부와 타도에 5천~1만 개씩 할당 판매토록 하면 이를 방지할 수 있을 것"이라고 지적했다.

태백선 쌍룡역 역무원, 강원 산간에 숨은 산업역군들

'하루 승객은 15명인데 역무원이 17명.'

이는 철도 노조의 파업이 한창이던 지난 2013년 12월 한 언론에 게재된 기사 제목이다. 철도 운송 수입이 연간 1,400만 원에 불과한 이 역의 인건비는 11억 원이 넘는다고 했다. 이후 '귀족 노조' '방만 경영'이라며 비난하는 글들이 인터넷을 뜨겁게 달궜다. 하지만 기사의 내용은 사실과 달랐다. 화물을 포함한 해당 역의 운송 수입은 연간 100억 원에 육박했고, 역무원도 3조 2교대로 돌아가는 근무 시스템을 감안하면 실제 투입 인원은 하루 5명에 그쳤다.

그 역이 바로 강원도 영월 한반도면에 위치한 태백선 쌍룡역이다.

하루 승객 10명…… 공공성 지키려 운행

2015년 6월 7일 아침, 강원도 산간의 간이역으로 가는 길이었으나 기차가 아닌 버스를 타야 했다. 서울에서 원주(강원), 제천(충북)을 거쳐 정동진(강원)으로 가는 기차는 많지만 정작 태백선 쌍룡역에 멈춰서는 기차는 하루 한 차례밖에 없다. 그나마도 '당일치기' 취재를 하기에는 애매한 시간인 낮 12시 10분에 출발한다. 동서울터미널에서 쌍용까지 가는 고속버스에 비해 시간은 비슷하게 걸리고, 요금은 30% 저렴하다.

서울을 출발한 지 두 시간 반 가까이 지나 쌍용에 도착했다. 해발 400m는 족히 될 것이라는 윤방원 쌍룡역장의 말이었지만 날씨는 무덥기 그지없었다. 오히려 햇살이 서울보다 더 따갑게 느껴졌다.

역사 안은 쥐 죽은 듯이 고요하고 평온했다. 벽면에 붙은 열차시간표에는 상행선 3회, 하행선은 단 1회라고 표시돼 있었다. 3~4년 전만 해도 8개 열차가 정차했으나 절반으로 줄었다. 윤 역장은 "쌍룡역을 지나는 기차는 여객 18회와 화물 42회 등 모두 60회나 되지만 여객열차는 4차례만 멈춰 선다"고 설명했다.

쌍룡역을 찾는 승객은 하루 10명 안팎이다. 역 앞의 마을 정도가 역세권이어서 역을 이용하는 사람이 적을 수밖에 없다. "한반도면의 주민을 모두 합쳐야 2천 명 안팎"이라며 "기차 승객의 대부분은 원주에 있는 병원에 가는 어르신들"이라는 윤 역장의 설명이다.

옆에 있던 민대기 과장이 "표를 끊으러 오는 승객이 조금 더 많지만 대부분은 20분 정도 차로 이동해 제천역으로 가서 기차를 탄다"며 "목적지도 다양하고, 기차 운행 횟수도 훨씬 많기 때문"이라고 거들었다.

윤 역장에 따르면 오전 8시 4분에 출발하는 상행선 열차를 타고 원주까지 가서 병원 치료를 받고, 다시 오후 1시 반께 원주에서 출발하는 기차를 타고 돌아오면 딱 맞는다. 그래서 병원이 쉬는 주말에는 승객이 더욱 드물다고 했다. 실제로 기자가 이날 쌍룡역에 머무른 7~8시간 동안 기차를 타는 승객도, 기차에서 내린 승객도 전무全無했다.

김영태 차장은 "기차가 도착하는 시간이 가까워오면 내릴 승객이 있는지를 미리 살펴본다"면서 "어르신들이 무거운 짐을 들고 있거나 하면 기차 안까지 가서 들고 나온 후 마중 나온 가족들에게 넘겨준다"고 말했다.

윤 역장은 "쌍룡역의 올해 여객운임 수입은 연간 전체로 1,500만원이 목표"라고 했다. 쌍룡~원주 구간의 운임이 4,100원인 점을 감안하면 하루 10명씩의 승객만 꼬박꼬박 있으면 달성할 수 있는 수준이다. 그는 "여객은 적자여서 영업적인 측면에서 따지자면 여객열차는 아예 다니지 않는 게 맞다"며 "하지만 공공성을 감안하면 그대로 운영할 수밖에 없지 않겠냐"고 반문했다.

시멘트 하루 5천 톤, 운송 수입 3천만 원

쌍룡역은 화물 운송이 중심이다. 여객은 부수적인 업무에 불과하다. 사람들이 타고 내리는 승강장만 보면 작은 간이역이지만 11개 선로가 나란히 누운 모습을 보면 생각 이상으로 규모가 크다는 걸 깨닫게 된다. 쌍용양회에서 만들어내는 시멘트와 태봉광업에서 캐낸 백운석을 주로 운반한다. 쌍룡역의 역무원들은 간이역에 숨은 '산업의 역군'인 셈이다.

윤 역장은 "화물을 실은 기차가 하루 5~7차례(평일 기준) 나간다"

면서 “시멘트가 하루에 5천 톤, 제철소 등에서 쓰는 백운석이 500톤 정도로 운송 수입이 하루 3천만 원을 넘는다”고 말했다. 이날도 오전 6시와 기자가 도착하기 직전인 10시께 시멘트를 실은 화물기차가 각각 떠났다고 했다.

역사를 나와 오른쪽으로 고개를 돌리면 쌍룡역을 먹여 살리는 ‘밥줄’인 쌍용양회 영월공장이 멀리서 한눈에 들어온다. 왜 역의 이름이 ‘쌍룡’이라고 붙여졌는지, 지명이 쌍용인지 짐작할 수 있는 대목이다.

사무실 창밖으로 길게 줄지어 서 있는 화물차량이 보였다. 오후 4시께 화물기차가 와서 실어갈 시멘트였다. 기차 1량에 실을 수 있는 시멘트의 양은 52톤으로, 한 번에 20량씩 연결돼서 나가게 된다.

김 차장은 “플랫폼의 길이가 상대적으로 짧다”며 “태백선이 단선이라 20량을 초과할 경우 플랫폼 밖으로 열차가 삐져 나가 다른 기차의 운행에 방해가 될 수 있다”고 설명했다. 윤 역장은 “3년 전만 해도 시멘트만 하루 140량씩 운송했다”면서 “최근 시멘트가 약간 줄어든 대신, 백운석이 꾸준히 나가고 있다”고 말했다.

오후 1시 25분이 되자 쌍용양회에서 다음 날 나갈 시멘트를 실은 사유입환기가 들어왔다. 사유입환기는 공장에서 역까지만 화차를 끌어다 주는데 힘이 부족해 한꺼번에 10량씩만 달고 다닌다.

김 차장과 민 과장이 안전모와 장갑을 착용하고 사무실을 나섰다. 민 과장이 맨 뒷열차의 바퀴 아래에 나무로 만든 ‘차륜지’를 괴어놓았다. 그는 “육안으로는 판단하기 어렵지만 한쪽이 살짝 낮은 지형이라 자칫 열차가 굴러 내려갈 수 있다”고 말했다. 수백 톤의 기차가

어른 팔뚝 절반만 한 나무 조각으로 버틴다는 게 신기했다. 김 차장은 기차로 올라가 수제동기를 열심히 돌렸다. 자동차로 치면 사이드 브레이크에 해당한다. 이중의 안전장치를 해두는 셈이다.

이어서 둘은 화차 인진점검에 들어갔다. 화차 하나하나를 구석구석 살펴보면서 제동장치, 연결장치, 전기장치 등에 이상이 없는지 확인하는 것이다. 그중에서도 제일 중요한 것이 제동장치다. 어떤 이유로 열차가 분리됐을 때 제동장치가 작동하지 않으면 큰 사고로 연결되기 때문이다. 김 차장은 "구조조정의 여파로 작은 역은 차량 검수원이 별도로 없다"면서 "역무원들이 별도의 교육을 받은 후 점검과 필요 시 조치까지 직접 한다"고 설명했다.

그새 시멘트를 풀어놓은 사유입환기는 무연탄을 실은 화차를 끌고 다시 사라졌다. 사유입환기는 30분이 지난 오후 1시 55분 화차 10량과 함께 돌아왔다. 가만히 보니 쌍용양회라고 적힌 화차는 하나도 없다. 아세아시멘트, 동양시멘트, 한일시멘트 등 경쟁업체들의 이름이 제각각으로 붙어 있다. 윤 역장은 "과거에는 시멘트 회사들이 자기 소유의 화차만 이용했으나 코레일의 중재로 몇 년 전부터는 구분 없이 사용하고 있다"며 "공동으로 쓰는 것이 빨리빨리 수송할 수 있어 시멘트 회사에도 이득"이라고 강조했다.

영하 20도, 깜깜한 새벽에도 열차 점검

기차역은 비가 오나 눈이 오나 일 년 365일 쉬지 않는다. 강원 산간의 역무원들에게는 겨울이 특히 힘들다. 한겨울에는 영하 20도를 넘기기 일쑤기 때문이다. 김 차장은 "화차도 쇠로 만들어진 것이라 겨울에는 장갑을 두세 겹씩 끼고도 손이 찌릿찌릿 할 때가 많다"고 말했다.

더구나 기차는 시간이 정해져 있는 탓에 일을 잠시라도 미룰 수 없다는 점이 이들을 더욱 곤혹스럽게 만든다. 민 과장은 "여름에는 새벽 6시라도 날이 훤하지만 겨울에는 아무리 불을 밝혀도 한계가 있다"며 "깜깜한 데서 각종 점검을 하기란 여간 어려운 일이 아니다"고 설명했다. 옆에 있던 윤 역장이 "급하게 하면 사고가 날 가능성이 있는 데 쌍룡역은 그나마 앞뒤로 여유가 어느 정도 있어 다행"이라고 덧붙였다.

눈은 가뜩이나 힘든 역무원들의 어깨를 더욱 무겁게 한다. 무릎 높이 이상으로 눈이 자주 쌓이는데 선로 위의 눈 치우기가 그리 만만한 일이 아니란다. 김 차장은 "눈이 오면 선로전환기가 얼거나 눈이 끼어서 자동 전환이 안 되는 수가 있다"며 "작은 얼음덩이 하나로 (선로의) 불일치가 발생하고, 이는 곧 대형 사고로 이어질 수 있다"고 말했다. 이어 “열차가 들어오는데 갑자기 선로전환기가 작동하지 않으면 마음이 급해진다”며 “그때는 공구상자를 들고 150~200m를 단거리 경주하듯 뛰어간다”고 설명했다.

쌍룡역의 11개 선로 가운데 사무실 안에서 자동으로 선로를 변환할 수 있는 것은 3개뿐이다. 나머지는 사람이 직접 가서 일일이 해야 한다. 김 차장은 “하행선 입구에는 별도의 초소를 만들어뒀다”며 “반대쪽은 일일이 나가야 하는데 하루 20~30회는 족히 될 것”이라고 했다.

오후 4시가 가까운 시간 열차가 빈 화차를 싣고 역으로 들어왔다. 김 차장이 선로전환기로 급히 뛰어갔다. 열차는 ‘들어왔다 나갔다’를 반복하더니 어느새 역 뒤편의 태봉광업 쪽으로 가 있었다. 다음 날 묵호항으로 운반할 백운석을 싣기 위해서다.

화차를 떼어놓은 후 기관차는 다시 시멘트를 운반하기 위해 화차로 왔다.

기관차와 화차를 무사히 연결한 김 차장은 마지막 점검에 들어갔다. 이번에는 윤 역장이 동행했다. 윤 역장은 “누가 뭐래도 안전이 최고 아니냐”며 “귀찮고 힘들어도 두 번, 세 번 점검해야 한다”고 말했다.

수원연화장 화장로 작업기사, 망자를 하늘길로 인도하는 사람들

사람은 태어나 누구나 한 번은 세상과 이별하기 마련이다. 그래서 장사葬事 시설은 누구나, 언젠가 이용하게 될 공익 시설이자 필수적인 생활 시설이다. 최근 들어 우리의 장례문화는 매장埋葬에서 화장火葬으로 급격하게 변했다. 저출산 등으로 묘지를 관리할 후손이 줄어든 데다 매장(무덤) 허가를 받기가 까다로운 것도 원인이다. 2013년을 기준으로 전국 화장률은 76.9%에 이른다. 국민 4명 가운데 3명이 화장을 선택한다는 얘기다.

경기 수원시시설관리공단이 운영하는 수원연화장은 국내에서 가장 잘 알려진 화장장 가운데 하나다. 노무현 전 대통령과 천안함 피격사건으로 희생된 장병(22명), 세월호 참사 희생자(208명) 등이 이곳을 거쳐 이승의 마지막 길을 떠났다.

수원연화장이 가장 바쁜 시기는 추모객이 집중되는 설과 추석이다. 다른 이들이 모두 명절을 즐기고 있을 때 수원연화장 임직원은 비상근무를 한다. 수원연화장의 최고책임자인 이재린 소장은 "명절에는 차량만 하루 5천 대, 방문객은 2만~2만 5천 명이 몰려든다"며 "전 직원이 주차 계도에만 매달려도 저녁이면 파김치가 될 정도"라고 말했다.

망자를 하늘길로 인도하는 사람들

2015년 6월 19일 오전, 수원연화장 승화원의 8번 분향실은 온통 눈물바다였다. 작은 유리벽 하나를 사이에 두고 유가족들이 고인과 고별식을 치르고 있었다. 곳곳에서 흐느끼는 소리가 들렸다. 5분 가까이 지나자 블라인드가 닫혔다. '고인을 다시 볼 수 없다'는 뜻이었다. 큰소리로 목 놓아 우는 이도 있었고, 슬픔을 이기지 못해 맥이 풀린 나머지 자리에 털썩 주저앉는 이도 있었다.

그 시각 유리벽 반대편의 화장로에서는 마스크와 보호안경, 장갑을 착용한 작업기사들이 분주하게 움직였다. 지금부터가 제일 긴장되는 시간이다. 잡담은 일절 금지다. 보호안경 너머로 눈빛으로 대화를 주고받는다.

수원연화장은 총 9개(예비용 1개 포함) 화장로를 갖추고 있다. 한꺼번에 서너 개 화장로가 동시에 돌아가기 때문에 몇 번이고 반복해서 확인해야 한다. 실제로 10여 년 전 민간에서 장례식장을 운영할 때 매장 시신과 화장 시신이 뒤바뀐 적이 있단다.

시신은 8번 화장로로 옮겨졌다. 2009년 5월 노 전 대통령이 화장됐던 그 화장로다. 하지만 작업기사들에게 고인의 신분이나 지위는 전혀 고려사항이 아니다. 13년차인 황돈하 작업반장은 "고인이 누구든 간에 마지막 가는 길이 편안하도록 한 분 한 분 정성스럽게 모실 뿐"이라며 "살아서 어떤 사람이었는지에 관계없이 화장을 하고 나면 한 줌의 재가 되는 것은 똑같다"고 했다. 유가족을 대신한 작업기사들의 손길이 조심스럽기 그지없다.

마지막으로 관을 올려놓는 로내대차의 길이는 대형이라고 해도 2m 30cm에 불과하다. 황 반장은 "한번은 덩치가 엄청나게 큰 시신이 들어왔는데 관이 화로에 들어가질 않았다"며 "유가족에게 사정을 설명한 후 관을 뜯어서 내 손으로 직접 시신만 로내대차로 옮겼다"고 말했다.

잠시 후 고인의 이름이 적힌 손바닥 크기의 흰색 아크릴판이 화장로 옆에 내걸렸다. 2014년도 초부터 화장로에서 일하고 있는 작업기사 김민성 씨가 "흰색은 유골을 곱게 빻은 분골로, 검은색은 유골 그대로 유족에게 전달된다는 의미"라고 설명해줬다.

사람에 따라 차이가 있지만 화장에는 20~30분의 냉각 시간을 포함해 보통 1시간 30분~2시간이 걸린다. 김씨는 "묘지를 개장해 미라 상태로 오는 시신은 습기가 많아 3시간이나 걸린 적도 있다"고 말했다. 1시간 넘게 화장이 진행 중인 3번 화장로에 가까이 다가서니 후끈한 열기가 느껴졌다. 온도계를 보니 700도를 넘었다. 혹시나 하고 걱정했던 냄새는 전혀 없었다.

수원연화장에서는 하루 30명 안팎의 망자가 작업기사들에 의해 하늘길로 인도된다. 1개 화장로를 4회가량 가동하는 셈이다. 김씨는 "윤달에는 묘지를 개장해서 오는 분들이 많다"면서 "최고로 많을 때는 50구의 시신을 처리한 적도 있다"고 설명했다.

3번 화장로의 불이 깜빡거렸다. 이제 로내대차를 꺼내 유골을 수습해도 된다는 신호다. 무더운 날씨에는 유골을 수습하는 작업이 만만치 않다. 김씨는 "열기가 그대로 남아 쇠로 만든 빗자루를 이용해 유골을 쓸어 담는데 불꽃이 튈 정도"라고 했다.

유골이 밖으로 나오자 황 반장이 먼저 커다란 자석을 꺼냈다. 생전에 수술 등으로 몸속에 남았을지도 모를 금속을 제거하기 위한 것이란다. 김씨는 그 옆에서 시커멓게 타버린 동전을 열심히 골라내고 있었다. 그는 "유족들이 저승길에 노잣돈 하라며 넣어준 동전"이라며 "간혹 저금통을 통째로 쏟아붓는 이들도 있어 골라내느라 한참이나 애를 먹는다"고 말했다.

각종 이물질을 골라낸 두 사람은 가로 세로 25cm 크기의 상자에 유골을 담기 시작했다. 어른 주먹 크기의 유골부터 가루까지 천차만별이다. 작은 조각 하나끼지 빼놓지 않고 정성스럽게 쓸어 담았다. 덩치가 큰 사람이나 작은 사람이나 할 것 없이 상자 안에 유골이 모두 담긴다는 것이 신기하게 생각됐다. 황 반장은 "이북이 고향인 분들은 고향의 흙을 함께 넣어달라고 요청하는 경우도 있다"고 했다.

유골 수습을 마친 로내대차에서는 여전히 연기가 피어오르고 있었다. 뜨거운 열기가 아직 남았다는 얘기다. 이날 수원연화장에서는 아침 7시부터 오후 4시까지 총 25구의 시신이 화장됐다.

슬픔 삼켜야 하는 표정 관리가 제일 힘들어

'프로'라고 자부하는 이들이지만 표정 관리는 여전히 어렵고 힘들다. 웃어도, 찡그려서도 안 된다. 일을 해야 하기 때문에 유족들의

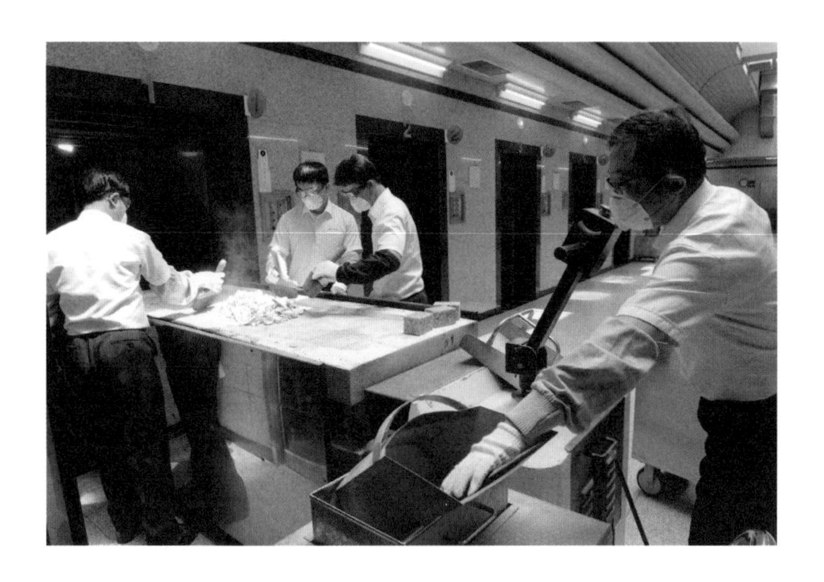

슬픔에 동요돼서는 안 된다는 것이다. 김씨는 “처음에는 눈물을 참기 위해 애꿎은 천장만 수차례 올려다보곤 했다”며 “지금은 익숙해져서 견딜 만하다”고 했다.

황 반장은 “10년 넘게 이 일을 해왔지만 지금도 어린아이들을 보면 눈물을 참기가 힘들다”고 했다. 그는 “아버지가 돌아가셨는지, 어머니가 돌아가셨는지도 모른 채 가족·친지들이 많이 모인 게 좋아서 마냥 웃으면서 뛰어다니는 아이들의 모습을 보면 나도 모르게 눈물이 난다”고 말했다.

가장 기억에 남는 사연을 물었다. 황 반장은 “유족이라고는 고등학생, 대학생으로 보이는 자매가 전부였던 적이 있다”며 “알고 보니 자매가 어렸을 적 아버지가 가출하는 바람에 고인이 돼서야 연락을 받고 장사를 치르는 안타까운 사연이었다”고 말했다. 곁에 있던 김씨가 “사고로 사망한 시신이 있었는데 시신 일부를 찾지 못해 화장을 두 차례에 걸쳐 한 적도 있다"고 덧붙였다.

2010년 4월 천안함 침몰 사건도 잊을 수 없다. 특히 시신을 찾지 못한 장병들을 화장할 때 가슴이 먹먹했단다. 김씨는 "시신이 없는 예닐곱 명의 장병은 당사자의 머리카락이나 손톱, 심지어는 덮고 자던 이불을 대신 태우기도 했다"며 "하염없이 우는 부모님들을 보면서 어떻게 가슴 아프지 않을 수가 있겠나"라고 반문했다.

2014년 세월호 참사는 이들에게도 큰 충격이었다. 당시 수원연화장에서는 경기 안산 단원고 학생을 비롯해 모두 208명이나 되는 희생자가 화장됐다. 두 달가량 비상근무를 해야 했다. 김씨는 "마치 '전쟁터'처럼 승화원이 매일매일 슬픔에 잠겼다"면서 "우리도 사람인지라 너무 힘들었다"고 소회했다. 외상 후 스트레스 장애(PTSD)를 우려해 화장로 작업기사는 물론 대다수 직원이 심리치료를 받을 정도였다.

일부 유족이 슬픔과 분노를 거칠게 쏟아내는 바람에 황 반장이 곤욕을 치르기도 했다.

"딸을 잃은 부모로 기억합니다. 화장로 입구까지 들어와서는 다짜고짜 우리 작업기사들의 뺨을 때리더라고요. 제가 죄를 지은 것은 아니지만 그냥 묵묵히 맞았습니다. 자식이 있는 입장에서 마음이 아팠습니다. 같은 부모로서 한 맺힌 그 마음이 충분히 이해가 되더라고요. 그 부모들이 저한테 나쁜 감정이 있어서 그런 게 아니잖아요."

매일 다른 이의 죽음과 슬픔을 마주하지만 이들은 "정신적 스트레스는 크게 받지 않는다"고 했다. 소위 '프로'라고 불리는 전문직업인이기 때문이다. 김씨는 "세밀하게 작업을 해야 하기 때문에 육체적으로도 힘들다"며 "일이 끝난 후에는 운동을 하면서 스트레스를 풀고 체력도 보강한다"고 설명했다.

화장장에서 일하는 것에 대한 주변의 편견이나 삐딱한 시선도 있었을 터다.

김씨는 "예전에는 조금은 하대를 받는 직업이었는지 몰라도 지금은 그런 시선들이 거의 없어졌다"고 확신했다. 그는 친구들이나 어느 누구에게도 '마지막 가시는 분을 모시는 일'이라는 자부심을 갖고 얘기한단다.

김씨는 "유족들이 유골함을 들고 가다 몇 번이고 돌아보면서 '고맙다' '감사하다'고 할 때 보람을 느낀다"며 "이 일은 우울한 '감정노동'이 아니라 나를 더욱 성숙하게 만드는 직업"이라고 말했다.

기상청 국가태풍센터 예보관, 태풍의 진로를 읽어 재난에 대비한다

지난 2002년 8월 말 태풍 '루사'가 우리나라에 상륙했다. 말레이시아어로 '사슴'이라는 뜻을 가진 이 태풍은 이름과 달리 '최악의 태풍'으로 기록될 만큼 큰 상처를 남기고 사라졌다. 사망 · 실종자가 250명에 육박했고, 재산 피해는 5조 5천억 원에 달했다. 강원도 강릉에는 1904년 우리나라 기상관측 이래 가장 많은 하루 870mm의 폭우를 쏟아내기도 했다.

이듬해 9월에 찾아온 가을 태풍 '매미'의 위력도 만만치 않았다. 이번에는 '바람'을 몰고 왔다. 경남 사천(950hPa)에서는 기상관측 이래 가장 낮은 중심기압을 나타냈고, 제주에서는 초속 60m의 순간 최대 풍속을 기록했다. 특히 '매미'는 부산항에서 80m 높이의 골리앗 크레인을 무너뜨렸다. 또 2.5m의 해일과 17m의 집채만 한 파도가 경남 남해안 곳곳을 덮쳐 수많은 인명 및 재산 피해를 냈다.

기상청 국가태풍센터는 이처럼 대형 태풍이 잇따라 우리나라를 강타하면서 그 필요성이 제기됐고, '매미'가 지나간 후 5년 만인 2008년에 문을 열었다. 태풍이 찾아오는 계절을 앞두고 2015년 6월 25일 제주 서귀포의 한라산 자락에 위치한 국가태풍센터를 찾았다.

태풍의 진로를 예측하라

때마침 제주에는 장맛비가 내렸다. 국가태풍센터는 버스도 다니지 않는 산록도로 한쪽에 자리 잡고 있었다. 안개마저 자욱해 한라산 백록담이 어느 쪽인지, 바다가 어느 쪽인지 방향조차 분간하기가 쉽지 않았다.

국가태풍센터의 하루는 오전 7시 50분 서울과의 화상 회의로 시작됐다. 어제 예보를 평가하고, 오늘 예보를 분석하는 시간이었다. 오전 8시부터는 브리핑 형태로 야간 근무자와 주간 근무자 간의 인수인계가 진행됐다. 말이 인수인계지 40여 분에 걸쳐 발표와 토론이 이어졌다. 태풍이 주로 발생하는 필리핀 인근 해상의 해수면 온도, 기류 변화 등이 주된 내용이었다.

윤원태 국가태풍센터장은 "태풍을 막을 수는 없어도 경로를 맞히는 것이 우리들의 임무"라며 "이틀, 사흘 앞을 내다보는 진로 예보의 정확도는 2011년부터 줄곧 일본을 앞서고 있다"고 설명했다. 2014년 48시간 진로 예보 오차는 우리나라가 172km, 일본이 176km였고, 72시간의 경우 각각 239km, 251km로 격차가 더욱 벌어졌다.

국가태풍센터는 일 년 365일, 24시간 쉬지 않고 돌아간다. 태풍이 없는 봄이나 겨울에도 할 일은 산더미처럼 쌓여 있다. 대표적인 것이 분석 시스템을 비롯해 통계, 훈련 등 각종 시스템을 만드는 것이다. 설립 이후 7년째 작업을 벌이고 있지만 여전히 현재진행형이다.

강남영 태풍예보팀장은 "누가 만들어주는 것이 아니고 우리가 처음으로 만들어가는 것이라 힘들다"고 말했다. 그는 "환경이 다르니 외국의 시스템을 가져다 쓸 수도 없는 노릇"이라며 "그나마 민간에서 만들었다면 사올 수라도 있겠지만 국가기관에서 만든 것이어서 함부로 다른 나라에 주지도 않는다"고 강조했다.

태풍이 없는 날의 국가태풍센터는 적막 그 자체였다. 2015년 6월 21일 베트남 다낭 동쪽 해상에서 발생한 8호 태풍 '구지라'는 같은 달 25일 아침 열대저압부로 약화되면서 생명을 다했다. 강 팀장은 "고고한 백조가 물밑에서는 열심히 쉼 없이 발을 놀리는 것과 같다"면서 "겉으로는 아무 일도 안 하는 것처럼 보일지 몰라도 더욱 정확한 예보를 위해 끊임없이 노력하고 있다"고 말했다.

강 팀장은 예보관을 의사에 비유했다. 의사가 엑스레이나 자기공명영상(MRI), 컴퓨터단층촬영(CT) 등을 통해 환자의 병세를 구체적으로 확인하는 것처럼 예보관들도 기본적으로 해수면 온도, 대기 흐름 등 각종 차트를 보면서 태풍의 발생 가능성을 예측한다. 강 팀장은 "수십 가지의 정보(자료)를 분석하는 것이 예보관이 할 일"이라며 "자료는 충분한데 어떤 자료를 적재적소에 활용하느냐가 관건"이라고 설명했다.

실제 통제실 책상에 놓인 컴퓨터에서 900m, 1.5km, 3km, 5.5km, 12km 등 고도에 따른 대기의 흐름을 살펴볼 수 있었다. 열흘 후 예측까지 볼 수 있다는 점을 감안하면 수십 장을 들여다봐야 한다는 얘기다. 이날의 주간 근무자인 오임용 예보관은 "앞으로 변화할 것

까지 감안하고 봐야 하기 때문에 기억력이 나쁘면 할 수 없는 일"이라며 웃었다.

과거에는 우리나라 인근의 자료만 봤으나 지금은 아시아는 물론 전 세계의 자료를 모두 본다. 엘니뇨현상 등으로 전체를 봐야 이해할 수 있기 때문이란다. 국가태풍센터는 열대 중·동태평양 지역을 엘니뇨 감시구역으로 지정해 해수 온도를 꼼꼼하게 살피고 있다. 6월 14~20일 열대 동태평양의 해수면 온도는 평균 27.6도로 예년보다 2.1도나 높았다.

태풍 발생 시그널(신호)은 보통 7일 전에 나타난다. 강 팀장은 "지금도 2주 후쯤 태풍이 하나 올라올 가능성이 있어 유심히 살펴보는 중"이라고 했다.

"태풍은 불이 나는 것과 비슷해요. 해수 온도가 높으면 재료가 충분히 마련된 것으로 봅니다. 여기에 적도파동(적도지방에 발달하는 대기 혼란)이 불쏘시개 역할을 하죠. 뜨거운 지역의 에너지를 수렴해서

위로 분출시킬 수 있는 환경이 조성되면 태풍이 만들어지는 겁니다. '대기상층의 발산'은 부채질과 같습니다. 발산하는 힘이 클수록 오래 가는 대형 태풍이 된다는 겁니다."

얼마나 강하고 큰 태풍인가에 따라 가는 길이 달라진다. 강 팀장은 "보트는 표면의 물 흐름에 따라 움직이지만 큰 배를 움직이게 하는 물길은 다르지 않느냐"며 "태풍도 마찬가지로 지향류의 영향을 받는다"고 설명했다.

태풍이 발생하면 예보관들은 '태풍이 어디로 갈 것이냐'가 아니라 '태풍의 경로를 좌우하는 변수가 무엇이냐'에 초점을 두고 고심을 거듭한다고 했다. 강 팀장은 "태풍도 '싹수'라는 것이 있다"면서 "태풍이 어떤 환경에서 생성됐는가를 알면 진로나 강도를 예측하기가 한층 수월해진다"고 부연했다.

오 예보관은 "7~8월에 생기는 태풍은 어디서 발생하든 상관없이 일단 머리가 우리나라로 향하기 때문에 긴장을 늦춰서는 안 된다"며 "일단 태풍이 발생하면 소멸하기까지 약 2주 동안은 눈을 뗄 수가 없다"고 말했다.

옆에 있던 강 팀장은 "1개가 사라지기도 전에 또 다른 태풍이 발생하기 일쑤"라며 "발생 가능한 것까지 포함하면 한꺼번에 3개를 주시해야 하는 경우도 더러 있다"고 어려움을 토로했다. 실제로 지난 2012년 8~9월 태풍 '볼라벤(15호 · 8월 28일)'과 '덴빈(14호 · 8월 30일)' '산바(16호 · 9월 17일)'가 우리나라에 연이어 상륙해 강한 바람과 함께 많은 비를 뿌린 바 있다.

재난에 대비할 시간을 늘려라

예보관들의 역할은 단순히 예보를 하는 것으로 끝나지 않는다. 정부나 국민이 재난에 잘 대응할 수 있도록 도와줘야 한다. 지난 1984년 기상청은 1일 예보만 가능했다. 다음 날 태풍이 어디로 갈 것인지 예측하는 것이 전부였다는 얘기다. 이후 2001년 2일, 2003년 3일에 이어 2011년부터는 5일 예보를 하고 있다. 그만큼 우리가 태풍에 대비할 시간을 버는 셈이다.

태풍의 경로를 알려주는 다양한 모델들이 있지만 자연현상을 완벽하게 예측하는 것은 사실상 불가능하다. 오 예보관이 컴퓨터를 뒤져 2013년 6월에 발생한 '리피'와 10월에 발생한 '프란시스코'의 자료를 보여줬다. 모델별로 태풍의 진행 방향은 천차만별이었다. 대만 인근 해상까지 올라온 상황에서 일부는 중국으로, 몇몇은 제주로, 나머지는 일본 규슈로 방향을 잡고 있었다.

여기서 예보관들의 경험과 실력이 발휘된다. 강 팀장은 "참고로 하는 예측 모델이 10여 개나 있지만 모델을 따라다니지는 않는다"며 "모델은 특정 요소가 부각되면 그에 휘둘리기 때문"이라고 했다.

하지만 태풍은 갈수록 예보관들을 곤혹스럽게 만들고 있다. 2005년 이후 10년 동안 발생부터 우리나라에 영향을 미치기까지 5일이 채 되지 않은 태풍이 무려 17개에 달했다. 그중에서도 6개는 태풍에 대비할 시간이 이틀밖에 없었다. 기껏 갈고닦은 예측 능력이 무용지물이 될 수밖에 없다. 그래서 국가태풍센터는 2015년 5월부터 24시간 이내에 태풍으로 발달할 가능성이 있는 열대저압부 정보를 제공하고 있다.

태풍보다 더 예보관들의 힘을 '쏙' 빼놓는 것은 '근거 없는 정보'와의 경쟁이다. 오 예보관은 "신뢰성 제로(0)의 자료가 진실인 양 인터넷을 떠돌아다니고, 어쩌다 한 번이라도 맞으면 국가태풍센터 전체가 욕을 먹는다"며 "이런 잘못된 정보는 국민을 혼란스럽게 만드는 것은 물론 해당 태풍이 소멸될 때까지 우리를 피곤하게 만든다"고 말했다. 강 팀장 역시 "아직 태풍이 우리나라에 어떤 영향을 줄 것인지 알 수 없는 상황임에도 특정 자료가 부풀려져 영향을 받을 것이라는 추측이 난무한다"며 "태풍을 분석해야 할 시간에 해명을 준비해야 하니 국가적으로도 그만큼 손실"이라고 거들었다.

태풍은 해마다 2~3개가 우리나라를 찾는다. 2014년에도 우리나라의 영토와 영해에 직·간접적으로 영향을 미친 '영향태풍'이 4개나 됐지만 이를 기억하는 사람은 드물다. 육지에 영향이 없으면 태풍으로 인정하지 않는 경향이 있기 때문이다. 강 팀장은 "우리의 영해는 우리 생각보다 넓다"면서 "남해 먼 바다에도 배를 타고 나가서 조업하는 국민이 있지 않나"라고 반문했다.

2015년 여름에 북서태평양에서 발생할 것으로 예상되는 태풍은 11~14개. 평년(11.2개)과 비슷하거나 조금 많은 수준이다. 이 가운데 2~3개가 우리나라에 영향을 줄 것으로 예상하고 있다. 강 팀장은 "괌 부근 북서태평양 열대해상의 바닷물 온도가 평상시에 비해 1도가량 높다"며 "올해는 평년보다 강한 태풍이 불어올 것으로 예상된다"고 설명했다.

국립원예특작과학원 온난화대응농업연구소, 다양한 열대과일의 시대를 연다

지구가 뜨거워지면서 과일의 재배적지가 북으로 올라가고 있다. 한때 제주의 특산품이었던 감귤은 남해안 일대는 물론 충북으로 재배 지역을 확대했다. 또 과거에는 사과 하면 대구를 떠올렸으나 지금은 '춘천 사과' '정선 사과'가 낯설지 않은 이름이 됐다. 지구온난화가 계속될 경우 오는 2050년 경북 지역에서는 사과 재배가 어려울 전망이다.

기온이 올라가면 현재 재배하고 있는 작물은 수확량 감소 등 부정적인 영향을 받기 쉽다. 반대로 열대 · 아열대 과일과 채소 등 새로운 작물을 재배할 수 있는 가능성도 열리게 된다.

농촌진흥청 산하 국립원예특작과학원 온난화대응농업연구소는 기후변화에 따른 미래의 먹거리를 고민하는 곳이다. 해외에서 유전자원을 들여와 우리나라 환경에 맞도록 재배 조건을 개발하는 일을 한다. 2015년 6월 24일, 가뭄 끝에 찾아온 장맛비를 즐겁게 맞으며 제주에서 서귀포로 넘어가는 길목에 자리 잡은 온난화대응농업연구소를 찾았다.

온난화 대비 망고 등 열대과일 재배 연구

가장 먼저 눈에 들어온 것은 수없이 많은 비닐하우스였다. 언뜻 세어봐도 동그란 모양이 수백 개는 족히 되는 듯했다. 대학에서 동양난을 연구하다 6년 전부터 열대과일을 연구 중인 임찬규 박사는 "몇 개가 연결된 대형 하우스도 있어 총 50여 동 정도 된다"고 소개했다.

임 박사가 기르고 있는 아열대 과수는 모두 18종에 달한다. 이 가운데 망고와 용과, 올리브, 리치, 패션프루트 등 6개는 국내 도입 가능성이 충분하다고 했다. 수입산과의 차별화가 가능하기 때문이다. 임 박사는 "국산 망고의 경우 완숙된 상태로 수확해서 판매하기 때문에 수입산에 비해 맛과 향이 훨씬 뛰어나 높은 가격이 형성된다"고 설명했다. 제주에서는 60여 농가가 망고를 재배하고 있는데 kg당 가격이 4만 원 안팎으로 수입산보다 5배가량 비싸다.

수입돼 들어오는 열대과일은 검역 절차를 거치는 탓에 싱싱한 생과에 비해 가치가 떨어질 수밖에 없다. 임 박사는 "리치의 경우 냉동으로 들여오고, 망고는 45~60도에서 약 15분간 '온탕찜질'을 거쳐 수입된다"며 "그래서 생과처럼 보이지만 향이 없어지고, 식감도 물렁물렁해진다"고 말했다. 한국무역협회에 따르면 망고는 2014년 1만 599톤이 수입돼 2013년(6,154톤) 대비 70% 이상 증가했다.

임 박사가 직접 재배한 망고와 리치를 내놓으며 시식을 권했다. 잘 익은 사과를 닮은 애플망고에 눈길이 쏠렸다. 기대 이상이었다.

단연 지금까지 먹어본 것 중 최고의 맛이었다. 리치 역시 냉동으로 먹을 때와는 말 그대로 '차원'이 달랐다. '지나치게 달다'는 생각이 들 정도였다. 임 박사는 "감귤의 경우 당도가 12브릭스(brix)를 넘으면 최상품으로 치는데 열대과일은 보통 16브릭스 이상"이라고 설명했다.

리치의 경우 당도가 16~18브릭스로 동남아와 비슷한 수준으로 나온다. 임 박사는 "시설 재배를 통해 재배 조건을 통제할 수 있어 더 맛있게도 가능할 것으로 본다"면서 "다만 착과량이 5분의 1에 불과해 수확량이 떨어지는 것이 단점"이라고 말했다. 이어 "추위에 움츠러들면서 스트레스를 받은 것으로 보인다"며 "고품질을 유지하면서 수확량을 끌어올리는 것이 우리 연구소가 할 일"이라고 덧붙였다.

그는 "가장 중요한 것이 겨울철 온도 조절인데 신경을 많이 쓰고, 손이 많이 갈수록 좋은 열매를 맺더라"면서 "시설에서 키우다 보니 매개 곤충이 없어 인공적으로 수정시켜야 하는 점도 힘든 일"이라고 설명했다.

수입 묘목이 자라고 있는 격리 재배 하우스로 발걸음을 옮겼다. 하우스 출입문에 커다란 자물쇠가 달린 것이 여느 하우스와는 다른 모습이었다. 그는 "수입 묘목은 '병해충을 옮길 수 있다'는 우려 때문에 뿌리의 흙을 모두 털어내고서 들여온다"며 "그리고 이곳에서 짧게는 일 년, 길게는 2년 동안 검역당국의 엄격한 관리·감독을 받게 된다"고 했다.

하우스 안으로 들어갔다. 해충을 막기 위해 하얀 그물망이 둘러져 있고, 그 속에는 2015년 3월 말에 들여온 망고 묘목 120개가 화분에 심어져 있었다. "잎이 없는 것은 죽은 것"이라는 임 박사의 말을 듣고 찬찬히 세어 보니 잎이 달린 것은 15개가 전부였다. 임 박사는 "망고 묘목 수입 가격이 1개당 8만~10만 원인데 검역과 격리 재배를 거치면서 80%는 죽는다"며 "석 달 새 1천만 원 가까이 까먹은 셈"이라고 쓴웃음을 지었다.

격리 재배가 끝난 뒤에도 5년을 더 키워야 제대로 망고를 수확할 수 있단다. 그야말로 기다림과의 싸움이다. 임 박사는 "망고는 '겨울을 어떻게 나느냐'가 중요한데 한번은 하우스 온도를 제대로 맞추지 못한 적이 있었다"며 "이듬해 생육이 잘 안 돼 일 년을 허비하고 말았다"고 말했다.

다른 하우스에서는 저수형 망고 개발이 한창이었다. 원산지에서는 5m까지 자라지만 시설(하우스)에서 재배하는 만큼 낮게 유지하도록 통제하는 것이다. 새로운 가지가 치고 올라오면 가로 방향으로 유도한다. 1m 50cm에서 꽃을 피우고, 1m 70cm에서 열매를 맺도록 하는 것이 목표다. 임 박사는 "수확할 때 사다리를 타고 올라갈 필요도 없다"면서 "처음에는 수확량이 적지만 시간이 흐르면 비슷해진다"고 설명했다.

하우스엔 아티초크 등 생소한 채소 가득

온난화대응농업연구소는 과일뿐만 아니라 채소도 연구하고 있다. 아스파라거스와 울금(강황) 등 귀에 익은 이름과 함께 아티초크, 여주(쓴오이), 오크라, 차요테, 인디언시금치 등 낯선 채소들까지 무려 40종에 이른다. 채소들이 자라고 있는 하우스를 한 번씩 둘러보는 데도 꽤 많은 시간이 걸린다.

채소 연구를 맡고 있는 김천환 박사는 "채소나 과일 모두 처음으로 해보는 것이라는 공통점이 있다"면서 "하지만 채소는 빨리 자라는 대신 작물이 많고, 과일은 하나를 키우는 데 너무 오랜 시간이 걸린다"고 말했다.

아스파라거스가 가득한 하우스에 들어섰다. 김 박사가 "먹어보라"며 하나를 뜯어서 건네줬다. 씹을수록 단맛이 느껴지는 게 평소 음식점에서 맛보던 것과는 확연히 달랐다. 김 박사는 "아스파라거스의 경우 추운 지방에서도 재배가 가능하지만 열대에서 키우면 수확량이 3배로 늘어난다"며 "다만 진딧물, 총채벌레 등 병해충 문제가 발생하기 때문에 시설에서 재배하는 수밖에 없다"고 설명했다.

채소 연구에서 병해충은 가장 큰 걸림돌이다. 통제가 그만큼 힘들다는 얘기다. 김 박사는 "한 작물의 병해충을 박멸하고 나면 다른 작물에 있던 게 옮겨 온다"며 "모두 다 잡는 것은 사실상 불가능하다"고 토로했다. 그는 또 "같은 땅에 한 가지 작물을 계속 심을 경우 잘 자라지 않는다"면서 "돌려 심기를 해야 하는데 만만치 않은 작업"이라고 부연했다.

김 박사는 채소의 경우 3년이면 적응 과정에 대해 파악이 가능하

다고 했다. 다만 우리나라에 알려지지 않은 것들이라 조리법을 함께 개발해야 하는 것이 숙제다. 그래서 채소 연구에는 가급적 조리학과 교수 등을 공동 연구자로 이름을 올린다.

김 박사는 "고추처럼 생긴 오크라의 경우 외국에서는 주로 구워서 먹는다"면서 "우리는 국이나 찌개를 좋아하는데 그렇게 조리해서는 오크라의 참맛을 느낄 수가 없다"고 강조했다. 특히 채소의 경우 한 번 조리에 실패할 경우 주부들이 다시 안 쓰는 경향이 있어 아열대 채소들이 일반화되기에는 어느 정도 시간이 필요하다는 설명이다.

김 박사는 좋은 채소를 대중에 알리고 싶은 의욕이 너무 앞서 실패의 쓴맛을 본 적이 있다.

"지난 2009년 고급 요리에 쓰이는 아티초크 보급을 시작했습니다. 희귀성이 높아 부르는 게 값일 정도로 비싸요. 호텔에서도 쓰겠다고 했고, 유통업체도 좋다고 했어요, 적정한 농가를 찾아 연결시켜 줬습니다. 약 1만m^2의 밭에서 잘 키웠어요. 그런데 호텔의 구매부서에서 제동을 걸고 나왔습니다. 수입산을 사다 쓰기로 결정했다는 거예요. 생산량의 10%만 팔고 유통업체는 '포기'를 선언했습니다. 결국 나머지는 갈아엎었죠. 다행히 도전의식이 강한 농가여서 이해하고 넘어갔습니다."

다른 하우스의 4분의 1 크기도 안 되는 하우스가 눈에 띄었다. 온도차에 따른 작물의 반응을 살펴보기 위해 만든 '온도구배하우스'다. 온풍기와 환풍기를 이용해 같은 하우스 안에서도 바깥 온도와 0~5도의 차이가 나도록 조절한다.

김치 관련 채소와 감귤이 연구 대상이다. 첫 번째 하우스에는 배추가 두 줄로 자라고 있었다. 바깥에서 안쪽으로 배추의 크기는 작았다가 커졌다가 다시 작아졌다. 무와 고추는 심은 지가 오래지 않아 별다른 차이가 없었다.

마지막 하우스에 심어놓은 한라봉은 크기 차이가 확실히 드러났다. 가운데에 있는 것이 단연 크고 튼실해 보였다. 임 박사는 "지구온난화의 속도에 맞춰서 천천히 준비를 하고 있는데, 이 모두가 미래의 우리 농업을 위한 것"이라며 "유전자원의 보호 · 보존을 위해 국가 차원에서 반드시 필요한 일"이라고 강조했다.

서울시 '움직이는 관광안내소' 통역안내원, 우리는 거리의 외교관

서울에 폭염주의보가 내려진 2015년 7월 10일, 서울 명동 중심가인 명동예술극장 앞 거리에 빨간 모자와 빨간색 옷을 입은 남녀 2명이 명동을 지나는 관광객들에게 친근하게 인사를 하고 있었다. 그때 스마트폰을 들고 두리번거리며 주변을 살피던 한 중국 관광객이 다가와 스마트폰을 보여주면서 식당 위치를 물었다. 빨간 옷을 입은 남성은 익숙한 듯 가방에서 중국어로 된 명동 지도를 꺼내 차근차근 설명하기 시작했다. 중국 관광객의 질문은 거기서 그치지 않았다. 식당 위치에 이어 명동의 쇼핑 장소와 환전, 인근 관광지 등 한국 여행을 하며 궁금했던 사항에 대한 질문을 쏟아내기 시작했다. 폭염주의보까지 내려진 무더운 날씨에 짜증이 날 수 있는 상황이었지만 빨간 옷을 입은 남녀 모두 전혀 그런 내색이 없었다. 그렇게 한동안 이어진 이들의 대화가 마무리됐고, 중국인 관광객은 밝은 얼굴로 거듭 고맙다는 인사를 건넸다.

최근 명동뿐만 아니라 외국인 관광객이 모이는 서울 명소에 가면 이 같은 장면을 자주 목격할 수 있다. 빨간 모자에 빨간색 옷을 입고 행인들에게 "안녕하십니까, 서울시 관광안내입니다"라며 친근히 인사를 건네는 이들은 서울시관광협회가 운영하는 '움직이는 관광안내소'의 통역안내원이다. 해외에서는 이들의 친절함에다 빨간 옷과 모자 때문에 '레드엔젤'이라는 이름으로 더 잘 알려져 있다.

움직이는 관광안내소는 서울의 총 10개 지역에서 활동하고 있다. 가장 많은 외국인 관광객이 찾는 명동과 함께 남대문, 신촌, 이태원, 동대문, 북촌, 홍대, 삼청동, 신사동, 광장시장 등 외국 관광객이 많이 찾는 지역이면 어김없이 이들을 볼 수 있다. 총 활동 인원은 관광통역안내원이 84명, 자원봉사자가 265명에 이른다.

찾아가는 서비스의 시작

기존 관광안내소라면 거리 한가운데 부스를 차려놓거나 건물 1층에 공간을 마련, 찾아오는 사람을 대상으로 관광 정보를 제공하는 것이 상식이다. 상식을 깨고 서울시의 관광안내소가 움직이기 시작한 것은 지난 2009년 1월 30일 명동에서부터다.

당시 외국인 관광객들이 한국 관광에서 가장 불편했던 점으로 꼽은 것은 언어와 부족한 안내 서비스였다. 한국어를 구사할 수 없는 외국 관광객들이 한국에 와서 복잡한 명동을 돌아다니다가 길을 잃어 당황해하는 일이 다반사였다. 이런 외국 관광객에게 필요한 것은 관광안내소였지만 워낙 숫자가 부족하다 보니 관광객이 안내소를 찾다가 다시 길을 잃어버릴 판이었다.

이 같은 외국인 관광객의 불편을 해소하기 위해 시작된 움직이는 관광안내소는 시작 첫해부터 호평을 받았고 7년째 운영되고 있다.

사실 관광안내소에서 일하는 사람들은 안락한 실내에서 벗어나 거리로 나가게 되면 당장 몸이 힘들어진다. 어떤 날은 비가 오고, 어떤 날은 폭염, 겨울이 되면 추운 날씨와 폭설 상황을 버텨야 하기 때문이다. 하지만 이를 외국인 관광객 입장에서 생각하면 관광에 대한 만족도가 높아지게 된다.

가령 실내에 앉아서 일할 경우 단순하게 지도를 놓고 설명하는 수준의 관광 안내 서비스에 그친다면, 거리로 나가서 직접 관광객을 만나면 이들과 동행하면서 불편을 겪었던 문제를 말끔하게 해소해줄 수 있다.

이날 유창한 중국어 실력으로 중국인 관광객 안내에 나섰던 이윤오 관광통역안내원은 "실외에서 하는 일이다 보니 태풍이나 집중호우, 무더위 등 날씨에 영향을 많이 받는 게 사실이지만 힘들어서 출근하기 싫은 적은 없다"며 "관광객을 만나고 도와드리는 매 순간이 즐겁다. 특히 시간이 지나서까지 기억해주고 고마움을 표시해주는 이들을 만나면 보람이 더 커진다"고 말했다.

쉴 여유도 없는 업무량

통역안내원과 자원봉사자들은 2인 1조 형태로 일하고 있으며 기본적으로 1시간 근무에 1시간 휴식하게 돼 있다. 다만 여름과 겨울, 혹서 · 혹한기에는 30분 근무에 1시간 휴식한다.

언뜻 보면 아무리 실외에서 힘들게 일한다 하더라도 휴식 시간이 길다는 생각이 들 수 있다. 그러나 속사정을 들어보면 생각이 달라진다.

이 안내원은 "사실상 1시간 휴식은 이 같은 상황에 대비한 대기 시간인 동시에 원활한 안내를 위해 다양한 관광 정보를 공부하는 시간"이라며 "가령 중국어 전공자와 영어 전공자가 2인 1조로 근무하는 가운데 일본 관광객이 안내를 요청하게 되는 상황이 있다. 이럴 때는 휴식조에 포함된 일본어 전공 관광통역안내원에게 전화를 걸어 안내를 부탁한다"고 설명했다.

더구나 근무 장소가 실내에서 실외로 옮겨오면서 업무가 더욱 다양해졌다. 실내에 위치한 관광안내소는 외국인 관광객이 찾아오면 길 안내를 하는 수준에 그친다.

반면 실외로 바뀌면서 길 안내 외에도 안전하고 편리한 관광을 위한 '해결사' 역할까지 하고 있다.

이에 따라 외국인 관광객의 질문도 "유모차를 끌고 남산 서울타워를 가야 하는데 버스가 좋을까, 케이블카가 나을까"라고 묻거나 "〈런닝맨〉에 나왔던 그 모자를 사려면 어디로 가야 하나" "바가지를 쓴 것 같은데 해결해달라" "급하게 은행 업무를 할 수 있게 도와달라" 등 때로는 난감하기까지 한 질문이 날아오기도 한다. 때로는 외국인 관광객이 쓰러졌을 때 심폐소생술을 하는 등 응급의료 인력 역할까지 하기도 한다.

시간적인 것과 함께 응대하는 관광객 수 역시 많다. 중동호흡기증후군(메르스) 사태 이전을 기준으로 명동의 움직이는 관광안내소에서 3천~4천 명에 이르는 외국인 관광객을 안내했다. 2014년을 기준으로 보면 전체 10개소에서 안내한 관광객 수가 303만 명에 이른다. 아쉽게도 지난 2009년 움직이는 관광안내소 개소 이후 가파르게 늘어나던 안내 실적은 메르스 사태로 주춤했다. 명동 지역 통계를 보면 메르스 이전에는 팀당 하루 평균 600명을 안내했지만 최근엔 팀당 100~200명으로 감소했다.

박소정 관광통역안내원은 "메르스 사태로 관광객이 많이 줄었고 아직 회복되지 않고 있는 상황"이라며 "특히 중국인 관광객이 많이

줄었다. 메르스 사태 이전에는 안내의 절반이 중국인이었는데 이제는 그 정도로 많지는 않다"고 언급했다.

힘들지만 자부심을 느끼다

통역안내원들은 2년의 계약 기간에 움직이는 관광안내소에서 활동하는 것이 보통이다. 그러나 상당수의 통역안내원은 2년의 계약 기간이 끝나더라도 연장을 원하고 있다고 한다.

더운 날에는 뜨거운 햇볕 아래에서, 추운 날에는 날카로운 바람을 맞으며 일하지만 이들이 활동에 열정을 보이는 것은 뚜렷한 목표의식과 자부심 때문으로 보였다.

서울시관광협회가 움직이는 관광안내소를 만든 목표는 2020년까지 2천만 외국인 관광객 유치를 통한 아시아 제1위의 관광선진국 진입이었다. 이 같은 목표의식으로 통역안내원들은 스스로 단순한 관광안내원 역할을 한다고 생각하기보다는 한국을 찾은 관광객에게 한국에 대한 좋은 인상이 남도록 돕는 '민간 외교관' 역할을 하고 있다는 자부심을 갖고 있다.

이 안내원은 "안내를 도와드렸을 뿐인데 관광을 마친 후 돌아가서 e메일 등을 통해 감사하다는 편지를 주거나 한 번 더 방문해 저 때문에 다시 한국을 찾았다고 이야기하는 경우가 있다. 때로는 관광객들과 친구가 되는 경우도 있다"며 "움직이는 관광안내소가 긍정적인 역할을 하다 보니 최근 일본에서는 오는 2020년 도쿄올림픽에 대비해 벤치마킹해 갔다"고 전했다.

이처럼 자부심을 느끼며 일하고 있는 통역안내원들을 힘들게 하는 사람들은 안타깝게도 내국인이라는 점이다. 이날도 종종 내국인들이 통역안내원들의 활동에 딴죽을 거는 모습이 목격되기도 했다.

박 안내원은 "서비스업이다 보니 감수해야 하지만 내국인들이 반말하고 하대하는 경우가 있다. 심할 때는 욕을 하거나 지팡이 같은 것으로 때리는 일도 있다"며 "명동 관광에 대해 누구보다 열심히 공부하고 있지만 시시각각 변화하는 점이 있어 잘 모르거나 확인이 필요한 분야도 있는 게 사실인데, 이럴 경우 화부터 내지 말고 조금 기다려줬으면 한다"고 말했다.

2장

왜 이런 일을 하냐고요?

면목
떡
핸드드립커피
₩1,000
핸드드립커피
₩1,000
1,000

SH공사 주거복지센터 주거복지상담사, 사각지대에 놓인 취약계층을 지원한다

통계청에 따르면 도시근로자는 월평균 246만 원을 벌고, 월평균 180만 원을 지출한다. 남은 돈을 모아 서울의 평균가격 아파트(4억 9,999만 원)를 사려면 64년 11개월이 걸린다. 아파트 평균가격이 서울보다 낮은 경기도로 넘어가도 34년 9개월이 걸린다. 평범한 도시근로자도 서울에서 내 집을 마련하기 힘든데, 노인, 청소년 가장, 장애인 등 취약계층에게는 내 집 마련은커녕 마땅한 전셋집이나 월세집도 알아보기 힘든 게 현실이다. 이들을 위해 SH공사는 서울 전역에 2만 가구가 넘는 영구임대주택단지를 조성했다. 임대료는 25~49m² 크기를 기준으로 평균 보증금 200만 원, 월세 4만 7천 원 정도다.

SH공사의 역할은 여기서 끝나지 않는다.

SH공사는 이들의 자립을 도와주기 위해 다양한 주거복지 서비스를 제공하고 있다. 입주민들의 사소한 고민까지 들어주는 맞춤형 상담을 실시해 자립 · 자활 의지를 북돋워주는 한편, 일자리 연계 서비스 등으로 취약계층이 실질적인 자립을 할 수 있도록 지원한다. 이 밖에 주거복지 서비스는 기본적인 건강 관리에서부터 세대 내 밑반찬을 지원하는 소소한 것까지 포함한다. 그야말로 전방위적인 서비스다.

세대 내 일어나는 모든 일 총괄

2015년 7월 13일, 기자가 점심때쯤 만난 SH공사 동대문권역주거복지센터 반은영 주거복지과장은 오전부터 빽빽한 일정을 소화하고 오는 길이었다. 오전 동안 전날 들어온 민원을 해결하기 위해 행정적인 서류 절차를 처리하는 한편, 거주 세대들을 일일이 직접 방문하고 왔기 때문이다. 특히 노년층이 홀로 거주하는 세대는 복지관, 경로식당 등에서 제공하는 점심 식사를 하기 위해 오전부터 일찍 자리를 비우는 일이 잦아 헛걸음하는 경우도 많다.

반 과장은 동대문에 위치한 신내 12단지 1천 세대를 혼자 관리하고 있다. 단순한 관리를 넘어 세대를 일일이 방문해 안부 확인도 하고, 건강 상태는 어떤지, 거주에 불편함은 없는지 꼼꼼히 체크한다. 심지어 반찬 제공부터 세대 하자 및 보수 관리까지 모두 반 과장의 손을 거친다. 반 과장은 "세대 내 도배 시공 및 단열벽지 시공은 SH공사가 직접 할 수 없기 때문에 여러 유관 기관의 도움을 받는다"며 "입주자들의 상담 업무 외에 협력사를 찾기 위한 행정적인 업무도 주거복지상담사의 일"이라고 설명했다. 반 과장은 장판 · 도배 시공 및 안전바 설치 사업은 사회적 기업인 하우징케어와, 누수 및 측벽 세대 단열벽지 시공은 한경홀딩스, 취약계층의 밑반찬 및 부식 지원은 영안장로교회와 연계해 진행했다.

오후에 반 과장과 함께 신내 12단지 관리사무소에 들어서자 여러 민원을 가진 입주민들이 대기하고 있었다.

오후 1시가 되자 상담을 약속한 50대 여성 입주자가 관리소로 반 과장을 찾아왔다. 여성은 딸과 함께 살고 있는데 자신은 허리를 심하게 다쳐 일할 수 없는 상태이고, 딸 역시 정신·육체적인 문제로 제대로 된 직장을 구하기 힘든 상황이었다. 그러나 정부에서는 두 사람 모두 근로 능력이 있는 것으로 보고 기초수급자에서 제외시킨 상태다. 반 과장은 여성이 허리를 치료할 수 있는 병원을 알아보고 기초수급 문제도 알아보겠다고 답변했다. 반 과장은 "세대 사정을 속속들이 아는 우리는 해당 세대가 근로할 수 없는 상황인 점을 알지만 정부 기준에서는 수급자가 아닌 경우가 많다"며 안타까워했다.

영구임대주택단지에는 기준상 기초수급자가 될 수 없지만 실질적으로 기초수급자인 사람이 많다. 이들이 기초수급자로 인정받을 수 있도록 하는 것도 주거복지상담사의 역할 중 하나다.

반 과장은 실제 남편과 별거한 지 오래돼 전혀 가족관계를 이어가지 못하고 있는 한 여성이 기초수급자로 선정되도록 도와줬다. 반 과장은 "부부로 살다가 아내에게 장애가 생기자 남편이 집을 나가버렸다"며 "실제로는 장애를 가진 아내 혼자 살고 있는데 정부에서는 남편이 있다며 기초수급자로 인정하지 않았다"고 당시를 설명했다. 아내는 기초수급자로 인정받기 위해 남편과 이혼을 원했지만 남편은 연락조차 되지 않았다. 이에 반 과장은 아내를 직접 법원에 데리고 가 이혼 서류 작성을 도왔다. 법원에서 직접 출석 명령을 내리자 남편과 연락이 닿아, 아내는 이혼을 하고 기초수급자로 인정받게 됐다. 반 과장은 "실제로 같이 살지 않는데도 법률상 부부라는 이유로 기초수급자 혜택을 받지 못하는 사람이 많다"고 전했다.

상담이 끝나고 오후 2시가 되자 반 과장 자리의 전화벨이 울린다. 오후에 세대 방문이 예정된 방명순 할머니가 왜 반 과장이 오지 않느냐며 전화한 것이다. 반 과장은 상담 후 숨 돌릴 틈도 없이 방 할머니가 있는 102동으로 이동했다. 방 할머니는 반 과장이 도착하자 반갑게 맞이했다. 반 과장은 우선 방 할머니의 다친 팔부터 체크하며 건강 상태를 확인했다. 또 방 할머니가 몸이 불편한 만큼 씻기 힘든 것을 감안해 별도로 목욕서비스를 예약해두겠다고 말했다. 방 할머니는 자신의 건강 상태부터 단지 내 소소한 이야기까지 모두 반 과장에게 털어놓으며 즐거운 대화를 이어갔다. 세대 방문을 마친 반 과장은 "혼자 있는 시간이 많은 어르신들께서는 상담사가 직접 방문해 사소한 이야기를 들어주는 것만으로도 크게 고마워하신다"고 말했다.

방 할머니처럼 주거복지상담사에게 고마움을 느끼는 입주민만 있으면 좋겠지만 실상은 그렇지 않다. 세대 간 불만사항을

처리하는 것도 반 과장 몫인데, 이 과정이 쉽지 않은 것이다. 반 과장은 "한 세대에서 시끄럽게 짖는 큰 개를 복도에 풀어놓는다는 민원이 접수돼 그 집을 방문했더니 알코올 중독자인 집주인이 개를 죽이겠다고 난동을 부리면서 상담사들을 쫓아냈다. 놀라서 입주민을 진정시키고 1층으로 내려갔더니 집주인이 위에서 쓰레기더미를 뿌리더라"며 "당시에는 참 직업에 대한 회의가 많이 들었다"고 털어놨다.

입주민 완전한 자립 목표를 위해 노력

가끔 회의가 들 때도 있지만 주거복지상담사의 노력으로 입주민이 건강을 되찾거나 일자리를 얻게 된다면 그것만큼 기쁜 일도 없다. 반 과장은 올해 허리골다공증, 허리측만 증세로 고생하는 한 입주민에게 성북중앙병원과 연계해 수술을 받게 도와줬다. 반 과장은 "그 입주민은 차상위계층으로 오랫동안 허리통증을 호소했으나 남편이 10년 전 사망하고 남매는 일정한 직업 없이 아르바이트로 생활하고 있어서 경제적으로 수술을 받기 힘든 상황이었다"며 "수술이 결정되자 내 손을 잡고 너무 기뻐했다"고 보람을 느낀 일화를 공개했다.

반 과장이 2014년 면목단지를 담당할 시절에는 입주민들의 카페 개설을 돕기도 했다. 서울복지재단의 임대주택 활성화 공모사업에 면목단지 입주민 마을기업협동조합이 선정돼 카페를 개설하게 된 것이다. 입주민들이 바리스타 자격증을 따야 카페를 운영할 수 있으므로 동주민자치센터 등에서 십시일반 도와 자격증 취득에 도움을 줬다. 반 과장은 "당시 면목4동에 거주하시던 분 중 바리스타가 있었다"며 "이분이 재능기부 형식으로 입주민들을 가르쳐 바리스타

자격증을 딸 수 있도록 도왔다"고 설명했다. 현재 이 카페는 면목단지 상가 내에서 영업 중이다.

SH공사가 실시하는 '희망돌보미' 사업도 입주민 일자리 창출의 일환이다. 희망돌보미란 입주민이 직접 임대아파트단지 내 독거노인 및 장애인 세대에 집안일 및 말벗 등 서비스를 제공하도록 도입된 프로그램이다. 일상생활을 하기에 무리가 없는 입주민이 독거노인이나 거동이 불편한 장애인 세대를 찾아가 청소도 해주고 말상대도 해주면서 '공생'한다. 희망돌보미는 한 달 15일 하루 4시간 정도 근무하며 월 급여 35만여 원을 받는다. 이 돈으로 직접 임대아파트 임대료를 낼 수 있도록 도와주는 것이다.

이 밖에 주거복지상담사들은 입주민들을 대상으로 '주춧돌 통장'이나 '희망플러스 통장'에 가입하도록 홍보한다. 주춧돌 통장은 임대주택 입주자가 적금 만기를 채우면 은행이자만큼 더 주는 이자 가산 지원프로그램이다. 서울 희망플러스 통장은 기초수급자 및 차상위계층을 대상으로 매월 근로소득으로 저축하는 금액에 동일한 금액 또는 2분의 1을 적립 지원하는 통장이다. 이런 제도가 있더라도 정보에 취약한 임대주택 입주민들은 잘 알지 못한다. 반 과장은 "정부에서 새로운 지원제도가 실시되면 이를 일일이 각 세대에 알려주는 것도 주거복지상담사의 역할"이라고 말했다.

단순한 주택 건설 넘어 주거 복지로

SH공사는 단순히 주택을 공급하는 차원을 넘어 주거 복지 전문기관으로 탈바꿈을 시도하고 있다. 이를 실현하기 위해서는 직접 현장에서 입주민들과 마주치는 주거복지상담사의 역할이 중요하다. 장기적으로는 주거복지상담사를 늘려 더욱 세밀한 관리가 가능하도록 하는 것이 목표다.

SH공사 주거복지본부 공동체활성화팀 정명원 과장은 "현장에서 뛰는 주거복지상담사들의 건의사항과 의견을 본부에서는 적극적으로 수용하고 있다"고 밝혔다. 반 과장은 "주거복지상담사가 늘어나 한 사람당 담당해야 하는 세대 수가 적어지면 더욱 고도화된 주거복지 서비스가 가능해질 것"이라고 전했다.

행정자치부 지방규제혁신과, 불합리한 지방규제를 혁파한다

2015년 7월 23일 찾은 강원도 고성군. 화진포 해수욕장을 비롯해 아름다운 해변이 즐비한 곳으로 유명한 곳이지만 군 철책선이 해안가를 점령하고 있어 관광객들의 눈살을 찌푸리게 했다. 금강산 관광이 중단되면서 지역경제가 침체되고 있는 고성군 지역은 변변한 인프라 시설이 별로 보이지 않았다. 2015년 초 겨울에 폭설로 무너져 내린 시외버스터미널을 보수도 하지 않은 채 임시 가건물을 지어 사용할 정도로 지역경제의 형편은 말이 아니었다. 여기에 군 철책선이 버티고 있는 이상 지역경제 활성화는 요원할 수밖에 없다. 하지만 다음 달부터 군 철책선 일부 구간이 단계적으로 철거돼 희망의 분위기가 감돌았다.

군 철책선은 삼척부터 고성까지 6개 시·군 해안선 426km에 걸쳐 길게 뻗어 있었다. 이 중 26개소 14.7km 단계적으로 철거된다. 지방규제개혁 대상에 포함돼 부분적으로 철거 결정이 내려진 것이다. 고

성군청 관계자는 "이 철책이 철거되면 화진포 해수욕장은 물론, 화진포 호수 등 아름다운 자연경관을 회복시키고 관광산업도 발전할 수 있을 것"이라고 기대감을 나타냈다.

지방규제개혁이 탄력을 받고 있다. 정부는 지방규제개혁 작업을 진행하면서 지금까지 총 9,913건의 등록 규제를 감축했다. 행정자치부 지방규제혁신과는 이 모든 규제개혁을 진두지휘하는 사령탑이다. 2015년 7월 10일, 전북 남원에서 열린 지방규제개혁 대토론회장에서 만난 행정자치부 김광휘 지방규제혁신과장은 "지방규제개혁 작업은 종합행정의 꽃"이라고 힘줘 말했다.

그는 지방규제개혁을 이끄는 주무부서의 총책임자다. 총 10명으로 구성된 '지방규제혁신과'는 2014년부터 국정 핵심과제 중 하나인 지방규제개혁을 위해 전국을 돌며 규제 발굴 사례와 이를 해결하기 위한 방법까지 모든 지방규제개혁의 밑그림을 그린다.

고도의 행정력 수반한 팀원들이 경쟁력

토론회가 열리기 전날 지방규제혁신과 박용식 팀장과 강석탁 계장 등 관련 팀원들은 현장에 먼저 도착해 행사 준비와 토론회 안건에 대한 막바지 점검 작업을 벌였다. 이들의 규제개혁 작업이 어떻게 진행되는지 몹시 궁금해졌다. 사실 지방규제혁신과 전체는 부처 내에서 지방규제개혁을 이끄는 전사들로 불린다. 박 팀장은 지방규제개혁의 베테랑으로 규제총괄 기능을 담당하며 '현장에 강한 사나이'라는 닉네임을 가졌다. 강 계장은 규제 사례 발굴을 위해 전국을 마다하지 않고 다닌다. 1회 출장 시 3박 4일 또는 4박 5일은 예사다.

다양한 이력을 가진 부원들은 지방규제개혁의 필수요건인 기획력, 분석력, 현장감, 교섭력, 홍보 등 전방위 행정에 능해야 한다. 1~2개 능력이 부족해도 부서 전체의 업무에 차질이 빚어진다.

출장으로 집에 들어가지 못하는 경우도 비일비재하다. 보통 하루짜리 출장이 길게는 일주일까지 걸리는 일도 예사다. 여기까지는 업무 속성상 이해할 만하다. 문제는 출장의 궁극적 목적인 규제개혁 사례가 있느냐다. 지자체들로부터 규제개혁 사례를 접수하고 막상 현장에 가더라도 서류와 현장은 늘 다르기 마련이다.

"규제 대상인 줄 알고 해당 현장에 갔다가 사소한 민원 규제라는 사실을 알았을 때가 가장 허탈합니다. 그때는 눈앞이 막막하죠. 현장에 내려온 이상 규제개혁 사례를 직접 찾아야 합니다."

강 계장은 3~4명의 팀원과 한 팀을 이뤄 그때부터 해당 지역의 규제개혁 사례를 뒤진다. 규제개혁 사례를 찾는 일이 가장 고된 일이라며 그는 애써 웃으며 말한다.

'매의 눈'으로 현장을 보다

규제 발굴 작업은 어찌 보면 모래사장에서 진주를 찾는 작업과 유사하다. 지역의 관계자들을 만나 고충도 듣고 직접 현장에 가서 눈으로 보고 문제점을 파악해 규제개혁 사례를 만드는 것은 그만큼 막중한 사명감과 책임의식이 없으면 하기 힘든 일이다. '매의 눈'과 '장인정신'이 없으면 그냥 지나칠지도 모를 규제개혁 대상이 레이더망에 포착되기는 힘들다. 1차 발굴에서 나온 규제개혁 사례들은 다시 2차 현장 조사를 거쳐 본격적인 규제개혁 옥석 가리기 작업이 시작된다. 민원 규제인지 규제개혁 대상에 적합한지를 따지는 후속 작업은 등에 식은땀이 흘러내리는 고된 작업의 연속이다.

김 과장은 여기서 나온 최종 개혁 사례를 '나비효과'라고 부른다. 규제개혁 1건의 파급력이 예상보다 크기 때문이다. 전국의 유사한 사례에 미칠 영향을 감안할 때 그렇다는 말이다. 가령 2014년 경남 울산 지역의 중수도 규제 완화는 전국 141개 유사 기업에 동일한 규제 완화 효과를 불러왔다. 규제 1건을 풀 때 그 효과는 기하급수적으로 늘어난다.

여기서 그치지 않는다. 규제에 얽힌 온갖 법령을 뜯어보고 문제점이 무엇인지 따져야 하는 고달픈 작업이 그들을 짓누르기 마련이다. 더 큰 문제는 규제를 푸는 대안과 방법의 도출이다. 여기까지 마련돼야 정식으로 지방규제개혁 대상 목록에 오르고 본격적인 해결 방법을 위한 협조 체제가 가동된다.

"규제개혁 착수부터 해결까지 보통 3개월 정도 걸립니다. 또 여기서 발굴된 규제 건은 해당 부처에 통보해 타 부처 법령 해석과 유권

해석도 마련해야 합니다. 이런 과정을 거쳐야 제대로 된 토론회 안건이 만들어지고 타 부처와 협의가 가능하기 때문이죠."

온갖 타 부처 법령이 하나의 규제에 복잡하게 얽혀 있어 이를 일일이 파악하고 대안을 찾는 것은 만만치 않은 일이다. 강원도 지역의 숙원사업인 군 철책선 철거 작업이 대표적인 규제개혁 사례로 평가받는 것도 그래서다.

행정력의 총화…… 설득과 조정의 마술

국방부, 해당 군부대와 이 문제를 협상하는 것 자체가 거대한 암벽과 마주한 것과 다를 바 없다. 국방과 외교는 당초 규제개혁 대상에 포함되지 않기 때문이다. 처음에 "말도 안 되는 일"이라며 접촉도 안 했던 국방부와 해당 군부대 관계자들을 수차례 접촉한 후 협상의 테이블을 만들 수 있었고, 6개월간에 걸친 마라톤 협상 끝에 부분 철거라는 합의를 이끌어낼 수 있었다. 이 과정에서 정종섭 장관도 국방부 장관을 상대로 국무회의 등 접촉할 기회가 생길 때마다 협조 요청을 하는 등 부처 전체의 전방위적 협조체제가 난관을 뚫은 보이지 않는 원동력으로 작용했다는 후문이다.

박 팀장은 "성공한 지방규제개혁 사례 1건을 만드는 데 수많은 사람의 노력과 협조가 없이는 성사되지 않습니다. 1건의 사례라고 별것 아니라고

여기는 분들도 있겠지만 그 1건의 사례가 전국의 유사한 규제 수백 개를 해소하는 밑거름이 된다는 점에서 건수가 중요하지는 않습니다"라고 강조했다.

2015년 7월 10일, 토론회가 열리기 전에 전북 남원지역의 규제개혁 사례인 지리산 '정영치' 산악관광열차 사업 추진 현장을 찾았다. 꼬불꼬불한 지리산 길을 계속 오르고 보니 정영치 정상 부근 저 너머에 희미하게 천왕봉이 보였다. 자연보존구역인 이 지역에 어떻게 산악열차를 놓을 수 있을지 의문이 생겼다. 이건 규제개혁 대상에 적합하지 않다는 생각을 하는 사람도 더러 보였다. 그런데 남원시 측의 얘기는 기존 도로 위에 철도를 까는 작업이어서 자연환경 훼손 등의 문제는 없다고 말했다.

그 문제는 이날 오후에 열린 토론회에서도 쟁점으로 부상했다. 낙후된 전남지역의 지역경제 활성화와 고용 창출이라는 절박함과 자연보호를 놓고 열띤 설전이 오갔다. 키를 쥐고 있는 환경부의 완고함도 여전했고, 이를 해결하기 위한 행정자치부 및 지자체 공무원들의 끈질긴 설득 작업도 이어지는 등 인상적인 모습이 연출됐다. 결론이 어떻게 날지는 아직 미지수다. 규제개혁에 종합행정력이 왜 필요한지가 현장에서 뚝뚝 묻어났다.

부처 간 의견 차이와 상이한 해석, 지역의 입장, 경제적 효과 등 규제개혁을 해결하기 위한 작업에 총체적인 행정 조정의 문제는 늘 대두된다. 지방규제개혁 작업이 '경제의 골든타임'으로 불리는 이유도 이런 이유다. 앞으로 지방규제개혁 행보에 귀추가 주목된다.

농림축산검역본부 검역관, 국가 재난형 질병의 최전선에 서다

2015년 8월, '다이나믹 코리아(Dynamic Korea)'라고 불리던 대한민국에 인기척이 느껴지지 않았다. 썰물처럼 밀려 들어오던 유커(遊客, 중국인 관광객)의 발길도 뚝 끊겼다. 공포 탓이었다.

두려움의 근원은 이름조차 생소했던 '메르스(MERS, 중동호흡기증후군)'. 중동 낙타로부터 전염된다고 알려진 메르스는 톱니바퀴처럼 돌아가던 대한민국 정치 · 경제 · 문화 · 사회 곳곳의 틈새에 끼여 동력을 앗아갔다. 36명이 목숨을 잃었다. 물질적 피해는 더욱 막대했다. 정부는 결국 12조 원 규모의 추가경정 예산을 편성해야 하는 상황에 빠졌다.

사람들은 메르스가 한반도 이남을 거칠게 할퀴고 간 이후에야 '동물이나 식물로부터 전염될 수 있는 질병이 총칼을 든 군인보다 무섭다'란 사실을 뼈에 새겼다. 하지만 해외에서 들어오는 각종 동 · 식물의 병해충, 전염병과 매일 사투를 벌이고 있는 이들이 있다는 걸 알고 있는 이들은 많지 않다.

2015년 7월 24일, 인천국제공항 정부합동청사에서 만난 농림축산검역본부 인천공항지역본부 배호열 본부장은 입술에 무게를 실어 말했다.

"검역은 제2의 국방입니다."

지금 이 시간에도, 인천국제공항에서 치열한 전투를 벌이고 있는 153명의 검역전사들을 만났다. 농림축산검역본부 인천공항지역본부는 운영지원과 · 화물검역과 · 휴대품검역과 · 특수검역과 · 시험분석과 등 총 5개과로 나뉜다.

휴대품검역과는 해외를 오가는 여행객들이 실수로 혹은 고의로 여행가방 등을 통해 들여오는 동 · 식물에 대한 검역을 맡고, 화물검역과는 특송화물과 국제우편에 실어 들어오는 반입금지 물품을 걸러낸다. 특수검역과는 해외에서 들여오는 동물의 전염병 감염 여부

를 체크한다. 혁혁한 공을 세우고 있는 탐지견 훈련도 이곳에서 맡는다. 시험분석과는 식물 외래병해충에 대한 정밀검정을 책임진다. 모두들 '일당백'이다.

"두통약을 비타민처럼 먹어요"

2015년 7월 24일 오전 9시 20분, 인천국제공항 정부합동청사 1층에 위치한 수입 식물 정밀실험실. 60평 남짓의 공간에서 흰 가운을 입은 12명의 검역관들이 분주하게 움직였다. 점유한 공간은 협소하지만 우습게 볼 일이 아니다. 해외에서 국내로 들어오는 수입 식물의 위해성에 대한 실험 분석이 필요한 경우 대부분 이곳을 거쳐가기 때문이다. 이곳에서 수입 식물에 묻어올 수 있는 병해충을 판별하지 못한다면 또 다른 재앙이 발생할 수 있다. 실제 제주에선 천연기념물 374호로 지정된 비자나무 군락지인 비자림지역에 소나무 재선충이 창궐해 비상이 걸렸다.

시험분석과 정영철 과장은 "전국에 수입 식물 정밀실험실은 총 4곳으로 인천은 그중 1곳에 불과하지만 업무 비중은 전체의 64%에 달한다"고 말했다. 문제는 인력이다. 감당하고 있는 업무의 양은 전체의 64%에 달하는 데 비해 인력은 총 12명으로 전국 정밀실험실 인력의 25%에 그치기 때문이다. 검역관들이 체력적인 한계에 부딪히는 것도 당연하다.

백지현 검역관(박사)은 "정밀실험실은 업무 특수성 때문에 특수현미경을 장시간 들여다봐야 한다"며 "높은 집중력이 필요한 작업을 쉬지 못하고 하다 보니 두통약을 비타민처럼 먹어야 한다"고 말했다.

오전 9시 40분, 농림축산식품부 특수검역과. 중증급성호흡기증후군(SARS) · 조류독감(AI) · 신종인플루엔자A(H1N1) · 중증혈소판감소증후군(SFTS) · 에볼라 출혈열 그리고 메르스까지 전 세계를 공포로 몰아넣은 전염병의 공통점은 동물에서 인간으로 감염되는 '인수人獸공통감염병(zoonosis)'이라는 것이다. 바이러스 개발이 어렵고, 국가 간 교류가 활발해지면서 인수공통감염병의 발생 시기 간격이 짧아지고 있어 새로운 위협이 되고 있다. 그런 면에서 해외에서 들어오는 동물의 99%가량의 검역을 맡고 있는 인천의 특수검역과는 전염병을 막는 첫 펜스다.

메르스에서도 봤듯이, 인수공통감염병은 대부분 일정 기간의 잠복기가 있다. 국내로 들여오는 동물을 한동안 보호 · 관찰하면서 혹시나 이 동물이 전염병을 가지고 있는지 여부를 확인하는 것도 그래서다. 달리 말하면, 이곳의 검역관들은 대한민국에서 메르스 같은 전염병에 가장 먼저 노출될 가능성이 높다는 의미다. 서영선 검역관(수의사)은 "말은 전염병 정밀검사를 위해 혈액 등 시료를 채취할 때 생식기에서 샘플을 채취해야 하는데 자칫하면 큰 사고로 이어질 수 있다"고 말했다. 실제 2년 전 한 검역관이 말발굽에 다리를 차여 장기간 신경마비로 고생하기도 했다.

월화수목금금금…… 휴대품검역과는 '퐁당퐁당'

오후 1시, 인천국제공항 여객터미널 휴대품검역과. 인천국제공항 휴대품검역과는 24시간 풀가동된다. 62명의 검역관들이 하루 24시간을 터미널 1층(도착) A부터 F구역까지 6곳에서 여행객들의 가방

속에 숨겨진 과일이나 육포 등 반입금지 물품을 찾아내고 있다. 3교대 근무로 하루 24시간 일했다면, 이틀 동안은 휴식을 취하는 것이 원칙이다. 하지만 인력 부족으로 이를 지키지 못하고 있다.

박정서 검역관(수의사)은 "여기엔 '퐁당퐁당'이란 말이 있어요. 하루 24시간 일하고 그 이튿날 다시 근무를 하는 근로조건을 빗댄 말"이라고 말했다.

게다가 여행객을 대면해서 상대하는 일인 만큼 민원의 강도도 무척 세다. 식물검역을 담당하고 있는 문광옥 검역관은 "여행객의 개인 수하물을 열어서 일일이 확인을 해야 하기 때문에 민원인과 마찰이 있을 수밖에 없다"며 "밤낮이 바뀌는 생활 탓에 육체적인 피로감도 무척 심하지만 그보다 힘든 점이 바로 악성 민원"이라고 토로했다.

검역본부는 처음 적발 시 10만 원의 과태료를 물리지만, 두 번째 적발될 경우 고의성이 있다고 판단하고 축산물과 식물에 각각 50만 원, 30만 원씩의 과태료를 부과한다. 3차 적발될 경우엔 100만 원, 90만 원씩이다.

오후 3시 30분, 화물검역과 특급탁송 화물. 검역본부에서 가장 일손이 부족한 곳은 바로 화물검역과의 특급탁송 화물을 검역하는 곳이다. '해외직구'가 급증한 탓이다. 실제 지난 2010년 2,132건에 불과했던 특송화물 검역 실적은 2014년 28만 334건으로 불과 5년 만에 14배 가까이 늘었다.

김경수 검역관은 "특급탁송 화물을 통한 식물 검역 실적의 경우 2013년 1만 5천 건에 불과했지만 2014년에는 40만 5천 건으로 늘었고, 2015년 들어 6월까지만 33만 6천 건을 기록하고 있다"며 "전담

인력은 2명뿐으로 1명이 하루에 1,345건을 적발하고 있다"고 설명했다.

다만 그는 "검역본부에 구멍이 있다고 한다면, 특송화물 쪽"이라고 토로했다. 한 명이 하루에 검역할 수 있는 최대량은 식물의 경우 약 48건이다. 식물검역 전담 인력이 2명이기 때문에 40만 5천 건(2014년 기준)을 모두 처리하려면 11.5년(4,218일)이 걸린다. 하루 최대 처리량이 40건인 축산물도 사정은 크게 다르지 않다.

2014년 기준(28만 건)으로 반입 축산물을 모두 검역하는 데 4.79년(1,750일)이 걸린다. 이 탓에 특송화물의 경우 휴대품과는 달리 선별적인 검역을 할 수밖에 없는 형편이라는 설명이다. 인력 증원만이 구멍을 막을 수 있는 유일한 방법이다.

오후 5시, 화물검역과 국제우편팀. 검역본부 국제우편팀은 항공기가 실어오는 우편물을 그대로 컨베이어 벨트에 옮겨놓고 검역을 실시한다. 하루 동안 처리하는 우편물은 약 11만 건에 달한다. 11만 건을 동식물 검역관 7명이 검역 대상 우편물을 걸러낸다. 검역 대상 우편물은 평균 100여 건으로 전체 우편물의 0.08%가량이다. 5곳에 설치된 세관의 엑스레이(X-ray)와 검역탐지견 2마리가 검역 대상 우편물을 걸러낸다. 24시간 근무는 필수다.

금지물품 은닉 방법도 갈수록 진화한다. 이복섭 사무관은 "두꺼운 책이나 잡지 속을 파낸 후 시가 2억 원 상당의 토마토 종자를 숨기거나, 애완 곤충을 과자봉지나 장난감 속에 숨겨 반입하려고 하는 이들도 있다"고 말했다. 또 우편물을 먼저 뜯어봐야 하는 탓에 민원인들이 항의가 끊이지 않는다. 이 사무관은 "우리가 먼저 우편물을 뜯어보기 때문에 민원인 중에선 '우편물 안에 돈을 넣어두었는데 사라졌다'며 항의를 하는 분도 더러 있다"며 "하지만 AI 같은 국가 재난형 질병과 식물병해충 유입을 막아내고 있다는 자부심만큼은 남다르다"고 강조했다.

행정자치부 정부청사관리소, 대한민국 100만 공무원의 일터를 돌보는 '숨은 손'

서울시 세종대로의 정부서울청사. 정부기관의 위압감과 거리감을 상징하던 높이 70cm의 철조망이 사라지고 태극 마크와 정부 마크가 번갈아 새겨진 알루미늄 외벽으로 새롭게 단장했다. 지난 1970년 준공 이후 실질적으로 45년 만이다. 달라진 외벽은 국민들과의 거리를 좁혔다. 정부청사를 배경으로 기념촬영을 하는 관광객까지 나올 정도다.

"청사가 발전하는 것 같습니다."

정부서울청사 내부 게시판에 올라온 글이다. 국무조정실 · 행정자치부 등 13개 기관 공무원 4,500여 명과 국민 1천여 명 등 매일 6천여 명에 달하는 인원이 드나드는 갑급 시설인 만큼 철저하면서도 세심한 관리가 필요한 곳. 표시가 나지 않지만 실질적으로 정부기관이 움직이게 만드는 행정자치부 정부청사관리소가 하는 일이다.

"청사가 움직이도록 하는 게 우리 일"

정부청사관리소가 책임지는 청사는 서울, 과천, 대진, 세종 등 종합청사 4곳과 복합화청사 6곳(광주, 제주, 대구, 경남, 춘천, 고양) 등 총 10곳이다.

관리의 범위에는 청사의 수급 계획부터 사후 관리까지 포함된다. 청사가 필요하면 신축을 할 것인지 임차를 할 것인지 먼저 결정을 하고, 새로 짓게 되면 내부 설계와 부대시설, 용역 등 정상적으로 가동하기 위한 모든 것을 준비해야 한다.

정부청사관리소 관계자는 "완공 후에는 입주 공무원들이 쾌적하게 생활할 수 있는 안전·편의시설 관리가 큰 부분을 차지한다"면서 "냉·난방, 식당, 통신, 엘리베이터, 전기 등 모든 것이 원활하게 만드는 게 우리 일"이라고 설명했다. 맡은 분야가 광범위하기 때문에 온갖 민원 전화가 몰리는 곳이기도 하다. 부서 안에서는 스스로를 '감정 노동자'라고 표현할 정도다.

입주 기관만 120곳에 달하고, 여기서 일하는 공무원들의 숫자만 3만 명이 넘는 만큼 규모도 크다. 정원 715명(현원 664명)으로 모든 부서 중 최대 규모이고, 2급 이상 고위 공무원도 4명(정원 5명)이나 된다.

이 관계자는 "정부기관이 늘어나고 공무원 숫자가 증가하면서 어디나 공간 부족이 문제가 되고 있다"며 "청사를 건립하는 입장에서는 장기적인 안목으로 공간 배치, 복지 시설 등을 계획하지만 예산은 항상 현재를 기준으로 해 아쉽다"고 토로했다.

황무지에서 '세종시'를 만들다

정부청사관리소 최대의 역작은 세종시다. 시설 사업비만 1조 4천억 원에 달하는 세종청사 사업은 한마디로 무에서 유를 만드는 사업.

청사이전사업과 유완엽 사무관은 "후반부에는 각종 개발 사업이 한꺼번에 진행되다 보니 인력뿐만 아니라 철근 · 콘크리트가 부족한 상황까지 생겼다"면서 "건축, 기계, 통신 등 분야별로 업체들을 만나고 조율하고 주말 · 야간 불문하고 정신없이 일했다"고 당시를 회상했다.

일은 끝이 없었다. 기반시설이 부족하다 보니 교통편, 주차시설, 구내식당을 만들고 상상치도 않았던 어린이집 보육교사까지 구해야 했다. 청소용역 업체도 인력을 구하지 못하는 상황이어서 직접 인근 시 · 군 농가에서 일할 사람을 구하러 다니는 상황도 벌어졌다.

이렇게 해서 연면적 62만 9,145m², 길이 3.5km의 정부세종청사가

만들어졌고 가동됐다. 특히 설계부터 기존 청사와는 달리 수평으로 넓게 펼쳐진 캔버스형으로 만들었고, 건물 간 옥상을 연결해 정원도 조성했다. 1일 3회 민간에 개방하는 세종청사의 옥상정원은 2015년 3월 이후 방문자가 1만 3천여 명에 달하는 관광 명소이기도 하다. 특히 세계 최대의 옥상정원으로 기네스북 등재를 앞두고 있다.

'모아서 편리하게' 복합청사화 사업

현재 정부청사관리소의 핵심 사업은 지역별로 떨어진 정부 기관을 하나로 모으는 복합청사화 사업이다. 지방국세청, 세관, 검역소, 노동청 등 개별 건물을 갖고 있거나 임차해서 쓰고 있던 기관을 하나로 모으는 것.

이경태 관리총괄과장은 "하나의 건물에 정부 기관을 모으는 것이기 때문에 시너지도 발생하고 국민들은 번거로움을 덜 수 있다"면서 "처음에는 반대하던 기관들도 들어오기를 잘했다는 반응이 많다"고 전했다. 특히 지자체들은 한꺼번에 10여 개 공공기관이 들어서면 개발 효과까지 기대할 수 있어 유치 경쟁이 치열할 정도다. 때문에 복합화 청사의 입지는 지역균형발전을 고려해 정해진다. 인천의 경우 구도심 지역에 복합화 청사를 지으면서 인근 지역이 살아나는 효과를 가져오기도 했다. 27개 대상 지역 중 6곳이 완료됐고, 앞으로 남은 17곳도 순차적으로 복합화 청사를 추진 중이다.

한경호 정부청사관리소장은 "직원들에게 가장 강조하는 것은 서비스 마인드"라며 "눈에 보이는 큰 변화보다는 보이지 않는 작은 부분을 개선하는 데 노력하고 있다"고 전했다.

실제 한 소장 취임 후 청사 출입을 위해 통과해야 하는 검색대가 한 대 더 늘었다. 비 오는 날 검색대를 통과하기 위해 후문까지 우산을 쓰고 기다려야 했던 입주 공무원들의 불편이 사라진 것. 큰 표시가 나지 않더라도 모든 사람이 쾌적하고 편리하게 만드는 것. 정부청사관리소의 일이다.

대안교실의 교사들,
갈 곳 잃은 아이들에게
빛을 주다

어느 순간 교과서를 덮어버린 아이들이 있다. 수업 시간에 수업에 집중하기보다 교과서에 낙서하고 몰래 휴대전화를 만지작거린다. 엎드려 있거나 친구들과 잡담으로 수업 분위기를 흐트린다. 심지어는 사춘기 혈기에 '센 척' 하며 교권에 도전하기도 한다. 이른바 학교 부적응 학생, 학업 중단 학생들이다. 이런 학생들은 2014년 기준으로 전국 초·중·고교에서 6만 568명(학업 중단 학생), 이 중 고교 부적응 학업 중단 학생은 2만 5,016명 규모다. 학교 부적응은 결국 학교 이탈로 이어진다. 실제로 고교 중단자의 83%가 교교 부적응 학업 중단 학생이다.

찐찌버거…… 갈 곳 잃은 아이들

현직 교사들에게 듣는 학교 현실은 생각보다 심각했다. 중학교에 입학하자마자 맞닥뜨리는 주입식 교육과 대입을 향한 레이스는 아이들을 성적으로 줄 세운다. 이 속에서 적응하지 못한, 밀려난 아이들은 학교 속에서 '투명인간'이 된다. 뒤처짐이 거듭될수록 수업 내용은 전혀 알 수 없는 '수업 문맹'으로 도태된다. 모르는 언어들의 홍수 속에 아이들이 선택할 수 있는 것은 자거나 딴 짓을 하는 것 외에는 없다고 교사들은 입을 모았다.

교사들에게도 부담이다. 가능하면 모든 학생들의 수준에 맞춰 수업을 하고 싶지만 그러기에는 시간이 턱없이 부족하다. 가장 큰 문제는 이런 현실 속에서 한참 자신만의 정체성을 찾아가는 아이들이 상처를 받고 있다는 것. 스스로를 '찐찌버거(찐따 · 찌질이 · 버러지 · 거지)', 극단적으로는 '쓰레기'로 부르면서 음주, 화장, 불량 서클 등의 활동에서 안식을 찾는다.

서울지역의 한 교사는 "수업을 따라가지 못하는 아이들은 떠들면 안 되니까 자는 게 도와주는 거라고 생각하게 되고 암묵적으로 '없으면 좋을 애들'이라는 '딱지'를 붙이게 된다"며 "그 속에서 상처받은 아이들은 스트레스를 학교 밖에서 풀고, 결국 사회문제로 이어진다"고 지적했다.

또 다른 교사는 "공부에서 손을 놓은 순간 아이들에게 남은 건 거리의 '어른 흉내 내기' 놀이밖에 없다"며 "교사들도 경험과 시간의 한계로 많은 아이들을 제대로 이해하고 손을 잡아주기 힘들다. 눈앞에서 그대로 방치돼 있다는 생각에 괴롭다"고 털어놨다.

대안교실은 이같이 학교에 적응하지 못하고, 학습 중단 위기를 맞은 학생들을 위해 마련했다. 학교에서 이탈하는 아이들을 맞춤형 대안교육 프로그램을 통해 최대한 포용하겠다는 목표다.

서울지역 대안교실 운영 교사협의회장을 맡고 있는 세현고 김융희 교사는 “치열한 경쟁 속에 발전을 거듭해온 우리 사회는 아래를 보는 눈이 약하다. 교실에서도 수업을 못 따라가는 아이들을 제도적으로 버려온 것이 사실”이라며 “대안교실은 이런 아이들과 학교가 같이 가겠다는 의미”라고 설명했다.

서울지역 대안교실 76곳

교육당국은 학교 내 대안교실을 2013년 시범 운영한 뒤 2014년부터 본격적으로 운영 중이다. 서울지역의 경우 2013년 11개교에서 2014년 33개교, 2015년 현재 76개교로 늘어 1,213명의 학생이 참여하고 있다. 서울시교육청은 학교당 1천만~2천만 원 이내에서 활동을 지원한다.

대안교실은 크게 전일제와 부분제로 나뉜다. 전일제는 한 반을 따로 만들어 정규 교과시간 전부를 대안교육 프로그램으로 대체하는 것이고, 부분제는 정규 교과시간 중 오전이나 오후 등 일부 시간에 프로그램을 운영한다. 대안교실 담당 교사는 학교별로 자원을 받거나 지정할 수 있으며, 대안교실 전담 교과 교원의 수업을 대체하는 시간 강사도 활용할 수 있다.

대안교실에서 진행하는 프로그램은 다양하다. 시교육청은 공공기관, 평생교육시설, 직업훈련기관, 산업체, 문화예술기관 등과 연계해 학생들이 보다 다양한 수업을 들을 수 있도록 하고 있다. 바리스타, 제과제빵, 농기계, 지게차 자격반 등 진로·직업 중점 프로그램을 비롯해 자아발견 프로그램, 개인상담, 심리검사, 원예치료, 독

서치료, 미술치료, 분노조절, 감정코칭 등 지쳐 있는 마음을 다스려 정신적 회복을 유도하는 치유 중점의 프로그램도 있다.

또 텃밭 가꾸기 등의 농사체험, 문화예술체험, 봉사활동 등 체험 중점 프로그램과 수준별 맞춤 교육활동, 스포츠 · 예술 · 인문학 등 자기계발에 초점을 맞추기도 한다.

대안교실에 참여하고 있는 교사들도 '21세기 교실 상록수'가 되겠다는 열정으로 가득 차 있다. 친구들과 어울리지 못하는 대인관계에 문제가 있는 학생을 위해 한 반 아이들에게 양해를 구해 1박 2일 여행을 떠나고, 가출한 아이를 찾아 근방의 고시원을 일일이 뒤지기도 한다.

학교에 오지 않는 학생을 찾아 데리고 오고, 밥 굶는 애들을 위해 도시락을 싸오는 등 엄마 이상의 역할을 하면서 아이들과의 소통에 최선을 다한다. 가정에 문제가 있는 경우 학부모와 함께 놀러가 게임이나 퀴즈 등의 놀이 활동을 통해 아이와 부모의 소통을 돕기도 한다.

종암중의 조광희 교사는 휴일만 되면 대안교실 학생들과 산을 찾는다. 조 교사는 '너희도 할 수 있다' '대학은 나와야 한다' 등의 말은 일체 하지 않는다. 오히려 '그냥 놀아라'고 권한다. 그는 "밑으로 보는 눈 없이 위로만 보는 '엘리트적 가치관'은 오히려 상처가 될 수 있다"며 "많이 놀면서 자신의 존재감을 찾고 피해의식이 없어지면 무엇을 하겠다는 동기와 목적이 생길 수 있다"고 강조했다. 이 아이들에게는 학습보다 치유가 먼저라는 말이다.

세현고 김융희 교사의 경우 봉사활동을 주로 한다. 쪽방촌 도배, 연탄 배달, 농촌 봉사활동 등을 통해 사회 여러 모습을 보여주고 경험을 쌓아간다. 김 교사는 "도배의 경우 어떤 때는 8시간씩 걸리는 중노동이다. 그런데 이걸 애들이 팀을 이뤄서 완성해보면 성취감과 '함께한다'는 경험을 갖게 된다"며 "나도 남에게 도움이 될 수 있다는 경험을 통해 자존감도 키울 수 있다"고 전했다.

학교 폭력 줄고 이탈 학생 돌아와

3년차를 맞은 대안교실은 앞으로 나아가야 할 길이 멀다. 대안교실을 운영하는 학교도 아직까지는 소수인 데다, 필요성은 공감하나 학교 내 · 외 분위기가 호의적이지만은 않다.

전일제와 부분제 체계도 장단점이 나뉜다. 학급 단위 활동이 가능한 전일제는 동일한 공간과 시간을 함께함으로써 학생 지도가 상대적으로 쉽고, 부분제는 다양한 시도가 가능하다는 장점이 있다. 반면 전일제는 교육과정 편성이 어렵고, 부분제는 수업시간의 불규칙, 원래 학급과의 이질감 형성 등이 단점으로 꼽힌다. 특히 한 반에 이른바 '문제아'들을 모으면 일탈 등 부정적인 영향이 강화될 수 있다는 시각도 걸림돌이다.

그럼에도 학교가 대입이라는 '성과'에서 벗어나 '치유'에 눈을 돌리기 시작했다는 점은 주목할 만하다. 대안교실의 뚜렷한 성과를 구분하기는 어렵겠지만 운영 학교에서 학교 폭력 사건이 줄고 부적응 학생들이 학교를 찾기 시작했다는 점은 고무적이다.

서울 종암중의 경우 학교 폭력 사건이 크게 줄었고, 2014년에는 퇴학생이 단 한 명도 없었다. 대전의 법동중은 학교에 적응하지 못하는 20여 명에게 집중사례관리 프로그램을 실시한 결과, 흡연 학생들이 금연에 성공하고, 학교를 자주 나오지 않았던 학생도 상담받는 날에는 꼬박꼬박 참석하는 변화를 보였다.

대안교실 교사로 활동 중인 한 교사는 "(학생들로부터) 욕도 많이 듣고, 최악의 경우 맞을 각오도 했다. 처음 관계 형성이 가장 힘들다. 그런데 어떤 요령보다는 진심으로 호소를 하면 통한다. 아이들이 알아준다"며 "사실 교사들도 학생들 앞에 외로웠다. 단절됐던 서로가 대안교실을 통해 소통을 한다는 점이 가장 큰 보람"이라고 말했다.

이 교사에게 대안교실 참여 이유를 묻자 "교사로서의 양심의 가책"으로 답했다. 교사로서의 20~30년을 뒤돌아보면, 그간 공부 못한다는 이유만으로 출석 외에는 신경 쓰지를 못했다고. 항상 마음속에 남아 있던 앙금이 대안교실 활동으로 많이 희석돼 오히려 고맙다고 전했다.

법무연수원, 선진 법무 공무원을 양성한다

흔히 법무연수원을 사법연수원과 혼동하는 경우가 많다. 사법연수원이 사법 시험에 합격한 예비 검사 · 판사 · 변호사들을 교육하는 기관이라면, 법무연수원은 기존 법무 · 검찰 공무원을 대상으로 법률 관련 임무를 더 잘 수행할 수 있도록 재교육하는 기관이다. 1951년 '형무관학교'라는 이름으로 설립된 법무연수원이 1971년 개원한 사법연수원보다 20년 역사를 더 갖고 있다.

신임 검사도, 20년차 보호관찰관도 모두 '교육생'

2015년 8월 12일, 충북 진천 덕산면에 위치한 법무연수원을 찾았다. 제1강의동 3층 강의실에서 번져 나오는 향학열은 대단했다. 약 50명 정도의 교육생들이 필기도구로 열심히 강의 내용을 받아 적으며 강의를 경청하고 있었다. 30대에서 50대까지 다양했다. 이들은 보호관찰관들이었다. 보호관찰관은 범죄자 가운데 유죄가 확정됐지만 집행유예 등을 선고받고 사법 당국으로부터 보호관찰 조치가 내려진 이들을 관리 · 감독하는 임무를 수행한다.

법무연수원 일반연수과 소속 이영미 교수는 "연수원에서 보호관찰 대상자를 지도 · 감독하는 기법 등 보호관찰 실무과목을 담당하고 있다"며 "수용이 아닌 사회 내 처우인 만큼 전자발찌 감독에 대한 조사 업무도 연구한다"고 설명했다. 이어 "커리큘럼은 법률에서 정한 지침에 따라 짠다"고 덧붙였다. 이 교수는 또 "다루기 어려운 관찰대상자를 어떻게 지도할지에 대해서는 분임 토의를 통해 교육생 간 쌍방향 소통으로 해법을 찾도록 한다"며 "전국에 흩어져 있는 법무 직원들이 한자리에 모이다 보니 다른 기관의 전문 지식을 서로 공유할 수 있다"고 말했다.

공무원들에게 연수원 교육은 고단한 일상 속 피로감을 씻어주는 '오아시스'가 되기도 한다. 사무실에 갇혀 있으면서 받은 스트레스를 풀 수 있는 기회가 바로 연수인 셈이다.

대전에서 24년째 보호직에 종사 중인 우종한 씨는 "기계가 아닌 사람을 대하는 일이기 때문에 그들의 변화 가능성을 믿고 시작한다"며 "때로는 초심을 잃기도 하고 일이 뜻대로 되지 않아 자신감이 떨어지는 경우도 있는데, 연수원에서 인간의 관점을 바꾸는 차별화된 교육을 받으면 다시 마음을 다잡게 된다"고 전했다.

9년가량 보호직으로 일한 임성숙 씨는 "연수를 통해 어떤 방향으로, 또 어떤 수준으로 관찰 대상자를 지도 · 감독해야 하는지 많은 지식을 전달받는다"고 밝혔다. 그는 "연수를 받다 보면 마치 대학생이 된 기분"이라며 "같은 직군의 사람들과 만나 인적 네트워크를 유지,

각 지역 업무의 좋은 점을 공유하면서 어려운 사례를 해결하는 방법을 손쉽게 찾을 수 있어 일 하는 데 많은 도움이 된다"고 말했다.

법무연수원 교육 일정은 일 년 내내 빠짐없이 차 있다. 연수원 내 부착된 일정표에는 색깔별로 직군이 분류돼 있었다. 일반직 연수는 빨간색, 검사직은 노란색, 교정직은 초록색이었다. 대체로 한 사람당 1~2년에 한 번꼴로 받는다고 한다. 교육 기간은 보통 3~5일씩이다. 특히 검사들은 신임 검사, 경력 검사, 부장검사, 차장검사, 검사장 등 연차에 따른 맞춤식 리더십 교육을 받는다. 또 공안, 특수, 강력, 환경 등 전문 분야에 대한 교육도 '투트랙'으로 진행된다.

사람 대하는 업무일수록 인성 교육 강조

법무연수원의 교정훈련센터는 교정시설의 축소판이었다. 1층은 실제 수감시설을 그대로 재현해놓았다. 8개의 방 안 게시판에는 교정본부의 통합교화방송 주간방송계획, 폭행 · 갈취 등 가혹행위 피해신고 요령안내, 규율사항이 붙어 있었다. 또 한쪽에 침구류가 가지런히 정리돼 있었다. 책장에 꽂힌 책들과 선반 위 그릇, 신발장에 놓인 흰색 운동화도 실제 수감시설과 동일하다고 연수원 관계자가 설명했다. 건물 한편에는 수감자가 자살 시도를 하거나 소란을 피웠을 때 머무는 진정실이 마련돼 있었다.

연수원 관계자는 "신임 검사과정 교육을 받던 예비 검사 64명이 지난 4~5월 하루 동안 수감자 체험을 했다"고 소개했다. 모의재판을 통해 형을 선고받고 법정 구속돼 수용생활을 한 뒤 출소하기까지 전 과정을 직접 체험하는 방식이었다. 당시 예비 검사들은 모의로 실형을 선고받은 뒤 포승에 묶여 호송차량을 타고 수감됐다가 자정이 지나 풀려났다. 연수원 관계자는 "교정 행정을 이해하고 수용자의 인권 보호의식을 고취한다는 차원에서 도입됐다"고 설명했다.

윤웅걸 법무연수원 기획부장은 "교정훈련센터에서는 전문지식과 인성 두 가지를 강조한다"며 "검사의 업무가 사람을 대상으로 하는 업무이기 때문에 검사로서의 자세와 사명에 중심을 둔다"고 말했다. 이어 "인간에 대한 탐구를 높이려고 인문학 교육도 많이 하고 국가관과 공직관, 헌법관도 비중 있게 가르친다"고 덧붙였다.

충북 활성화 · 법무한류에 기여 톡톡

법무연수원은 2015년 3월 정부의 공공기관 지방 이전 계획에 따라 경기도 용인에서 충북 혁신도시가 들어선 진천으로 이전했다. 연수원은 지방경제 활성화라는 이전 취지에 맞게 인근 마을 주민들과의 교류에도 힘쓰고 있다. 진천 실원마을과 자매 결연 협약을 맺고 농번기 일손 돕기를 진행한 지는 올해로 3년째를 맞았다.

임정혁 법무연수원장은 "충북혁신도시가 생기면서 터전을 잃은 주민을 위해 조성된 음성군 맹동면 두성리 마을을 찾아가 인사도 하고 주민들을 법무연수원으로 초청하기도 했다"고 전했다.

법무연수원은 2015년 4월부터 충북대 인문학연구소와 업무 협의를 맺고 직원과 교육생을 대상으로 인문학 강의를 진행하고 있다. 법무연수원과 함께 이전한 한국소비자원, 한국고용정보원, 정보통신정책연구원, 정보통신산업진흥원 등 5개 기관 직원들도 법무연수원에서 강의를 듣고는 한다.

법무연수원은 '법무한류'의 진원지이기도 하다. 2015년 8월 28~30일에는 제7회 한·일 검찰 친선 축구대회가 열려 일본 법조인들과의 교류의 장이 마련되었다. 2015년 3월에는 하 흥 끄엉 베트남 법무부 장관 등 일행이 연수원을 방문해 한국 법무교육 현황을 소개받고 돌아갔다. 연수원은 또 한국국제협력단(KOICA)과 함께 개발도상국 등 해외 법조인을 위한 교육과정을 개설했다. 이 프로그램에 참여한 외국인 수만 2014년 한 해 239명에 달했다.

물론 애로사항도 있다. 직원들이 갑작스럽게 '시골생활'을 하게 됐다는 점이다. 직원 수는 연수원 정규직 125명을 포함해 구내식당, 시설 관리 근로자까지 모두 170여 명에 이른다. 수도권과 진천을 오가는 셔틀버스를 운행 중이긴 하지만 통근의 불편은 이만저만이 아니다. 한 연수원 직원은 "아직 용인에서 출퇴근하는 직원도 있고, 이쪽으로 이사 온 직원도 있다"고 말했다. 다른 직원도 "출퇴근 시간도 오래 걸리고 주변에 편의시설이 부족해 불편함이 적지 않다"고 털어놨다.

이런 이유에서인지 연수원 내부에는 노래방, 탁구장 등 각종 편의시설이 설치됐다. 개인 숙소도 1인실로 마련해 편리하게 생활하도록 했다. 연수원 관계자는 "연수원 외부에 편의시설이 없다 보니 직원들과 교육생들이 가급적 연수원 내에서 취미생활을 즐길 수 있는 시설을 갖추기 위해 노력하고 있다"면서 "좋은 시설과 주변 자연환경을 벗 삼아 일상 속에서 찌든 때를 씻고 갔으면 한다"고 말했다.

법무연수원은 법무 · 검찰 공무원 교육 산실

법무연수원은 검사, 검찰직, 보호직, 교정직, 출입국관리직 등 법무부와 검찰청 소속 공무원에 대한 교육 훈련과 형사정책 · 법무행정 발전을 위한 조사 · 연구 업무를 담당한다. 진천 신청사는 부지면적 62만 4,025m², 건물 연면적 6만 3,043m²에 지하 1층, 지상 4층 규모로 건립됐다. 연수원은 중앙부처와 지방자치단체의 국가송무 담당자에 대한 교육, 특별사법경찰과 중소기업인, 지역 주민, 해외 법조인 등에 대한 법교육도 병행한다. 용인 분원에서는 외국인 법조인과 중소기업인, 로스쿨 출신 검사에 대해 집합 교육을 한다. 연간 13만 명, 사이버 교육까지 합하면 총 30여만 명이 연수원을 거쳐 간다.

2015년 8월 12일, 충북 진천 법무연수원장실에서 만난 임정혁 원장은 "국가 균형발전에 기여한다는 연수원 이전 취지를 살리기 위해 백방으로 노력하겠다"며 이같이 말했다.

법무연수원은 2015년 3월 경기도 용인에서 충북 진천으로 이전했다. 임 원장은 법무연수원의 '진천시대'를 조기에 정착시키기 위한 방안으로 지역 주민과의 교류를 해법으로 제시했다. 임 원장은 "연수원은 굴러온 돌이기 때문에 지역사회에 녹아들어 하루 빨리 지역 주민들과 동화돼야 연수원 본연의 임무 수행이 정상 궤도에 진입할 수 있을 것"이라고 전했다.

임 원장은 연수원 내 '위원회'를 구성해 민주적인 의사결정 시스템 구축을 시도했다. 임 원장은 "연수원 건물 설계와 시공 마무리 과정에서 간부들이 자주 교체되다 보니 일관성이 부족하다고 느꼈다"며 "시설관리위원회를 만들어 전 직원의 의견을 듣고 모든 것을 결정하니까 반발이 줄어들었고 더 책임감 있는 임무 수행이 가능해졌다"고 설명했다.

임 원장은 과거 사법연수원에서 검찰 실무를 가르친 경험이 있다. 대검찰청 공안2·3과장, 서울중앙지검 공안2부장, 대검 공안부장 등을 역임한 '공안통'이기도 하다. 서울고검장과 대검 차장검사를 거쳐 2015년 2월 제40대 법무연수원장으로 부임했다. 검사 경력만 28년이다.

임 원장은 연수원에서 직접 강의에 나서기도 한다. 그는 "말재주는 없지만 공직자의 자세에 대해 이야기해주는 게 의무이자 도리"라며 "특강 제목은 '대한민국 바로알기 1일 집중교육'으로 정했다"고 설명했다. 또 "공안 수사 역량을 더 연구해 후배들에게 전해주고 싶다"고 말했다.

임 원장이 강의에서 가장 중점을 두는 부분은 바로 '흥미'다. 흥미롭지 않으면 몰입도가 약해질 수밖에 없다는 이유에서다. 흥미를 끌기 위한 방식으로 '퀴즈'를 택했다. 임 원장은 기자에게 "대한민국 국

기법, 민법, 형법, 헌법 중 표기가 잘못된 것은 무엇일까"라고 질문했다. 기자가 답을 맞히지 못하자 임 원장은 "헌법이 아니라 '대한민국 헌법'이 맞는 표기"라고 정답을 공개했다.

그러면서 "사소한 부분이라 생각될 수 있지만 법조인은 보다 정확하고 디테일한 부분을 알고 있어야 한다"고 강조했다.

연수에 대한 임 원장의 원칙은 확고하고도 엄격했다. 그는 "법조인에게 연수나 교육은 도끼나 칼의 날을 가는 과정"이라며 "일선의 업무에서 잠깐 벗어나지만 업무 이상의 치열함이 있어야 한다"고 전했다.

백령도 고층기상관측소, 한반도 기상관측의 최전방

"꼭 가야 돼요?" 남북 간 긴장이 최고조에 달했던 2015년 8월 24일, 백령도행 여객선을 타게 된 기자에게 가족들은 불안함을 감추지 못했다. '거기가 일터인 사람들도 있는데 뭘 그러느냐'며 태연한 척했지만 기자 역시 불안하기는 마찬가지였다. 전쟁터 한복판으로 걸어 들어가는 것은 아닌지, 살아서는 그곳을 나오지 못하는 것 아닌지 하는 방정맞은 생각에 표정은 굳어질 수밖에 없었다.

인천연안여객터미널을 출발하는 백령도행 여객선은 한산했다. 여름 휴가철이 끝나가는 시점이기는 했지만 승객은 평소 4분의 1 수준으로 줄었다. 원래 2척이 투입되던 항로였지만 이날은 1척만 투입하고도 자리가 남을 정도였다. 한산해진 승객 때문에 의외의 행운도 만났다. 당초 다른 배를 탈 예정이던 백령도 고층기상관측소 직원을 같은 배에서 만난 것이다. 우리나라 기상관측의 최전선 백령도 고층기상관측소에 대한 취재는 그렇게 시작됐다.

백령도는 '날씨 타임머신'

백령도는 한반도의 서쪽 끝이다. 수도권을 기준으로 인천에서 서북쪽으로 250km 떨어진 곳에 있다. 배로는 4시간 30분, 헬기로는 2시간이 걸린다.

공기의 흐름은 배의 속도와 비슷해서 편서풍이 불 경우 백령도의 공기는 대략 4~5시간 뒤에 서울에 도착한다. 이 때문에 백령도의 날씨는 4~5시간 뒤의 서울의 날씨가 된다. 여기에 섬과 육지라는 지형적 특성만 대입하면 상당 부분 예측이 가능해진다. 황사 같은 것은 백령도 상공을 지난 지 4~5시간이 지난 뒤 서울에 도착한다고 보면 된다.

백령도 관측소 김성중 소장은 "기류의 흐름이 조금 바뀌어서 서울을 비켜갈 수도 있고, 가다가 먼지입자가 가라앉는 경우도 있지만 대체로 4시간 뒤에는 서울에 황사가 도착한다"고 말했다. 서울의 입장에서 보자면 백령도는 4시간 뒤의 날씨를 볼 수 있는 '타임머신'과 같은 곳이다.

비단 서울뿐만이 아니다. 북서계절풍이 부는 시점에는 백령도의 날씨가 얼마 뒤 전국의 날씨를 내다볼 수 있는 가장 직접적인 근거가 된다. 이 때문에 백령도관측소는 다른 곳에 비해 많은 기상관측 장비를 갖추고 있다. 최신 기상레이더를 비롯해 낙뢰감지 장비, 황사관측 장비가 있고, 고층 기상관측을 위해 '라디오존데'를 매일 두 차례 성층권으로 날려 보낸다. 또 인근 대청도에는 파도를 관측하는 장비도 있다.

라디오존데란 헬륨가스를 가득 채운 기구로, 각종 기상관측 장비

가 달려 있다. 주로 지상 10km 이상부터 성층권 사이의 기상 흐름과 상태를 살피기 위해 띄우는 것이다. 국내에는 모두 5곳(민간 기준)에서 라디오존데를 날려 보내고 있다.

백령도관측소에 따르면 이 정도의 관측 장비는 국내 다른 관측소에 비해 월등히 많은 것으로, 제주도에 있는 고산관측소에 버금가는 장비를 갖추고 있다. 오병찬 주무관은 "얼마 전부터 기상예보는 하지 않기 때문에 업무가 조금 줄긴 했다"면서도 "백령도관측소가 갖는 중요성이나 다양한 장비 때문에 항상 긴장을 늦출 수 없다"고 말했다.

공습 사이렌 울려도 대피 못 해

육지와의 거리만 감안하면 백령도는 북한에 훨씬 가깝다. 북한 땅인 황해도 옹진반도가 훤히 보일 정도다. 거리는 대략 17km. 인천까지 거리와 비교할 때 30분의 1 수준이다. 북한이 가진 방사포가 평균 120km의 사거리를 갖고 있고, 각종 야포의 사거리는 40~50km 수준이라는 점을 감안하면 북한의 포격 사거리 내에 들어가고도 남는 수준이다. 이 때문에 남북한 사이에 군사적 긴장이 고조될 때마다 온 국민과 언론의 관심이 쏠린다.

기자가 방문하기 이틀 전인 2015년 8월 22일 오후 4시께 실제로 공습 사이렌이 울려 전 주민이 대피하는 소동이 벌어지기도 했다. 그날 오후 5시까지 대북 심리전 방송을 중단하지 않으면 포격을 가하겠다고 엄포를 놓았던 바로 그 시점이었다. 당시 백령도 주민의 절반 정도가 가까운 대피소로 피난을 갔지만 백령도관측소 직원들은 대피할 수 없었다. 매일 오후 3시 전국을 화상회의 시스템으로 연결하는 기상청 예보회의가 끝나지 않았기도 했지만 그 많은 장비를 두고 도저히 내려갈 수 없었기 때문이다. 업무 특성상 산꼭대기에 위치하고 있는 만큼 만약 포격을 한다면 표적으로 삼기 딱 좋은 곳이 기상관측소다. 위험도로 따진다면 다른 어떤 곳보다 위험할 수 있다.

하지만 백령도관측소의 기상레이더를 담당하고 있는 김종역 소장은 "언제 대피소까지 내려갔다가 올라오겠느냐"면서 "관측소 건물 지하에 임시대피시설도 있으니 비상사태가 생기면 그곳으로 대피할 예정"이라고 말했다. 그는 미사일이나 야포의 탄도 분석을 하려면 바람이나 기류 등 고층의 기상 상황을 분석한 자료가 있어야 한다면서 "전쟁이 나면 더욱 기상관측을 해야 한다"고 강조하기도 했다.

가족들 걱정 크지만 우리 역할에 충실

남한에서는 멀리 떨어져 있지만 북한과는 가까운 곳, 북한이 포를 쏘면 바로 맞을 수밖에 없는 곳, 하지만 포에 맞는 한이 있더라도 도망갈 수 없는 곳에서 근무하는 당사자보다 가족들의 애가 더 끓기 마련이다. 백령도기상관측소 직원들 역시 마찬가지. 2015년 8월 말처럼 남북한 사이의 긴장이 고조되는 상황이면 전화통이 불이 날 정도다. 하지만 정작 당사자들은 태연자약했다. 걱정하지 않아도 된다는 것이 그들의 한결같은 말이었다.

"육지에 있는 가족들은 늘 걱정하죠. 요즘 같은 때도 걱정이고, 태풍이 불어도 걱정이고……. 하지만 그렇다고 여길 내팽개치고 나갈 순 없잖아요. 공무원인데……."

백령도관측소 오병찬 주무관의 대답에 물어본 기자가 더 머쓱해질 정도였다.

백령도 생활 10년째인 김종역 레이더 소장은 특별한 노하우를 내놓기도 했다. 남북한 사이의 해상에 중국 배가 많이 들어와 있으면 걱정할 필요가 없다는 것. 오랫동안 생활해 보니 중국 배가 있을 때는 북한이 도발을 하지 않더라는 것이다. 실제 당시 남북한 사이의 바다에는 중국 배 수십 척이 조업을 하고 있었고, 그들을 내보내기 위해 남북한의 경비정들이 연신 방송을 해대고 있었다.

기상관측소 직원들뿐만 아니라 백령도 주민들의 반응 역시 대체로 비슷했다. 육지의 시선에서 보자면 걱정스럽고 불안한 곳이지만 막상 백령도 안의 분위기는 지극히 평온하기만 했다. 오히려 매시간 격앙된 말투로 '전쟁 위기'를 강조하는 TV 속보 방송이 더 무서울 지경이라는 주민들도 많았다.

누군가는 있어야 하는 곳

백령도관측소는 말 그대로는 '격오지'다. 당장 백령도만 해도 서울에서 배로 4시간을 가야 닿을 수 있는 오지인데, 그 오지에서 또 한참을 산을 올라야 도달할 수 있는 곳이기 때문이다. '오지 속의 오지'인 셈이다. 몇날 며칠을 가도 동료들 외에는 다른 사람을 만날 수 없고 바람소리 외에는 들리는 소리도 없다.

그렇다고 할 일이 적은 것도 아니다. 보유 장비로는 한두 손가락 안에 드는 곳이다 보니 장비만 살펴도 하루 해가 넘어갈 정도다. 외롭고 위험한데 할 일은 많은 곳이다. 그렇다고 보수가 많은 것도 아니다. 통상 이런 격오지에는 당연히 수당이 따라오지만 기상청의 경우 6만 원이 전부다. 연평도 포격 이후 중앙정부 차원에서 '서해5도 지원특별법'이 제정됐지만 지방직 공무원만 해당된다.

사정이 이렇다 보니 기상청 내에서는 기피하는 근무지가 됐다. 심지어 어떤 직원은 이곳으로 발령이 나자 사표를 낸 적도 있다고 한다. 한마디로 사명감과 책임감이 없으면 견딘다는 것 자체가 어려운 곳이다. 하지만 올해가 3년째인 김성중 관측소장을 비롯해 올해로 10년째라는 김종역 레이더 소장은 "오겠다는 후임자가 없어 그냥 눌러앉았다"며 너털웃음을 웃었다.

"군대로 치면 최전방 GP와 같은 곳입니다. 누군가는 여기 있어야 하지 않겠습니까? 이곳에 관측소가 없으면 안 되는데……."

현재 백령도 고층기상관측소에는 김 소장을 비롯해 레이더를 담당하는 김종역 소장, 오병찬 주무관 등 6명의 기상청 직원과 3명의 청원경찰이 근무하고 있다.

"병원 때문에 백일 된 아들 육지로 보냈죠"

백령도 고층기상관측소 근무 7개월차인 오병찬 주무관에게는 막 백일이 지난 아들이 하나 있다. 아이들은 백일부터 돌 사이가 가장 예쁘다는 말처럼 눈에 넣어도 아프지 않을 아이다. 하지만 오 주무관은 지금 아들을 볼 수 없다. 아들과 아내는 인천에 나가 살고 있기 때문이다. 하루에도 몇 번씩 달려가 안아보고 싶은 마음이 간절하지만 오 주무관이 아들을 볼 수 있는 것은 한 달에 몇 번 되지 않는다. '퇴근하면 밤새 헤엄이라도 쳐서 만나고 오고 싶다'는 게 그의 마음이지만 쉽지 않다.

하지만 번번이 그의 발목을 잡는 것은 여의치 않은 뱃길 사정이다. 백령도에서 인천까지 뱃길은 4시간. 오전에 인천을 출발한 여객선은 정오가 조금 지나 백령도에 잠시 입항했다가 곧바로 인천으로 돌아간다. 전에는 오전에 백령도에서 출발하는 배가 있었지만 선박회사 사정으로 없어졌다.

오 주무관이 아들을 보려면 정오 무렵 들어오는 여객선을 타고 인천에 들어갔다가 다음 날 오전 9시 출발하는 배를 타고 돌아와야 한다. 집에 도착해도 늦은 저녁일 수밖에 없어 잠이 든 아이의 얼굴을 잠시 본 다음 새벽같이 배를 타고 돌아와야 하는 셈이다. 만약 기상 상황이 나빠서 태풍특보라도 내리게 되면 꼼짝없이 발이 묶인다. 나갈 때 미리 복귀 시점의 날씨까지 고려해야 하는 만큼 당장 날씨가 멀쩡해도 나갈 수 없는 경우도 많다.

실제 기자의 경우도 태풍주의보 때문에 꼼짝없이 하루를 더 기다려야 했고, 그마저 오전 중에 인천의 상황이 어떻게 됐는지를 노심

초사 살펴야 했다.

원래 오 주무관은 임신한 아내를 데리고 백령도에 들어왔다. 그리고 관사에서 아들을 낳았다. 아기를 낳고 보니 백령도에서는 할 수 없는 것이 너무 많았다. 당장 정기적인 검진을 받는 것이 너무 힘들었다. 임신 중일 때는 어떻게든 다녀올 수 있었는데, 강보에 싸인 아기에게 왕복 8시간의 뱃길을 견디라는 것은 못할 짓이었다. 특히 갑자기 밤중에 열이라도 나면 꼼짝없이 다음 날 오후를 기다릴 수밖에 없었고 고심 끝에 아내와 아들을 내보내기로 했다.

이 같은 사정은 다른 직원들도 비슷했다. 하나같이 "학원은 백령도에서도 어느 정도 해결이 되지만 병원 문제는 심각하다"고 입을 모았다. 그 역시 초등학생과 유치원생인 두 자녀를 키우고 있는데, 갑자기 아이들이 아파 난감할 때가 많았다고 했다. 119 응급헬기가 있지만 뇌출혈이나 심근경색같이 초응급환자가 아니면 이용할 수 없다는 점도 아쉬웠다.

병원 문제는 단순히 기상관측소 직원들에 국한된 문제가 아닌 만큼 보건소에 그치고 있는 현재 의료 수준을 획기적으로 개선할 정부 대책이 시급하다는 지적이다.

북한산 인수대피소 대원들,
등산객의 안전을 책임진다

2015년 5월 26일 오후 4시 30분, 북한산 인수대피소 전화벨이 울렸다. 북한산 백운대, 인수봉, 만경대를 기점으로 4개 거점 초소에서 근무를 마친 대원들이 인수대피소로 막 복귀한 순간이다. 수화기 속의 목소리는 다급했다. 나뭇가지가 거센 산바람에 휘둘리는 듯한 괴음도 수화기를 가득 채우고 있었다.

"휴대전화 배터리가 별로 없습니다. 어떻게 하죠. 여기가 지금 어딘지 모르겠어요."

전화를 받은 강균석 북한산 인수대피소 반장의 표정이 굳어졌다. 대피소 밖으로 시선을 옮겼다. 날이 저물고 있었다.

"그러면 휴대전화로 사진 2장만 찍어서 보내주세요. 정면 사진이랑 90도로 틀어서 찍은 사진을 보내주세요. 빨리요."

수화기를 내려놓은 지 2분 후 강 반장의 휴대전화에 사진 2장이 도착했다. 사진을 눈여겨볼 겨를도 없이 강 반장과 이동윤 북한산 인수대피소 대원은 구조 장비를 챙겨 사고 현장으로 향했다. 강 반장은 "당시 사고자는 반바지 차림에 아무런 등산 장비도 없이 절벽 바위 60m 정도를 올라가서 고립된 상황이었다"며 "아무 생각 없이 앞사람을 따라가다 바위 위에서 혼자 고립돼 구조를 요청한 것이었는데 정말로 긴박한 상황이었다"고 말했다.

북한산 인수대피소 대원들의 출근 시간은 오전 9시다. 서울 강북구 우이동에 위치한 백운대탐방지원센터까지 차로 이동한 후 1km 정도 산을 올라야 대피소에 도착한다. 현재 대원은 총 11명이다. 이 가운데 2명이 여성이다. 대피소로 출근한 대원들은 30분 정도 장비를 점검하고 거점 초소로 향한다. 팀장 또는 반장이 대피소에 남아 신고 접수, 대원 동선 파악 등 컨트롤타워 역할을 한다.

대원들이 실제 근무를 하는 곳인 거점 초소는 총 4곳이다. 대피소에서 백운대, 숨은벽, 망경대, 인수봉 근처에 마련된 거점 초소까지의 거리도 약 1km다. 대원들은 매일 2km의 산길을 감당하며 출근을 하고 있다.

최성순 북한산관리사무소 안전계장은 "과거 초소가 마련돼 있지 않았을 때는 대피소에 있는 각종 구조 장비를 챙겨서 나가야 했기 때문에 매일 15kg 정도 되는 배낭을 메고 거점으로 이동했다"며 "3년 전에 각 거점마다 초소가 설립돼 그곳에 기본적인 구조 장비를 갖다 놓으면서 대원들의 배낭 무게가 절반 가까이 줄었다"고 전했다.

북한산 곳곳에 구조 활동 기억

대피소에서 거점 초소까지 길은 가파르다. 나무로 계단을 만든 등산로도 있지만 바위를 밟고 올라서야 하는 경우가 대부분이다. 일반 등산객의 경우 40분 정도 걸리는 이 구간을 대원들은 보통 20여 분 만에 주파한다.

대피소에서 거점 초소까지 가는 길에는 대원들의 '스토리'가 배어 있다. 비탈길에서 미끄러진 사람을 응급조치했는가 하면, 인근 암벽바위 중턱에 고립된 남성을 구조하는 등 생생한 구조 경험이 응축돼 있는 곳이다.

강 반장은 "현장 근무를 위해 이동하면서 북한산의 경치를 보는 것이 아니라 특정 지점마다 발생했던 사고가 떠오른다"면서 "그때의 기억을 더듬으며 하루를 시작한다"고 설명했다.

휴대용 자동제세동기(AED)는 거점 초소로 이동하는 대원들이 가장 신경 쓰는 장비다. 갑작스럽게 심장질환을 일으키는 등산객을 대비한 응급치료 기기다. 2015년 5월 초, 대원들은 AED 장비의 중요성을 다시 한 번 확인했다.

최 계장은 "2015년 5월 1일 북한산을 등반하던 한모 씨가 노적봉 삼거리 일대를 지나던 중 갑자기 의식을 잃고 쓰러지면서 호흡과 맥박이 불규칙해 동료인 손모 씨가 급히 북한산국립공원에 구조를 요청했다"며 "당시 백운봉 거점 초소에서 근무 중이던 이주영 대원 등

4명이 신고를 받자마자 현장에 출동해 심폐소생술과 AED를 활용해 소중한 생명을 살려냈다"고 말했다.

암벽 등반 장비 체크는 필수

거점 초소에서 대원들의 하루 근무가 본격적으로 시작된다. 보통 2인 1조로 팀을 짜 4개 거점 초소에서 근무한다. 일단 대피소를 떠나 초소 근무를 시작하면 퇴근을 위해 대피소로 복귀하기 전까지는 이곳을 떠나지 않는다. 이 때문에 대원들은 산 정상 문턱에서 생리현상을 다 해결해야 한다. 점심이 항상 도시락인 이유도 여기 있다.

강 반장은 "그래도 지금은 나은 편"이라며 "과거 초소가 없을 경우에는 겨울에도 그냥 노상에서 식사를 해결하는 등 어려움이 많았다"고 털어놨다.

거점 초소 근무의 핵심은 '통제'다. 암벽 등반을 하러 오는 등산객이 많은 북한산에서 대원들의 가장 중요한 업무가 등산객의 장비 체크다. 암벽 등반로 초입에 위치한 각 거점 초소에서 헬멧, 안전벨트, 로프 등과 같은 장비를 갖추지 못한 등산객은 출입이 통제된다. '선 통제, 후 구조'가 대피소 근무 제1원칙인 것이다.

이 같은 대원들의 통제가 자리 잡힌 지는 오래되지 않았다. 지난 2006년부터 북한산관리사무소는 암벽 등반객들의 장비를 체크하기 시작했다. 장비 통제가 시작된 초창기에는 대원들과 등산객 간에 크고 작은 승강이가 잦았다. 수십 년을 아무 제재를 받지 않고 들락날락했던 곳에서 대원들의 통제를 받는 것에 불편을 느낀 등산객이 많았던 것이다.

이동윤 대원은 “등산객의 장비를 체크하면서 등산객들의 불만이 굉장히 많았고 심하면 몸싸움이 일어나기도 했다”며 “갑자기 검문받는 느낌일 것으로 충분히 이해가 됐기 때문에 사고 예방을 위해 꼭 필요한 일이라며 꾸준히 설명하려고 노력했다”고 말했다.

장비 통제의 성과는 기대 이상이었다. 장비를 갖춰야만 암벽 등반이 가능하니 안전사고가 자연히 줄어들기 시작했다. 강 반장은 “과거 일 년에 8명 정도의 사망 사고가 발생했는데, 현재는 한 해 1명 정도 발생하고 있다”며 “다른 요인도 있지만 장비를 통제한 효과가 나타난 것이 사실”이라고 설명했다.

암벽 전문가, 매년 해빙기에 낙석 제거 작업

매일 구조 · 통제 업무를 반복하는 대원들은 일 년에 한 번 정기적으로 ‘낙석 제거’ 작업을 한다. 실제 대원들이 인수봉 등 암벽에 올라 낙석 위험이 있는 지점을 체크하고 바위를 정리하는 것이다. 대원들이 전문가와 비교해도 손색이 없을 정도의 암벽 등반 실력을 보유한 이유다.

과거 민간 산악인을 대상으로 암벽 등반 강사를 했던 이동윤 대원은 “암벽 등반을 원래 했던 대원도 있고 그렇지 않은 대원들도 있다”면서도 “하지만 대피소 근무를 몇 년 하면 대부분 암벽 등반에 전문가가 될 수밖에 없다”고 전했다.

낙석 사고가 발생하는 이유는 계절적인 요인이 가장 크다. 바위틈 사이의 흙이 얼었다 녹으면서 바위들의 위치가 틀어지는 과정에서 낙석이 발생하기 때문이다. 이 때문에 인수대피소는 매년 3월 말에서 4월 말 사이인 해빙기에 맞춰 낙석 제거 작업을 펼치고 있다.

강 반장은 "자주 얼었다 녹았다 하는 곳에서 낙석 위험이 크기 때문에 낙석 제거 작업은 주로 남향으로 있는 암벽에서 한다"며 "대원들이 대부분 암벽 등반에는 실력이 있지만 굉장히 위험한 작업이기 때문에 그날 조금이라도 몸 상태가 안 좋은 사람은 작업에서 뺀다"고 설명했다.

왜 이런 일을 하냐고? "산이 좋고 사람이 좋아서……"

북한산관리사무소는 현재 인수대피소 대원을 충원할 예정이다. 2명 정도의 대원을 뽑기 위해 채용 공고를 냈지만 지원자들 가운데 대원 자격에 적합한 사람을 고르기 쉽지 않은 상황이다. 대피소 근무가 단순히 등산객을 안내하고 등산로를 점검하는 등 은퇴 후 소일거리 정도로 생각하며 지원하는 사람들이 대부분이다. 이런 인식을 갖고는 실제 대피소 근무를 할 수도 없고, 하더라도 며칠 못 간다는 것이 관리소의 입장이다.

최 계장은 "일반 지원자도 있고 민간 산악회에서 지원하는 분들도 계시지만 대원 기준에 적합한 사람이 많지 않다"며 "대피소 근무가 체력적으로도 굉장히 힘이 들고 전문성도 필요한 일이면서 기본적으로 산에 대한 남다른 애정이 필요하다"고 말했다.

대원으로 채용이 됐더라도 오래 버티지 못하는 경우가 많다. 신입 대원의 경우 한 달이면 체중이 3~4kg 정도 빠진다. 출퇴근 4km의 등산길을 매일 오르락내리락해야 한다. 사고가 발생할 경우에 무엇보다 신속히 현장에 도착해 구조활동을 펼쳐야 하기 때문에 일반인

보다는 2~3배 빠른 속도로 산길을 왔다 갔다 해야 한다. 이를 위해서는 평소 혹독한 훈련이 필요하다. 하루 근무를 마치고 일부러 험한 길을 택해 대피소로 복귀하는 이유다.

강 반장은 “신입 대원의 경우 일부러 험한 길로 출퇴근을 시켜 어떤 상황에서도 신속하게 사고 현장에 도착할 수 있는 능력을 키우고 있다”며 “쉽게 생각하고 일을 시작했다가 이 같은 힘든 교육을 견디지 못하고 초반에 그만두는 사람이 많다”고 털어놨다.

길게는 10년 넘게 대원들은 왜 이같이 힘든 일을 묵묵히 받아들이고 있을까. 대원들의 급여가 높은 것도 아니다. ‘사명감’이라는 말은 너무 거추장스럽다.

대원들은 산이 좋은 것이다. 그리고 그곳에서 만나는 사람들이 좋은 것이다.

강 반장은 “이 일을 하는데 급여를 생각하는 것은 말도 안 되고, 일단 산을 좋아해야 한다”며 “산속에서 벌어지는 각종 사고에서 사람들을 지켜주는 데 보람을 느끼는 것이 이 일을 놓지 못하는 이유”라고 강조했다.

국립과학수사연구원, 보이지 않는 증거를 찾는 '한국의 CSI'

2015년 3월, 사회를 경악케 한 '포천 제초제 연쇄살인 사건'. 40대 여성 노모 씨는 2011년부터 제초제를 탄 음료와 음식을 먹게 하는 수법으로 전 남편과 현재 남편, 시어머니 등 3명을 살해한 혐의로 기소됐다. 그의 친딸도 제초제가 들어간 음식을 지속적으로 먹다 병원 신세를 졌다. 폐 질환 사망으로 둔갑될 뻔한 이 사건은 경찰 수사 결과 거액의 보험금을 노린 사기극으로 밝혀졌다. 노씨는 2015년 8월 1심 재판에서 무기징역을 선고받았다.

사건의 실마리를 푸는 데는 국립과학수사연구원(국과수)의 약독물 분석 결과가 결정적인 역할을 했다. 피해자가 사망한 지 오랜 시간이 흘렀고 제초제를 조금씩 섞어 먹였기 때문에 성분 검출이 쉽지 않았다. 경찰 수사가 시작된 후 국과수는 매장된 지 2년이 된 시어머니 유해를 거둬 부검했다. 입원한 딸에게서는 폐조직 검사 과정에서 채취하다 남은 폐조직과 혈액 시료를 분석했고, 노씨 집에 있던 반찬통도 분석했다. 1개월가량의 극미량 분석을 거쳐 나노그램(1ng=0.000000001g) 단위의 농약을 검출, 경찰 수사는 물꼬를 틀 수 있었다.

이처럼 국과수는 범죄 수사에 대한 법의학·법과학·이공학·유전자 감식 분야 등에서 과학적인 방법으로 감정을 실시한다. 국과수 감정서는 수사와 재판 과정에서 피의자 범죄 사실을 입증하는 강력한 근거로 종종 제시된다. 파이낸셜뉴스는 행정자치부 소속 감정·연구기관인 국과수 업무 현장을 함께했다.

사건과 함께 움직여…… 상시 대기

"엄마에게 딸이 아니라 아빠가 건넸나요? 남편과 아내 사이는 평소에 좋은 관계였나요? 남편의 직업은 뭐죠?"

2015년 8월 26일 오전, 서울 신월동에 위치한 서울과학수사연구소를 찾았다. 2층 마약독성화학과 사무실에서 낭랑한 목소리가 들려왔다.

백승경 마약독성화학과장은 약독물 분석을 의뢰받은 사건에 대해 담당 수사관에게 꼼꼼히 캐물었다. 경찰에서 들어오는 형사 사건이 95% 정도로 압도적으로 많아 사건 전후 상황을 파악하는 것이 분석에 도움이 된다고 했다.

마약독성화학과는 변사체 등의 생체시료에서 의약품, 독극물, 농약, 천연독 및 부정식의약품 등에 대한 유해성 감정과 미세증거물 등 법화학적 감정과 연구를 맡고 있다. 인체 부검 시료가 약독물실로 오면 부검 적출물, 즉 위 내용물, 혈액, 장기 조직, 안구액, 뇌척

수액 등을 토대로 농약과 약물 투약 여부 등을 분석한다. 약물이 검출됐다면 치료 농도인지, 독성 농도인지, 사망에 이를 정도인 치사 농도인지도 구별한다. 식품의약품안전처의 허가를 받지 않고 판매·유통되는 발기부전치료제와 같은 부정의약품도 감정 대상이다.

연구원에 몸담고 있지만 사건과 함께 움직이기 때문에 늘 시간에 쫓길 수밖에 없다. 마약 사건의 경우 경찰이 피의자를 긴급체포한 뒤 구속영장을 신청해야 하는 48시간 내에 마약 음·양성을 판정해야 한다. 서울·경기·인천에서 들어오는 사건이 전국의 절반 이상을 차지할 정도로 많은 상황이다.

백 과장은 "경찰 수사관은 3교대를 하는데 국과수는 그럴 인력이 부족하다"며 "각 과에서 순번대기조를 편성해 운영하고 있다"고 말했다.

마약독성화학과 내에서 약독물실과 마약실 직원은 모두 약사 출신이다. 마약독성화학과의 한 직원은 "약사로 약국에서 근무한다면 처방에 따른 조제만 하게 되겠지만 경찰이나 검찰 수사관들을 대상으로 교육하고 성폭력 상담 기관에 자문을 할 수 있다는 점에서 보람을 느낀다"며 "필로폰 투약 의뢰 건은 2006년 1일 평균 3~4건 정도였다가 올해 14~15건으로 늘었다. 마약류 남용 예방대책이 필요하다"고 전했다. 이어 "'술을 잘 마시는 편인데 술을 마시다 쓰러져 이상했다'며 의뢰가 들어왔는데, 상대방이 약을 탄 게 아니라 살 빼는 약을 남용하거나 감기약 복약 지시를 어겨 부작용이 생긴 경우도 있었다"며 약물 오남용에 대한 주의를 당부하기도 했다.

타액 한 방울, 미세 흔적…… 모두 주요 증거

유전자분석과가 있는 본관 옆 별관동으로 향했다. 유전자분석과는 범죄 현장에서 확보한 DNA의 신원을 확인하고 채취 대상자(구속된 피의자)의 DNA 데이터베이스를 구축·운영하는 일을 한다.

건물은 '증거물 보관→증거물 시료 채취→DNA 분리→데이터 분석' 등 4가지 절차에 따라 층수가 배정돼 있었다. 2층에서 증거물에 묻은 타액, 혈흔, 정액 등을 채취하고, 3층에서 개인 식별을 위해 DNA를 분리·증폭하는 식이다.

2층 채취실에 들어서니 찬 기운이 확 느껴졌다. 채취를 앞둔 각종 증거물이 플라스틱 보관함이나 실린더에 담겨 냉장보관되어 있었다.

김양정 유전자분석과 실장은 "세포와 같은 생물학적 증거는 썩어서 보존되기 어렵기 때문에 증거물을 잘 건조시켜야 한다"며 "여성의 질액은 냉장보관한 뒤 DNA를 추출한다"고 설명했다.

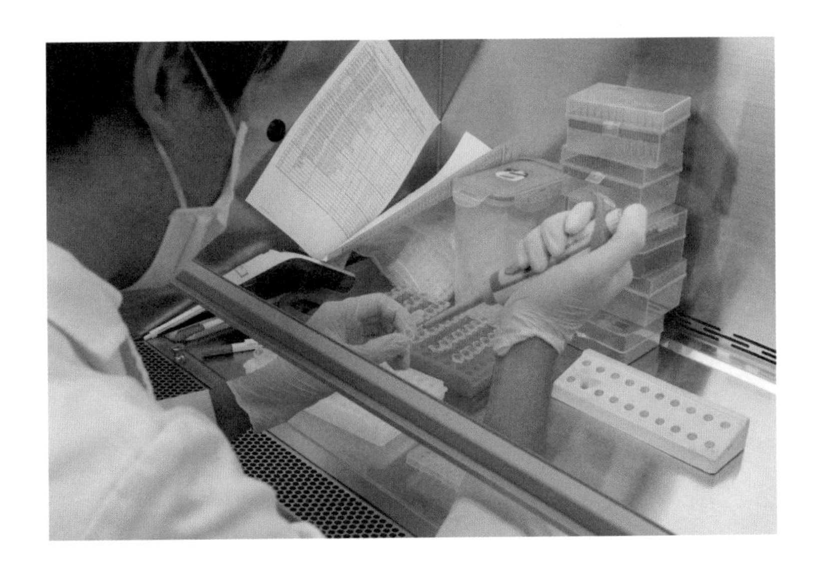

누구의 것인지 모르는 DNA를 다루다 보니 감염의 위험성도 따른다. 에이즈(AIDS, 후천성 면역결핍 증후군) 감염자의 것일 수도, 결핵 환자의 것일 수도 있다. 김 실장은 "사건 현장에서 들어오는 미지의 샘플을 다루면서 자신도 보호해야 한다"며 "증거물 보존과 오염 방지가 중요하다"고 말했다.

유전자증폭기를 쉼 없이 다루던 한 연구원은 "부지런히 팔을 움직여야 하는 직업"이라며 "팔에 종양이 생겨 수술을 하기도 했다"고 털어놨다.

오후 4시가 넘어 이공학과가 있는 옆 동에 사복 차림의 한 연구원이 들어왔다. 교통사고 현장에서 돌아왔다는 그는 "교통사고의 원인을 규명하는 감정 업무를 맡고 있다"고 했다. 올해 10년차라는 그는 "가장 많이 하는 일은 방호복을 입고 망치를 두드리는 일"이라며 "겉으로만 보면 사고 원인을 알기 어렵기 때문에 부품을 분해한다"고 전했다. 실제 이곳에는 사고 차량을 직접 가져와 분석할 수 있도록 카센터와 흡사한 구조의 분석 장소가 마련돼 있다.

이공학과는 화재 사건도 중점적으로 맡고 있다. 경찰청 의뢰를 받아 직원 3~4명이 한 팀이 돼 현장으로 출동한다. 이기태 이공학과장은 "화재로 건물이 전소되면 우선 가장 높은 곳에 올라가 어떻게 불이 번져 나갔을지를 추정한다"며 "전선의 특이점, 폐쇄회로 TV, 보안장치 등을 토대로 발화지점을 알아낸 후 불이 나기 전 상태를 복원한다"고 밝혔다. 이 과장은 "크기가 작은 증거물은 현미경이나 엑스레이를 동원해 관찰한다"며 "주요 사건에 대해서는 재현 실험이나 시뮬레이션을 시행하기도 한다"고 말했다.

'과학수사 한류'로 나아간다

국과수는 2015년 60주년을 맞았다. 삼풍백화점 붕괴 사고(1995년), 대구 지하철 참사(2003년), 인도네시아 쓰나미(2004년), 서래마을 영아유기 사건(2006년), 불법조업 단속 해양경찰관 살해사건(2012년), 세월호 참사(2014년) 등 굵직한 사건들이 국과수를 거쳐 갔다.

60년 전 한 해 480건에 불과하던 국과수 감정처리는 어느새 725배까지 증가했다. 2012년 29만 8,729건, 2013년 33만 5,009건, 2014년 34만 8,117건을 기록하는 등 꾸준히 늘고 있는 추세다.

감정 기술도 눈부시게 발전했다. 국과수는 2014년 과학수사계의 올림픽이라 불리는 세계과학수사학술대전을 성공적으로 개최했다. 그리고 말레이시아에 1억 원 상당의 국과수 시스템을 처음으로 수출했다.

최영식 서울과학수사연구소장은 "이제는 국과수를 사법체계의 마지막 보루로 보는 인식도 생겼더라"며 "달라진 위상을 실감한다"고 했다. 최 소장은 1991년 법의관으로 국과수에 발을 들였다. 최 소장은 "사건 현장에서 유가족이 '국가에서 왔다'고 하면 배척하는 경우가 있다"면서 "행정자치부 소속이지만 우리를 통해 유가족들이 행정기관과 소통하려 할 때도 있다는 점에서 조금 다르다"고 말했다.

다만 경제적 여건은 아직 미흡한 상황이다. 그도 그럴 것이 국과수는 장기간 지방 출장이나 해외 출장 시 체류비와 비행기 삯의 대부분을 기존 예산으로 충당한다. 정부에서 예산과 인력을 충분히 지원받는 게 최 소장의 바람이다.

"억울한 죽음이 없도록 '놓치지 말자'고 다짐합니다"

2015년 8월 27일, 서울 신월동 서울과학수사연구소 사무실에서 만난 법의학과 최병하 법의관은 사자死者를 다루는 마음가짐에 대해 "억울한 죽음이 없도록 '놓치지 말자'고 다짐합니다"라고 말했다. 옆 건물 부검실에서는 '구파발검문소 총기사고' 피해자 박모 의경에 대한 부검이 진행되고 있었다.

최 법의관은 "법의관은 범죄와 연관된 것과 범죄와 연관이 없더라도 '혹시나' 하는 마음에 부검을 의뢰하는 건을 다룬다"며 "이것이 환자의 이야기를 직접 듣고 질병을 치료하는 일반 의사와 다른 점"이라고 전했다.

2002년 국과수에 입사한 최 법의관은 올해로 14년차 부검의다. 수많은 '말없는 환자'들이 그를 거쳤다. 최 법의관은 "개개인보다는 사건들이 주로 떠오른다"며 2014년 세월호 사고와 인도네시아 에어아시아기 추락 사고를 꺼냈다. 최 법의관은 "세월호 때는 많으면 하루에 희생자 40~50구가 인양됐는데 무엇보다 빨리 신원을 확인해야 했다"며 "학생들을 보면서 마음이 편치 않았다"고 털어놨다.

부검은 법의관, 방사선사와 임상병리사, 사진 담당자 등 4인 1조로 팀을 꾸려 진행된다. 시신에 손상이 없으면 부검하는 데 40~50분 걸리고, 사건이 복잡할 경우 4~5시간까지 소요된다. 부검 전 담당 형사에게서 수사상 정보를 얻기도 한다. 법의관은 육안 소견, 조직 검사, 현미경 소견 등을 수사기관에 통보하게 된다.

최 법의관은 "의학적이고 사실적인 부분을 다룬다는 데에서 자부심을 느낀다"고 말했다. 그런 그도 대형 사건과 연관되면 주변에서

'진짜 부검 결과가 맞느냐'는 질문을 받기도 한단다. 항간의 오해에 대해 최 법의관은 "누군가의 편을 들 필요가 전혀 없다"고 단호히 말했다. "행정자치부 소속 공무원 신분이지만 경찰은 별개의 조직이며 일종의 고객"이라는 게 그의 설명이다.

국과수는 2년 전부터 '365(삼육오) 부검체제'를 유지하고 있다. 연중무휴는 물론이고, 연간 주말 · 공휴일에만 900여 건의 부검이 실시된다. 인력은 턱없이 부족하고 처우는 열악하다. 시간당 1만 원꼴인 휴일수당은 대표적인 사례다.

전국적으로 따져도 부검의는 25명뿐이다. 서울분원에는 10명이 근무한다. 법의학 강의가 개설된 일부 대학병원에서 법의관들을 촉탁하는 방식으로 인력을 충원하고 있다. 최 법의관은 "연구소 선발 인원을 채운 게 불과 3~4년 전"이라며 "최근에는 인기가 높아져 법의관 경쟁률이 40~50대 1까지 올라갔다"고 설명했다. 스트레스 해소법을 묻자 '잠'이라고 답한 그는 사무실 밖으로 나가 진돗개 '진이'를 소개했다.

"몇 달 전 진도 군민분들이 보낸 진돗갭니다. 아주 귀엽죠."

행정자치부 조사담당관실, 비위 공무원 없는 공직사회 위해 뛴다

공무원은 안정된 근무 장소에서 일정하게 출퇴근하는 직업이라고 생각하는 사람이 많다. 그러나 일 년 대부분을 사무실이나 집이 아닌 외부에서 떠돌이 생활을 하는 공무원이 있다. 행정자치부 감사관 산하 조사담당관실 직원들은 17개 시 · 도에서 근무 중인 지방공무원들의 비위행위를 적발하기 때문에 지방 출장이 잦을 수밖에 없다. 이들은 총 18명, 5개 팀으로 구성됐다. 팀별로 전국에 흩어져 업무를 수행한다. 서로 무슨 일을 하고 있는지 같은 팀이 아니고서는 정확히 알지 못한다.

조사담당관실은 금품 향응 수수, 불법 인허가, 특혜성 계약, 관용차 사적 사용, 예산 편법 집행, 생활민원 관리 소홀 등 공직 기강을 해치는 공무원들을 적발하는 데 총력을 기울이고 있다. 이들은 첩보나 제보를 통해 문제가 되는 공무원을 파악하고 현장 확인 뒤 해당 기관에 처벌이나 시정을 요구한다.

규제개혁 운영 실태 확인과 불필요한 조례 수정 유도

공무원들의 비위행위 적발 외에 불필요한 규제로 인한 국민생활 불편 해소도 조사관들의 역할이다. 현 정부의 슬로건이라고도 할 수 있는 규제 철폐를 실현하기 위해 발 벗고 나서는 것이다.

2015년 8월 31일, 기자는 조사담당관실에서 팀장을 맡고 있는 마정경 사무관, 팀원 박동순 조사관과 함께 경기도 부천의 오피스텔 신축현장을 찾았다. 오피스텔 부지가 협소해 주차타워(기계식 주차장) 건축 허가가 필요한데 시에서 허가를 내주지 않고 있다는 민원을 접수했기 때문이다.

현행 주차장법은 주차타워로 대표되는 '기계식 주차장'과 운전자가 직접 차량을 주차해야 하는 '자주식 주차장' 모두 허용하고 있다. 세부적인 허가 여부는 지자체 조례로 정하도록 돼있다. 부천시의 경우 기계식 주차장 허가를 받는 기준이 까다로워 오피스텔 건축업자들이 부지 이용에 애를 먹고 있는 상황이라고.

현장에 도착한 마 팀장은 공사현장 책임자를 불러 공사 진행 상황과 주차타워 허가 여부에 따라 달라지는 공사비용 등을 꼼꼼히 캐물었다. 현장 확인 결과, 마 팀장은 시의 지시대로 자주식 주차장을 건립하면 주차대수가 현저히 감소해 오피스텔 주차장이 제 기능을 할 수 없다고 판단했다.

마 팀장 일행은 부천시청 담당 공무원을 만났다. 공무원에게 현장 검증 결과를 설명하고 해당 조례 수정을 권고했다. 이에 따라 부천시는 내부 검토안을 만들어 시의회에 상정, 이르면 2016년부터 개정 조례를 시행할 방침이다.

가족 못 보고, 친지와 멀어져

마 팀장은 조사관 활동을 시작하면서 가족들과 보내는 시간이 현저히 줄었다고 털어놨다. 서울에 살고 있지만 담당 지역은 영남권이어서 이동하는 데만 반나절이 걸린다. 고향은 호남이지만 출신 지역을 감찰할 수 없다는 내규에 따라 영남권에 배정됐다.

마 팀장은 "일주일에 한 번도 집에 못 들어가는 경우가 많다"며 "아내에게 타박받기 일쑤이고 아이들 보기에도 미안할 때가 많다"고 전했다. 같은 팀 박 조사관도 상황은 마찬가지. 2015년 초 조사담당관실로 발령받은 그는 "새로운 업무에 적응하느라 정신없는 와중에 가족들과 함께 시간을 보내기 힘들어 미안하다"고 말했다.

5개 팀을 총괄하는 노경달 조사담당관도 "동생 같은 직원들을 출장 보내고 나면 직원들이 감찰 실적에 지나치게 얽매여 부담을 가질까 항상 걱정된다"고 말했다.

문제는 또 있다. 아무래도 동료 공무원의 비위행위를 적발하는 업무를 맡다 보니 적이 생길 수밖에 없다는 것이다. 마 팀장은 "어제까지 함께 커피를 마시던 동료를 조사해야 되는 경우도 있었다"며 "서로 불편한 순간이었다"고 기억했다. 앞으로도 마주칠 가능성이 적은 지방공무원들은 다소 공격적인 태도로 조사관들을 대하기도 한다. 마 팀장은 "조사를 진행하다 보면 '내가 당신 꼭 기억하겠다' '두고 보자' '가만두지 않겠다'는 말을 많이 듣게 된다"며 "불안감이 드는 것은 사실이지만 그렇다고 비위행위를 없었던 일로 할 수도 없는 노릇"이라고 강조했다.

조사관 활동을 오래 하다 보니 노하우도 생겼다. 문제가 있어 조사 중인 공무원이라 해도 최대한 예의를 갖추고 배려하는 것이다. 마 팀장은 "해당 공무원 사무실에서 조사를 하기보다 가급적 외부로 불러내 커피숍 등 독립된 공간에서 면담을 진행한다"며 "부담스러운 주위 시선에서 벗어날 수 있도록 배려해주려고 노력한다"고 설명했다.

앞으로 어떤 처벌을 받을 수 있는지 알려주기도 한다. 비리를 저지른 공무원 역시 앞날이 두렵긴 마찬가지이기 때문이다. 마 팀장은 "처벌 수위나 대처 방안을 알려주면 조사받는 입장에서도 인간적으로 고마워하는 경우가 많다"고 말했다.

공직관 투철, 업무 능력 우수하다는 '자부심'

조사관들은 잦은 출장으로 격무에 시달리지만 아무나 할 수 없는 일을 한다는 자부심에 버티고 있다. 조사담당관실 직원은 행정자치부 본부 및 사업소 직원 중 공직관이 투철하고, 지지체 근무 경험이 많고, 업무 능력이 우수한 사람을 대상으로 선별한다.

마 팀장은 "다른 업무에 잠시 발령받았다가 다시 조사관실로 오게 됐다"며 "힘든 업무인 줄 알면서도 업무 능력을 인정받았다고 생각하니 힘이 난다"고 밝혔다.

기술직 출신인 박 조사관도 "기존 업무에서 성실한 모습을 보였기 때문에 이곳에 올 수 있었다고 생각한다"며 "앞으로 마 팀장 밑에서 계속 조사관 일을 배워나갈 것"이라고 전했다. 노 담당관은 "우수한 인력만 조사담당관실로 올 수 있기 때문에 직원들 자부심이 대단하다"며 "우리의 노력으로 언젠가는 선진국처럼 비위 공무원이 단 한 명도 없는 때가 올 것"이라고 강조했다.

밤샘 잠복해 비위행위 적발해내기도

2015년 초 조사담당관실은 A의료원 공중보건의와 B국군통합병원 군의관이 야간에 근처 C민간병원 응급실에서 당직근무를 하고 있다는 제보를 입수했다. 공중보건의와 군의관은 복무 기간에는 공무원으로 취급돼 공중보건 업무 외의 업무에는 종사할 수 없도록 규정돼 있다.

담당 조사관들은 감찰을 위한 전략 회의에 들어갔다. 민간병원 응급실에서 당직근무 중인 공중보건의 신분을 확인하는 것은 생각보다 까다롭다. 관할 보건소 직원과 동행해 당직의사 신분을 확인할 수 있지만 단속일에 공중보건의가 당직을 서고 있으리라는 보장이 없기 때문이다. 결국 조사관이 환자로 위장해 병원에 잠입, 의사 신분을 확인하기로 했다.

조사관 2명은 환자 방문이 적은 자정께 해당 병원을 찾아 "감기 증상이 심하다"며 창구에 접수했다. 1명은 직원 지시에 따라 응급실로 향했고, 다른 한명은 의사가 나오는 경로를 확인했다.

응급실에 들어서자 20대로 추정되는 의사가 나와 진료를 봤는데 인상착의가 A의료원 공중보건의와 흡사했다. 조사관이 처방전을 재차 요청하자 의사는 겨우 처방전을 발급해줬다. 처방전에 명시된 진료 의사를 확인해보니 C민간병원에 재직 중인 40~50대의 외과 의사로 확인됐다. 타인 명의로 처방전을 발급하는 행위도 위법이다.

조사관들은 해당 의사가 퇴근하는 모습을 포착하기 위해 병원 근처에서 밤을 새웠다. 조사관들은 다음 날 오전 6시 30분께 문제의 당직의사가 대기실에서 나와 병원 직원에게 하얀색 봉투를 건네받는 모습을 확인했다. 공중보건의들은 자신의 신분을 속이기 위해 통상 당직수당을 현금으로 수령하곤 한다. 결정적으로 당직의사 차량번호가 조사관들이 지자체를 통해 확인한 공중보건의 차량번호와 일치했다. 확신을 갖게 된 조사관들은 보건소 직원과 함께 C병원의 의료법 위반 여부에 대해 집중 확인했다. 조사 결과 C병원은 그간 공중보건의 2명, 군의관 6명 등을 응급실 당직근무자로 고용한 것으로 나타났다. 이후 조사관들은 관할 지자체와 국방부에 해당 사실을 통보했다.

성추행 사건 5일 만에 자백 받아

조사관실은 성추행 사건 해결을 위해 5일 동안 조사를 강행하기도 했다. 지자체가 운영하는 D도서관의 도서관장인 E씨가 상습적으로 미혼의 사서직 여직원을 성추행한다는 제보가 2015년 초 들어왔다. 결재를 받으러 관장실에 들어가면 특정 부위를 만지는 등 성추행을 한다는 것.

조사관들은 D도서관에 근무하거나 인근 정부기관에 종사하는 지인들을 만나 일상적인 이야기와 해당 내용에 대해 물었다. 제보 내용과 비슷한 말이 쏟아져 나왔다. E씨가 전 근무지에서도 노래방 등 회식 자리에서 여직원들의 가슴을 만진다는 소문이 파다했다는 말도 나왔다. 사실 확인을 위해 도서관장실을 찾았다. E씨는 "나는 당뇨병이 심해 술도 전혀 못 하기 때문에 노래방을 안 간다"며 "결재 받으러 오는 여직원을 만지다니 무슨 소리냐"고 혐의를 부인했다. 그러나 E씨 지인들에게 물어본 결과, E씨는 평소 애주가로 알려져 있었다.

조사관들은 도서관장실이 아닌 근처 군청 감사장에서 E씨를 다시 만났다. 조사관들이 재차 해당 내용을 캐묻자 E씨는 회식 겸 노래방에 자주 가면서 여직원들과 껴안고 춤도 췄다는 내용은 시인했지만 추행 혐의는 부인했다. E씨는 "춤을 추면서 여직원들의 몸을 스쳤을 수는 있지만 결코 만진 적은 없다"고 주장했다.

조사 4일차 오전 피해자인 여직원에게 접촉을 시도했지만 그는 "관장 편을 들어주러 온 것이 아니냐"며 조사에 응하지 않았다. 이후 몇 시간이 지나 조사팀이 '감찰반은 절대 특정인을 봐주지 않는다'는 내용의 문자를 여직원에게 보냈다. 여직원은 결국 조사에 응했고, 그간 관장이 수시로 회식 때 자신의 몸을 더듬었다고 증언했다.

이튿날 조사관들은 E씨를 군청 감사장으로 다시 불렀다. E씨는 처음에는 일부러 만진 적은 없다고 항변하다가 결국 해당 여직원을 수시로 성추행한 점을 시인했다. 사실 확인이 끝나자 조사관들은 지자체에 E씨에 대한 중징계 처분을 요구했다.

서울지방병무청
현역모집과 생계팀,
합법적 군 면제의 길을 열어준다

"김무열 사건은 어떻게 된 거죠?"

기자의 질문에 서울지방병무청 현역모집과 생계팀 담당자들의 얼굴에는 아쉬움이 가득했다. 연예인 김무열은 생계 곤란을 이유로 병무청으로부터 2010년 병역 면제 판정을 받았지만 이후 감사원 조사에서 그와 어머니의 월수입이 병역감면 기준액을 초과했다는 지적이 나오면서 병역기피 의혹이 불거졌다.

조영아 주무관은 "당시 규정상 제출 서류 내용은 문제가 없었고, 지급받을 예정이던 출연료인 채권 4,600여만 원은 미래 소득으로 분류됐던 사건"이라며 "당시엔 채권 관련 규정이 모호했지만 이젠 확실히 보완한 상태"라고 말했다. 당시에는 채권이 미래 소득으로 취급돼 관련 규정에서 소득으로 파악되지 않았으나 사건 이후 병무청은 관련 규정을 개정, 채권까지 모두 병역감면제도 심사 기준으로 포함하고 있다. 이후 김무열은 제2국민역편입처분취소처분 및 현역

병입영통지처분 취소 소송을 냈으나 패소, 2012년 10월 경기도 의정부 306보충대를 통해 육군에 입대했다.

우리나라 신체 건강한 남성이라면 누구든지 가야 하는 곳이 있다. 군대다. '군대라는 대학'이라고 말하기에는 약 2년이란 시간을 적은 보수와 힘든 노동으로 버텨내야 하는 곳이어서 회피하려는 사람도 많다. 대개 권력층 자제, 연예인 등 좋은 배경의 사람들이다. 그들 상당수는 군대를 갈 수 있지만 회피한다.

반면 본인이 입대하면 가정이 무너지는 경우도 있다. 장애가 있는 부모를 모시거나 나이 어린 동생 등 본인이 없으면 가족 생계가 곤란한 사람들이다. 이렇게 가정 형편이 어려운 사람들을 위해 합법적으로 군 복무 면제를 도와주는 사람들이 있다. 서울지방병무청 현역모집과 생계팀이다.

"병역복무변경 면제 신청서 가져오셨나요?"

조 주무관은 박모 씨가 제출한 서류 18장을 일일이 검토했다. 가정 형편이 어려운 박씨가 '생계유지곤란 사유 병역감면제도' 심사용으로 제출한 서류에 빠진 게 없는지 확인하는 작업이다. 조 주무관이 서류를 넘기다 가족관계 진술서를 보며 "형은 현재 무엇을 하고 있느냐"고 묻자 박씨는 "형은 태어나서 한 번도 본 적이 없다"고 답했다. 조 주무관은 "1차적으로 서류에 기재된 내용과 본인의 말이 맞아야 하고 관련 서류 모두 정확하게 구비해야 한다"고 설명했다.

개인정보 제공동의서, 예금통장 사본, 보험증권 사본 등 이날 박씨가 제출한 서류만 13가지였지만 이상 없이 서류는 접수됐다. 박씨는 "1차 상담 때 병무청에서 잘 알려줘 서류를 문제없이 준비할 수 있었다"며 "3개월 후 심사 결과가 나온다는데 좋은 결과가 있었으면 한다"고 전했다.

"병역과 생계 모두 중요하잖아요"

박씨는 일찍 아버지를 여의고 정신장애 3급인 어머니와 월세 임대아파트에서 살고 있다. 박씨는 "이복형제인 형은 찾아온 적이 없어 내가 입대하면 어머니 혼자 남게 돼 생계를 이어갈 방법이 없다"고 사정을 털어놨다.

조 주무관은 "생계유지곤란 사유 병역감면제도는 가정보호를 필요로 하는 사람들에게 가정 파괴 없이 유지될 수 있도록 하는 제도"라고 말했다. 그는 "'생계유지곤란 사유 병역감면제도' 심사에 부합하기 위해서는 3가지 조건을 만족해야 한다"며 안내 책자에 기재된 부양비율, 재산액, 월수입액을 가리켰다.

부양비율은 가족 중 부양할 수 있는 사람과 부양을 받아야 할 사람의 비율을 나눈 것으로, 통상 남성은 부양의무자 1명에 피부양자 3명 이상, 여성은 부양의무자 1명에 피부양자 2명 이상이지만 피부양자 건강 상태 등에 따라 완화 기준이 다양하다.

재산액은 2015년도 재산액 기준 5,600만 원이며, 월수입액은 2015년 기준 보건복지부 최저생계비 구분에 따라 1인 61만 7,281원이다. 그러나 재산액과 월수입액 기준 역시 가정이 처한 상황에 따라 다양한 기준이 있어 관련 기준을 꼼꼼히 살피는 것이 필요하다.

조 주무관은 "3가지 기준에도 각 가정 형편에 따라 설정된 기준이 다른 만큼 잘 확인해야 한다"면서 "병무청을 찾아오거나 전화로 상담해 본인이 요건에 충족하는지 확인하는 절차가 필요하다"고 조언했다.

현장 조사, 속이는 사람 잡고 진짜 어려운 사람 구제

서류상 조건에 해당되지 않지만 피부양자의 근로 능력을 확인할 수 없는 경우 조사관들이 현장에 직접 나가는 경우도 다반사다.

서울병무청 현역모집과 신현경 주무관은 최근 서울 고척동 김모 씨의 집을 방문했다. 김씨는 이 제도를 모르고 2014년 4월 입대한 현역 군인으로, 뒤늦게 제도를 알고 2015년 1월 관련 서류를 제출했다. 그러나 김씨는 같이 사는 어머니가 피부양자 연령 기준에서 벗어나 질병 또는 심신장애로 근로 능력이 없는 상태여야 피부양자로 인정되고 그래야 면제가 가능했다.

어머니 근로 능력을 확인하기 위해 김씨의 집을 찾은 신 주무관은 당시 상황이 처참했다고 전했다. 그는 "좁은 집 입구부터 쓰레기더미가 쌓여 있었고, 개수대에는 음식 국물이 고여 냄새가 진동했다"며 "어머니와 대화를 나눠보니 정신장애가 심각해 보였다"고 말했다. 이후 김씨 어머니는 신경정신과적 질병(우울증)으로 인정받아 생계곤란심의위원회에 회부됐고 김씨는 병역면제 처리가 됐다. 신 주무관은 "어머니가 가족과 함께 지내면 심리적인 안정을 느끼지 않겠느냐"며 "한 가정을 지킨 것 같아 뿌듯했다"고 설명했다.

이와 반대로 군 회피를 위해 제도를 악용하는 경우도 있다. 서울 송파구에 사는 이모 씨는 아버지가 주민등록상 말소(거주불명등록) 상태여서 면제를 받을 수 있다고 판단, 생계곤란 사유 병역감면원을 신청했다. 그러나 생계팀의 조사 결과 아버지는 인근 시장에서 일하며 고정 수입이 있다는 사실이 확인됐고 면제 처리는 불발됐다.

조 주무관은 어머니 이혼으로 본인이 나이 어린 동생을 부양해야 한다며 서류를 제출한 사람이 있었지만 진술 내용을 확인하기 위해 불시에 현장을 나가 보니 본인이 아닌 이혼한 어머니가 동생을 맡고 있어 병역감면처분이 취소된 경우도 있었다고 전했다. 그는 "가끔 면제 기준을 맞춰오는 사람도 있는데 불시에 조사를 나가 서류와 다른 내용이 있으면 취소 처분을 내릴 수 있다"고 강조했다. 특히 생계곤란 사유 병역감면 처리를 받기 위해 재산 또는 수입 등을 허위로 기재해 신청한 경우 병역법에 따라 고발되고 1년 이상 5년 이하 징역형을 받을 수 있다.

제도 홍보 주력…… "현역 복무자 다수"

병무청은 이 혜택을 몰라 현역 입대한 사람도 많아 현역병을 대상으로도 적극 홍보 중이다. 조 주무관은 "입영 대상자뿐 아니라 가정형편이 어려운데도 제도를 몰라 현역 복무한 사람이 굉장히 많다"고 설명했다.

병무청은 이런 사람들을 위해 '찾아가는 병무청'을 2009년부터 운영 중이다. 생계곤란 병역감면 대상자가 제도를 모르고 입영하거나 복무 중 가사 상황이 악화된 사례가 있기 때문에 병무청 조사관들이 해당 군부대로 나가 상담 서비스를 제공하는 것이다. 2011년부터 2015년 8월까지 총 704회 진행돼 2,327명이 상담을 받고 226명이 병역감면 혜택을 받았다.

병무청의 노력으로 제도 혜택을 받는 사람도 꾸준히 늘고 있다. 2014년에는 총 1,405명이 신청, 1,255명이 생계유지곤란 사유로 병역감면을 받았다. 현역 입영 대상이 986명으로 가장 많았고, 다음은 사회복무(군복무 대신 공기업 등에서 근무) 대상 207명, 현역 혹은 사회복무를 하고 있는 사람도 228명이나 됐다. 2015년에는 더 늘 것으로 예상된다. 8월을 기준으로 906명이 신청해 818명이 면제를 받았다. 현역 대상이 614명으로 가장 많았지만, 현역 혹은 사회복무 중 혜택을 받은 사람도 202명으로 증가했다.

병무청 김용두 부대변인은 "자체적으로 제도를 계속해서 홍보하고 수시로 '찾아가는 병무청'을 통해 현역 혹은 사회복무 대상자들을 상대로 상담해주고 있는데 성과가 나타나는 것 같다"고 전했다.

조 주무관은 "어려운 사정인데 서류상 도와주기 힘든 경우가 있다"며 "사실상 모시고 살지만 거주 사실이 등록되지 않아 규정상 인정할 수 없는 경우 아무리 형편이 어려워도 인정받을 수 없어 마음이 아팠다"고. 신 주무관 역시 "사정이 어려워도 규정에 맞지 않을 경우 위원회 회부가 어려운 경우가 있다"고 말했다.

이들은 생계유지곤란 사유 병역감면제도가 가정 형편이 어려운 사람들에게 가정을 지키는 수호신이 될 수 있도록 더욱 많은 사람들에게 알려졌으면 하는 바람이다.

생계유지곤란 병역감면제도는 현역 복무 중에도 신청 가능

생계유지곤란 사유 병역감면제도는 본인이 군복무를 할 경우 가족 생계를 유지할 수 없는 사람에게 현역 복무 대신 제2국민역으로 편입

될 수 있는 기회를 주는 것으로, 대한민국 국군이 탄생한 1949년부터 이어지고 있다. 제2국민역으로 편성되면 실제 현역 또는 보충역 복무를 하지 않게 된다.

신청 대상자는 입영통지서를 받은 후부터 입영일 5일 전까지인 현역병 입영 대상자이며, 사회복무요원 소집 대상자 역시 징병 검사를 받은 다음 해부터 언제든 출원이 가능하다.

이미 현역병 또는 사회복무요원으로 복무 중인 사람도 신청 가능하다. 대상자는 서울병무청을 포함한 각 지방병무청에서 제도와 관련한 민원서류를 접수하면 된다.

생계곤란 병역감면제도 심사 과정은 상담, 접수, 조회, 감면 결정,

감면 통보의 다섯 단계로 나뉜다. 1차 상담 단계에서는 입영통지 등 접수 대상 여부 확인, 부양비 등 감면기준 확인, 구비서류 및 작성방법 안내 등이 이뤄진다. 접수 단계는 접수인이 병무청을 방문해 구비서류를 제출하고 미비 서류가 있을 경우 추가 제출을 요구한다. 조회 단계는 서류에 기입된 내용이 사실인지 확인하기 위해 유관 기관과 자료를 대조한다. 고용노동청, 세무서, 국민연금공단 등에서 소득이나 예금 등 자료를 받아 제출된 서류와 동일한지 확인하는 작업을 거친다. 감면 결정 단계에서는 조회 회신 자료를 검토하고 실태 조사 대상자가 있으면 직접 조사를 나간다.

마지막 감면통보 단계는 실질적인 결과를 통보하는 단계다. 입영 또는 소집 대상은 병역 의무자에게 직접 통보하고, 현역병 또는 사회복무 복무자는 군부대나 복무기관을 통해 통보한다. 결과 통보까지는 보통 90일 정도 소요된다.

행정자치부 행복드림 봉사단, 우리 사회에 필요한 작은 손길을 만든다

추석을 앞둔 2015년 9월 23일, 평소 조용했던 서울 종로구 비봉길 청운양로원에 경쾌한 트로트 음악이 깔리면서 한바탕 춤판이 벌어졌다. 행정자치부 정재근 차관을 비롯해 행정자치부 직원 10여 명이 양로원에 계시는 어르신들을 관객 삼아 일종의 '재롱잔치'를 열고 있는 모습이다. 행정자치부 내 댄스모임인 '웰빙댄스동아리' 총무를 맡고 있는 정재영 주무관도 그간 갈고닦은 댄스 실력을 유감없이 발휘했다.

열화와 같은 성원에 행정자치부 직원들은 이날 예정에도 없던 〈내 나이가 어때서〉 〈사랑의 트위스트〉 〈누이〉 등 총 3곡을 열창하며 댄스 공연을 선보였다.

물품 마련부터 배달까지 한꺼번에

이들의 정체는 '행정자치부 행복드림 봉사단'이다. 행정자치부는 지난 2007년부터 전 직원을 대상으로 행복드림 봉사단을 운영하고 있다. 한 달에 한 번 봉사활동 장소가 정해지면 직원들은 자유롭게 참가 여부를 정할 수 있다. 꼭 외부로 나가 봉사활동을 하지 않더라도 행정자치부 직원 전원은 매월 급여에서 1천 원 미만을 공제해(봉급 우수리 공제) '행복드림 기금' 조성에 참여한다. 2014년 기준 연간 약 5천여만 원의 기금이 모였다. 행복드림 기금은 행복드림 봉사단이 봉사활동을 나갈 때 필요한 물품 구입 등에 쓰이기 때문에 직원 모두 간접적으로라도 봉사활동에 기여하고 있는 것.

봉사활동에 필요한 물품 구입부터 전달까지 모두 봉사단의 손을 거친다. 봉사활동을 나가는 장소별로 필요한 물품이 다르기 때문에 사전에 이를 조사해 구입한다. 봉사단을 총괄하는 행정자치부 운영지원과 김화진 과장은 "어린이 보육시설에 가는 경우에는 동화책과 장난감을, 노인복지시설에 나간다면 위생용품이나 밑반찬을, 겨울철 쪽방촌 봉사활동에는 연탄을 꼭 챙긴다"며 "각각 상황에 맞는 맞춤형 봉사활동이라고 보면 된다"고 설명했다.

장·차관부터 봉사활동, 직원들 만족도 높아

이날 봉사활동에 직접 참석한 정 차관은 춤을 추는 것으로도 모자라 노래를 부르는 등 활약을 펼쳤다. 늘 봉사활동에 동행하는 정 차관의 부인도 송편을 대접하는 한편 어르신들의 말벗이 되기도 했다. 정 차관 내외는 행정자치부에 있기 이전부터 개인적으로 봉사활동을 다니는 등 봉사에 큰 열정을 보여왔다.

행정자치부 정종섭 장관은 이에 앞서 2015년 9월 19일 서울역 쪽방촌을 방문해 각종 생필품을 전달하는 한편, 주민들에게 전달할 전이나 송편 등 추석 음식을 조리했다. 정 장관은 직원들과 함께 호박전과 동태전 등을 부치고 이를 플라스틱 통에 차곡차곡 담았다.

이렇게 만들어진 추석 음식은 쌀밥과 함께 도시락 형태로 쪽방촌 주민에게 배달됐다. 정 장관 역시 동네 곳곳을 들리며 도시락을 배달했다.

이처럼 행정자치부 수장들이 매달 열리는 봉사활동에 참여하다 보니 직원들 역시 자연스럽게 참여하는 분위기가 됐다. 어르신들 앞에서 화려한 댄스 실력을 뽐낸 운영지원과 정 주무관은 “최소 2개월에 한 번꼴로 봉사활동에 참여하고 있다”며 “개인적으로 봉사활동 일정을 잡지 않아도 사내 동료들과 함께 나갈 수 있으니 유익하다”고 전했다.

정책평가담당과 김윤미 주무관도 꾸준히 봉사단을 통해 봉사활동을 이어오고 있다. 김 주무관은 “보람을 느끼는 것은 물론이고, 평소 보지 못하는 다른 과 직원들과 친목을 다질 수 있는 계기가 된다”며 “함께 궂은일을 하다 보면 더 쉽게 친해지는 것 같다”고 밝혔다.

직원들도 '힐링' 되는 봉사활동

봉사활동은 봉사자에게도 마음의 치유와 안정을 가져다줄 수 있기 때문에 의미가 더욱 크다. 행정자치부 직원들 역시 봉사활동을 통해 공무원으로서 국민에게 헌신하는 의무를 다하는 한편, 개인적인 보람도 느끼고 있었다.

정 주무관은 가장 기억에 남는 봉사활동 장소로 서울역 쪽방촌을 꼽았다. 당시 서울역 쪽방촌을 찾은 봉사단은 쪽방을 청소하고 도배도 새로 했다. 정 주무관은 "문을 여는 순간 퀴퀴한 냄새와 함께 안에 거주하는 어르신 모습을 보는 순간 아버지가 생각나 울컥했다"고 회상했다. 정 주무관은 "마치 내 아버지가 곰팡이가 슬어 냄새가 나고 눅눅해진 좁은 방에 계신다는 느낌을 받았다"고 덧붙였다. 도배와 청소가 끝나자 어르신들은 연신 정 주무관 손을 잡고 고맙다는 말을 연발했다고 한다. 정 주무관은 이때도 "내 손을 잡은 어르신의 손이 너무 말라서 더 마음 아팠다"며 눈물을 글썽였다.

김 주무관은 서울 갈현로에 위치한 은평재활원에 봉사 나간 순간을 기억한다고 말했다. 김 주무관은 "재활원에 계신 분들은 대부분 거동이 불편한데 재활원에 상주하는 인력만으로는 이분들을 일일이 산책시킬 수가 없다"며 "우리 같은 외부 자원봉사자들이 왔을 때만 그나마 모든 분들이 바깥 공기를 쐴 수 있다. 그때 우리가 자주 오지 않으면 이분들은 햇빛을 자주 볼 수 없겠다는 생각이 들었다"고 설명했다. 미약한 봉사활동도 한 사람에게는 햇빛을 쐴 기회로 이어진다는 생각에 김 주무관은 다시 한 번 봉사의 의미를 되새기게 됐다고 말했다.

소외계층 후원으로도 이어지는 우수리 공제

행정자치부 직원들의 급여 중 소액을 공제해 만들어진 우수리 공제는 봉사활동에 필요한 물품 구매뿐만 아니라 소외계층 후원에도 쓰인다. 지난 5년간 봉사단은 한국심장재단을 통해 다문화가정 심장병 어린이 수술비로 1억 100만 원을 기부했다. 실제 이를 통해 수술할 수 있었던 어린이의 가족은 재단과 행정자치부 앞으로 감사 편지를 보내기도 했다.

전남 장흥군에 거주하는 한국인 아버지와 베트남인 어머니를 둔 위모 양도 우수리 공제를 통해 수술을 받을 수 있었다. 위양의 아버지인 위씨는 행정자치부와 재단 앞으로 수술 후 회복중인 위양의 사진과 손수 쓴 감사 편지를 보냈다. 위씨는 "다문화가정인지라 수술하기까지 많이 어려웠다"며 "특히 아내가 심장수술이 무섭다며 수술을 극구 반대했었다"고 적었다. 이어 위씨는 "수술이 끝나고 의사 선생님이 수술이 잘됐다고 말해 참으로 감사했다"고 덧붙였다.

이밖에 저소득 UN참전국 참전용사 후손 장학금, 소년소녀가장 장학금, 부내 어려운 직원 돕기 등도 후원하고 있다.

행복드림 봉사단을 주관하고 있는 운영지원과 김화진 과장은 2015년 6월 메르스(MERS, 중동호흡기증후군) 여파로 격리됐던 전북 순창 장덕마을로 떠난 봉사활동을 잊지 못한다.

블루베리나 복분자 농사 등을 생업으로 삼는 장덕마을 사람들은 메르스로 마을 전체가 격리 조치되는 바람에 마을 밖으로 나올 수가 없었다. 문제는 6월이 블루베리와 복분자 수확 시기라는 점이었다.

수확 시기를 지나면 블루베리와 복분자가 모두 떨어져 상하기 때문에 한 해 농사를 망치게 된다. 밭은 격리지점에서 약 200m가량 떨어져 있었다.

행정자치부는 공공기관으로 역할을 다하기 위해 장덕마을로 블루베리를 따러 가 수확물 중 일부를 구매하자는 봉사활동 계획을 세웠다. 이에 따라 김 과장은 행복드림 봉사단의 6월 봉사활동 장소로 장덕마을이 정해졌다는 공지를 사내 게시판에 올렸다. 예상대로 여기저기서 우려의 목소리가 흘러나왔다. 한 직원은 익명으로 '치사율이 높다던데 직원들 안전은 생각하지 않는 것이냐'는 장문의 글을 올리기도 했다.

김 과장은 "그래도 공무원이 가지 않으면 누가 가겠느냐"며 직원들을 설득하고 나섰다. 그 결과 1차 선발대로 김 과장을 포함한 약 30여 명의 사람이 장덕마을로 향했다. 행정자치부는 당시 봉사단의 안전을 지키기 위해 마스크와 손 세정제 등을 든든하게 챙겨 떠났다.

막상 도착하니 작업할 밭에서 격리지점이 바로 눈앞에 보였다. 행정자치부 운영지원과 정재영 주무관은 "격리된 곳으로 떠난다는 것을 알고 왔지만 막상 흰 옷을 입은 관리자가 눈앞에 보이니 아찔했다"고 기억했다.

초보자인 봉사단이 블루베리를 따는 것도 쉽지 않았다. 김 과장은 "줄기 여기저기에 가시 같은 것이 돋아나 있어 딸 때마다 팔이 따끔거렸다"며 "요령을 모르니 쉽지 않았다"고 설명했다. 다행히 1차 봉사단이 큰 사고 없이 봉사활동을 마치고 돌아오자 행정자치부 내 분위기에도 변화가 생겼다. 이후 봉사단은 세 차례나 장덕마을을 추가

방문해 블루베리 수확과 기타 일손 돕기에 나섰었다.

농작물 수확을 끝내자 또 다른 문제가 발생했다. 당시 메르스의 전염성에 대한 불안감이 극도로 높았던지라 격리 지역 근처에서 생산된 제품을 구입하려는 사람이 없었던 것. 이에 봉사단은 해당 농작물에 아무런 해가 되지 않는다는 것을 보여주기 위해 직접 수확한 제품을 구매했다.

행정자치부에서만 무게는 17톤, 액수로는 2억 3,300여만 원에 달하는 블루베리와 복분자를 구입했다. 김 과장은 "그때 구입한 복분자를 냉동실에 얼려 지금 주스로 갈아먹거나 간식 삼아 하나씩 먹고 있다"고 말했다. 정 주무관 역시 "복분자로 술을 담가 먹으면 맛이 기가 막히다"며 "격리 지역 근처에 수확된 농작물에 대한 편견을 깼다는 생각에 뿌듯하기도 하다"고 밝혔다.

서울동물원 사육사, 동물원의 추억을 만들어주는 숨은 공신

서울동물원을 찾은 것은 가을이 시작된 2015년 10월 초. 느지막한 평일 오후였지만 막 색을 입기 시작한 단풍과 시원한 가을 공기를 찾은 아이들과 부모, 손을 맞잡은 연인과 지긋한 나이의 어르신들 발길이 이어지고 있었다.

경기 과천시 막계동 청계산 기슭에 자리한 서울동물원은 서울·경기도 주민들에게는 추억의 장소다. 1909년 서울 창경궁에서 문을 열 당시 책으로나 볼 수 있었던 시베리아 호랑이, 반달곰, 오랑우탄 등으로 엄청난 화제를 모았다. 1984년 경기도 과천으로 자리를 옮긴 후에도 하루 최고 8만 명의 관람객이 찾을 정도로, 소풍과 산책, 데이트 장소로 여전한 인기를 누리고 있다. 서울동물원의 면적은 242만m^2에 시설 면적만 73만 4천m^2. 동물은 포유류, 조류, 파충류, 양서류 등 총 322종 3,718마리를 보유하고 있다.

그렇다면 서울동물원에서 최고 인기스타는 무엇일까? 시베리아 호랑이, 표범 등의 맹수과라는 생각과 달리 코끼리라는 답이 돌아왔다. 그러나 아이부터 어른까지 좋아하는 이 덩치 큰 초식동물은 사육사들에게는 때때로 위험하다.

사육사는 동물과 친구, 하지만 때로는 위험해

코끼리, 아프리카 들소 등 대형 초식동물이 모인 대동물관의 지인환 사육사는 "(우리들에게) 사실 제일 위험한 동물은 코끼리와 같은 대형 초식동물들"이라며 "사육사는 동물과의 관계 형성이 중요한데 가장 어려운 것이 (동물들의) 생각을 모른다는 것"이라고 말했다.

동물원의 동물들은 어쩔 수 없이 사람과 접촉하는 훈련이 필요하다. 어떤 생각을 하는지 알 수 없기 때문에 한순간에 돌발 행동을 할 수 있고, 이것이 사고로 이어질 수 있다는 설명이다. 이 때문에 전 세계적으로 동물원 시스템이 도입된 이후 가장 먼저 마련된 것이 코끼리 사육 규정일 정도다.

지 사육사도 담당 초기 코끼리로부터 벽에 눌리는 아찔한 순간을 경험하기도 했다. 지금이야 안전 문제로 펜스 등을 사이에 두고 접촉 훈련을 하지만 수년 전만 해도 코끼리 방으로 사육사가 직접 들어가야 했다.

다행히 크게 다치지 않았지만 호된 신고식을 치른 셈이다. 그는 "어린 코끼리는 자신의 힘이 어느 정도인지 잘 모른다. 코끼리야 장난을 치는 듯했지만 당하는 입장에서는 매 순간이 위험의 연속일 수 있다"며 "코끼리 담당에서 성한 몸으로 (다른 동물관으로) 옮기는 경우가 극히 드물다. 그래선지 대동물관은 젊은 사육사들도 기피하는 곳이기도 하다"고 털어놨다.

일도 많다. 다 자란 코끼리 한 마리의 몸길이는 5.5~7.5m, 몸무게는 5~7.5톤이다. 한 마리가 하루에 먹는 양은 100kg이 넘고 싸는 양도 100kg을 넘긴다. 먹이고 치우고 심심하지 않게 진흙탕이나 타이어 등 놀 거리를 주고 또 매일 훈련도 시켜야 한다.

코끼리가 돌발 행동을 하면 일은 몇 배로 불어난다. 수년 전 코끼리 '칸토' 경우가 그렇다. 수컷 코끼리인 칸토는 종종 아무것이나 밖으로 던지는 나쁜 버릇이 있다. 담당 사육사가 다친 적도 여러 번이다. 한번은 돌을 던져서 동물원 안을 도는 셔틀 버스를 맞춘 적도 있고, 몇 년 전에는 헬기 소음이 칸토를 자극해 사육관 내 돌과 타이어를 밖으로 던진 적도 있다.

지 사육사는 "그렇게 날뛰는 이유는 사실 우리도 알 수 없다. 욕구불만일 수도 있고, 포크레인이나 헬기 등을 경계하는 행동일 수도 있다"며 "먹이도 주고, 최대한 위협을 느끼지 않을 공간으로 이끌어도 봤지만 소용이 없었다. 그런 경우는 사육사가 할 일이 사실 없다"고 한숨을 내쉬었다. 당시 몇 달간 사육사들이 한 일은 잡석 제거였다. 틈만 나면 사육관 내 돌들을 골라냈지만 땅 파고 노는 코끼리들이라 끝이 있을 수가 없었다.

동물 입장에서 바라본다

최근 수년간은 동물원 변화의 시기다. 지어진 지 30년이 넘어서면서 노후화된 시설을 개선시키는 것도 중요했지만, 관리적 시각에서 벗어나 '동물의 입장에서 바라보는' 동물 복지가 부각됐다.

예를 들어 동물원 사육관 내 시멘트 바닥이 그것이다. 시멘트 바닥은 각종 오물로 더러워지면 물청소 등이 쉬워 관리자 측면에서는 효율적이지만 흙이 익숙한 동물들에게는 스트레스다. 서울동물원은 현재 사육관 바닥을 흙으로 바꾸는 작업을 진행 중이다.

동물 한 마리당 확보되는 공간도 넓어졌다. 많은 종수와 마리 수가 자랑이었던 동물원 운영 방향을 2014년부터 종 관리 계획에 따라 줄여가기 시작했기 때문이다. 긍정적 강화 운동도 있다. 자연 속의 동물들, 코끼리의 경우 하루에 수십 km를 걸으며 100kg 이상을 먹는다. 그러나 한정된 공간인 동물원 안에서는 이것이 불가능하다. 이들이 지루하지 않게 타이어와 나무를 넣어주고, 진흙웅덩이 등의 놀이터를 마련해준다.

물론 관리는 더욱 힘들어졌다. 코끼리의 경우 많이 걸으면서 발톱과 발바닥이 자연스럽게 깎이는데 동물원 코끼리는 이것이 불가능하기 때문에 사람이 손질해줘야 한다. 그렇지 않으면 염증이 생기고 시간이 지나면서 관절 이상, 장기 손상으로 이어진다. 그런데 코끼리 발 손질은 쉽지 않다. 사육사가 코끼리 발 밑에서 손질하다 자칫 밟히기라도 한다면 대형 사고다. 쇠사슬로 고정하고 도구로 제압할 수밖에 없었다.

지금은 다르다. 타겟봉 끝에다 부드러운 것을 감싸 지시를 해서 발을 내밀 수 있도록 훈련을 시킨다. 인내심은 필수고 시간은 몇 배로 걸린다. 사육사들 입에서는 "내 자식한테도 이렇게 못 했다"는 말이 절로 나온다. 잘하면 칭찬을 하고 먹이 등으로 보상을 하는 반복학습으로 자연스럽게 따라오도록 한다.

지 사육사는 "칭찬만으로 훈련을 한다. 잘 따라오지 않으면 기다린다. 기다리다 다시 시도해본다. 예전처럼 '안 돼'는 이제 없다. '잘했어'만 있다"고 말했다.

사육사는 매력적인 직업, 하지만 쉽지 않아

지 사육사가 이 직업을 택한 것도 11년째다. 군대에서 군견병을 한 것이 동물과의 첫 접촉이었다. 그는 "대학에서 축산과를 다녔지만 개도 한 번도 안 키워봤다. 군대에서 군견병을 한 것이 동물과의 첫 만남이었다. 처음에는 아르바이트 개념으로 시작했지만 사육사라는 직업에 매력을 느꼈다"고 말했다.

순수한 동물들 틈에서 즐거운 일도, 안타까운 일도 많았다. 그는 "멸종 위기 동물들의 번식에 성공하거나 새끼를 낳으면 당연히 기쁘다. 쉬는 주말에 애들과 놀러 와 멀리서 불러도, 목소리만 듣고도 자신을 알아봐 줄 때 보람을 느낀다"며 "사육사는 동물의 친구라고 보면 된다"고 말했다.

그러나 그는 "초보 시절에 잘 키워보려고 했는데 품에서 죽는 경우 '나 아닌 다른 사육사가 했으면 더 오래 살았을 텐데'라는 생각에 힘들기도 했다. 동물들의 심리를 잘 파악해야 하고, 관찰을 통해 그 동물에 대해 꿰고 있어야 한다. 쉽지 않은 일이다"고 말했다.

특히 관람객들의 동물을 향한 '불쌍하다'는 말에 가장 의욕이 꺾인다고 했다. 그는 "그렇게 볼 수도 있지만 눈에 보이는 것 이상으로 동물원에서는 (동물을 위해) 노력을 많이 하고 있다"며 "야생동물을 동물원에 가둬놓으면 불쌍하겠지만 동물원의 동물은 야생에 적응을 못한다. 야생동물에 대입하지 않았으면 좋겠다"고 말했다.

지 사육사는 또 최근 사육사가 '워너비 직업' 중 하나로 떠오르는 것에 대해 "깊이 있게 봐달라"고 당부했다. 그는 "강아지가 좋다고 사육사 직업을 택하는 것은 위험한 일"이라며 "사육사는 애완동물을 키우는 것과 다르다. 사랑을 주더라도 그 동물을 위해 스트레스를 주는 일을 해야 하기도 한다"고 덧붙였다.

동물 백신주사는 손 대신 입으로 불어서 놓는다

서울동물원 업무 중 방역은 최전선으로 표현된다. 조류인플루엔자(AI), 구제역 등 전염병이 한번 발생하면 피해가 막대하기 때문이다. 그러나 방역을 위해 필연적으로 따라오는 통제는 때로는 많은 불만과 비판 대상이 되기도 한다. '표 안 나고 욕먹는 자리' '일 터져야 보이는 자리'라는 말이 나오는 이유다.

서울동물원 병리·방역총괄 이현호 팀장은 "방역의 기본은 통제지만 많은 이들이 관람하는 동물원이다 보니 어느 수준에서 해야 할지가 늘 고민이다"며 "숨어서 하는 일"이라고 웃었다.

동물원 관리지역에 들어가려면 차량 소독은 물론이고 탑승자도 차에서 내려 소독을 해야 했다. 현재 관리구역은 차량 소독과 대인 소독, 관람객은 소독포를 밟는 정도지만 질병 발생 시에는 차량 내부 소독은 물론이고, 아예 동물원 문을 닫을 수도 있다. 실제로 2011년 구제역과 AI으로 한 달간 폐쇄한 바 있다. 서울동물원 폐쇄는 개원 이래 처음이었다.

그는 "개원 이래 최초다 보니 긴장감이 컸다. 서울동물원은 구제

역 대상인 대형 초식동물들이 절반 면적을 차지한다. 그 동물들이 만약 전염되면 동물원 반이 비는 것"이라며 "최대 위기였다"고 털어놨다.

이 팀장은 "AI 등이 유행할 때 관람객들도 예방 차원에서 소독 터널을 지나도록 했다. 소독약은 치과에서 쓰는 안전한 약이다. 그런데 반발이 제법 있었다. 한 임신부의 경우 소독약이 인체에 무해하다는 말에도 '책임질 수 있냐'고 따지기도 했다. 그저 불편하다는 이유로 안 하고 지나가기도 했다"고 한숨을 내쉬었다.

동물들에게 백신을 접종하는 것도 엄청난 일이다. 잡아서 주사를 맞힐 수 있는 동물은 몇 안 되다 보니 입으로 불어 쏘는 형태의 블로우 파이프를 이용해야 한다. 구제역 백신 접종을 시작한 2011년 1월은 영하 10도 이하의 한겨울. 바람까지 불어 체감온도는 영하 20도쯤 됐다. 그러다 보니 추위에 약이 얼고 주삿바늘 끝도 얼어 약이 투입이 안 되는 일도 벌어졌다. 기린같이 긴 동물들은 손이 안 닿아 작대기 같은 걸로 하다 보니 놀란 동물과 부딪혀 얼굴이 찢어지고 옆구리를 받쳐서 치료를 받는 일도 있었다. 이 팀장은 “구제역 백신 접종은 그때가 처음이었다. 처음이다 보니 우리도 힘들었고 동물들도 힘들었다”며 “지금은 익숙해졌고 일 년에 4, 10월 두 번씩 하다 보니 동물들도 안정적”이라고 말했다.

이 팀장은 “운 좋게도 서울동물원 방역이 아직 뚫린 적은 없다. 동물들을 밀집 사육하지 않는 좋은 환경이고, 집에서 키우는 가금이 아닌 만큼 큰 위험은 없다고 보지만 그래도 조심해야 한다”며 “사람이 할 수 있는 것을 하고 나머지는 운에 맡길 수밖에 없다”고 말했다.

산림청 산림항공본부 산불공중진화대, 산불 진화 최전선을 지킨다

"대관령면 용산리 용산 해발 750m 지점에서 산불이 발생했습니다!"

제6차 세계산불총회 기간이던 2015년 10월 14일, 강원 평창 대관령면 알펜시아에 차려진 산불 진화 합동시범훈련장 산불지휘본부. 이곳에 다급한 목소리의 산불 신고가 접수됐다.

신고를 접수한 평창군 상황실 근무자는 곧바로 발화지점을 확인하고 군수와 강원도 상황실에 산불 발생 사실을 보고한 뒤, 산불진화대와 평창군 임차헬기 투입을 지시했다. 그러나 불은 산불진화대와 임차헬기 투입에도 강한 바람을 타고 산 정상으로 계속 번지는 상황. 이즈음 산 너머에서 굉음을 내며 접근하던 산림청 KA-32 카모프 헬기 3대가 산불 현장 상공에 모습을 드러내더니 버킷을 열어 차례로 물을 쏟아붓는다.

산불 진화선을 구축하다

산림청 헬기의 진화수 투하에도 산불은 초속 10m의 강한 바람을 타고 더욱 기세를 올리고 있다. 카모프 헬기로부터 이런 상황을 보고 받은 산림청 상황실은 대형 헬기 5대와 초대형 헬기 1대를 추가 투입하도록 지시한다. 하지만 어둠이 깔리기 시작하면서 현장에 동원된 모든 헬기는 복귀 명령을 받는다.

동이 트자 진화 작업이 다시 본격화됐다. 가용 인력과 장비, 헬기 등이 총동원되며 불길이 거의 잡혀가고 있다. 그러나 지형이 험해 지상진화대가 접근할 수 없는 험준한 절벽 쪽으로 불길이 파고들면서 방화선이 뚫릴 위급한 상황을 맞았다. 어렵사리 잡은 불길이 옆 산으로 번질 수도 있는 위기다. 이때 절벽 쪽으로 접근한 카모프 헬기에서 로프를 타고 장비를 갖춘 진화대원들이 미끄러져 내려온다. 진화대원들은 헬기 레펠로 험준한 지형의 산악에 내린 뒤 재빨리 방화선을 구축하고 산불을 완전 진화하는 데 성공했다.

자칫 산불이 다시 살아날 수도 있는 상황에서 '구세주'처럼 나타나 화재를 최종 진화한 이들은 바로 산림청 산림항공본부 소속 '산불공중진화대' 대원들. 산불공중진화대는 강원도 원주의 산림항공본부를 포함해 진천 · 김포 · 익산 · 양산 · 영암 · 함양 · 강릉 · 안동산림항공관리소 등 모두 9곳에 분산 배치돼 있다.

세계산불총회에 참석한 세계 각국의 산림 관계자들에게 우리나라의 앞선 산불진화체계를 선보이기 위해 마련된 이날 공중진화 시연은 진천산림항공관리소 소속 4명의 공중진화대원이 맡았다.

"지상진화대원들이 접근할 수 없는 험준한 지형의 산악에 투입돼

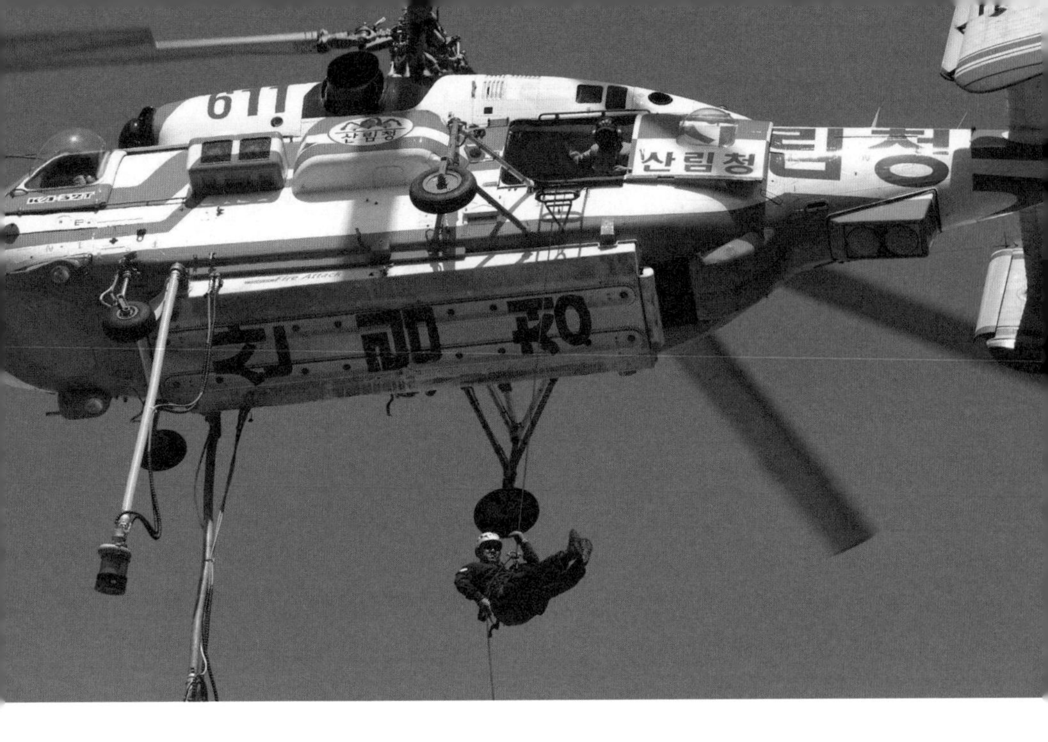

산불 진화선을 구축하는 특수임무는 사명감 없이는 할 수 없는 일입니다.”

2015년 10월 16일, 충북 진천군 문백면 옥성리 산림항공본부 진천산림항공관리소에서 만난 라상훈 산불공중진화대 팀장. 공중진화대 근무 19년차 베테랑인 그는 선뜻 ‘사명감’이라는 말을 꺼냈다. 목숨을 걸고 화마의 심장부로 날아들어 산불 저지선을 구축하는 극한 임무를 수행하기 위한 자기암시이자 동기부여인 듯했다.

매서운 한파에 쏟아붓는 물에 온몸 꽁꽁

공중진화대는 지상 접근이 어려운 산악지형에 헬기로 투입돼 헬기와 합동으로 초동 진화 작전을 펼친다. 헬기로 물을 뿌려도 잘 꺼지지 않는 급경사지나 암석지, 고압선 주변 등 특수지역 진화를 전담하고, 일반 지상진화대 접근이 어려운 험준한 지형에 헬기로 투입돼 산불 확산 저지와 재발화 우려 지역의 산불 진화 역할을 수행한다. 전시 적진 후방 깊숙이 투입돼 특수임무를 수행하는 특수부대요원과 비슷한 개념이다.

라 팀장은 그동안 한 번도 쉬운 임무는 없었지만 어느 때보다 일찍 발생한 2015년 초의 강원 삼척 · 정선 산불 진화는 유독 까다로웠다고 회고했다. 그는 "그때는 워낙 매서운 한파가 몰아쳐 헬기에서 쏟아붓는 진화수에 바위와 땅이 얼어 미끄러워지면서 임무를 수행하는 데 어려움이 컸다"면서 "진화수를 온몸에 그대로 맞아 옷도 모두 꽁꽁 얼어붙고 살갗이 마비되는 상황까지 갔지만 추위와 사투를 벌이며 결국 불길을 잡는 데 성공했다"고 당시를 떠올렸다.

공중에서 고지대의 산불 중심부에 곧바로 투입되는 만큼 고립 상황을 맞기도 한다. 지난 2002년 봄 전북 익산 황궁면에서 발생한 산불 진화 때 라 팀장은 정상 부근에서 산불에 고립돼 방염 텐트를 뒤집어쓴 채 몸 위로 화염이 지나가기를 기다린 아찔한 일도 겪었다.

공중진화대의 임무는 산불 진화에만 국한되는 것이 아니다. 대원들이 수행하는 주요 업무 중 하나는 산악 인명 구조활동. 119 구조헬기가 출동하기 어려운 악천후에서 상대적으로 바람에 강한 산불 진화 헬기를 이용해 사고 장소에 접근, 환자를 신속히 후송하는 임무다. 대부분 비바람과 눈보라가 치는 악조건 속에서 이뤄지는 구조활동이어서 위험은 배가 된다. 공중진화대는 2010~2014년 최근 5년간 등반 중 발생한 응급환자 260여 명을 병원으로 후송했다. 대원들은 산림병해충 방제작업에도 나선다. 방제작업이 집중적으로 이뤄지는 지역에서 주민들의 안전과 건강을 위해 출입통제활동을 벌인다. 산림 헬기를 이용한 화물 운반 지원도 공중진화대 업무다.

평소 상황이 없을 때 공중진화대원들은 체력 관리에 집중한다. 강인한 정신력과 체력을 요하는 임무를 띤 만큼 공중진화대원들은 대부분 특전사나 해병대, UDT 등 특수부대 출신으로 구성됐다. 하지만 체력 관리에는 예외가 없다. 체력이 곧 성공적인 임무 수행을 위한 필수 조건이라는 생각에서다. 대원들이 출동할 때 소지하는 장비는 무게만도 20kg에 이른다. 대원들은 구보와 웨이트트레이닝 등 기초체력 단련은 물론, 산악등반 훈련, 항공구조 훈련, 레펠강화 훈련, 응급구조 훈련 등 체계화된 다양한 교육 훈련을 소화하고 있다. 지난 1997년 공중진화대 출범 이후 단 한 차례도 임무 수행 중 대원들의 인명 사고가 발생하지 않은 것은 평소 체력 관리로 산불 현장에서 집중력을 잃지 않았기 때문이다.

UDT 출신의 진천 공중진화대 막내 박준호 대원은 “산불이 집중되는 산불조심 기간에는 한 달 동안 거의 매일 출동한다고 봐야 한다”면서 “한 번 출동하면 3~4일 동안 산불 현장에서 계속 진화 작업을 벌이는 경우도 있어 평소 체력을 관리하지 않으면 위험한 상황에 처할 수 있다”고 귀띔했다.

그러나 이들에게도 드러내놓고 말하지 못하는 고충이 있다. 공중진화대 출범 이후 신규 대원의 충원이 원활히 이뤄지지 않으면서 대원들의 중장년화가 심화되고 있는 것. 현재 공중진화대 총원은 모두 48명으로 18년 전 창설 당시 정원 40명보다 8명이 증원됐을 뿐이다. 이로 인해 대원들의 평균연령은 48세로 높아졌다. 최연장 대원은 올해 57세로 젊은 대원들과 똑같이 산불 진화 작업에 나선다.

중장년화 심화, 신규 충원 시급

한 대원은 "나이가 많은 대원은 화재 현장에서 쌓은 경험을 살려 산불 진화 정책 및 행정을 담당하는 업무로 전환시키고 젊은 대원을 충원해야 한다"면서 "그렇게 돼야 대원들의 사기가 올라가는 것은 물론이고 보다 효율적인 산불 진화가 이뤄질 수 있다"고 말했다.

대원들은 산불 현장에서 일반 진화대원들을 통제할 수 있는 권한을 제도적으로 마련해야 한다고 입을 모은다. 수많은 산불 진화 경험으로 산불의 생리를 잘 알고 있는 데다 산의 지형과 특성 등을 정확히 파악하고 있는 공중진화대원들이 지방자치단체 공무원과 지상진화대원 등 여러 기관에서 모인 현장 진화 인력을 통솔할 수 있어야 한다는 것이다.

무엇보다 언제 어느 때 발생할지 모르는 상황 때문에 마음 놓고 가족들과 제대로 여행 한 번 떠나지 못한 것이 대원들의 마음 한편을 짓누르고 있다. 라 팀장은 "항상 대기 상태이기 때문에 가족들과 함께 여유로운 시간을 보낼 수 없는 점이 마음의 짐"이라면서 "국민의 인명과 재산 보호를 위해 우리만이 해낼 수 있는 특수한 임무라는 생각으로 위안을 삼는다"고 속내를 밝혔다.

한국수자원공사 보령권관리단, 생활·농업용수 공급에 사활을 걸다

2015년에 우리나라는 사상 최악의 가뭄을 맞았다. 지난 2년간 강수량은 평년 대비 절반 수준에 머물렀다. 수도권은 물을 저장할 수 있는 댐이 풍부하지만 충남은 식수용으로 의지할 수 있는 댐의 규모나 숫자가 많지 않다. 고육지책으로 충남 일부 지역은 수압을 약하게 조절·공급하는 급수 조정 단계에 들어갔다. 충남 지역 8개 시·군의 식수를 책임지고 있는 보령댐의 모습은 더욱 심각해 보였다. 댐의 수위는 낮아지고, 주민들의 걱정은 커져 가는 모습이었다. 이 같은 현실에서 '한국수자원공사(K-water) 보령권관리단(이하 보령권관리단)'은 가뭄 피해를 최소화하려는 사투를 벌이고 있었다.

2015년 10월 27일, 충남 보령군에 위치한 보령권관리단을 찾아 가뭄 속 식수를 어떻게 확보하고 있는지, 향후 대책은 어떻게 계획하고 있는지 들여다봤다.

수위 낮아진 보령댐, 한계는 2016년 3월

가장 먼저 도착한 곳은 보령댐이었다. 지난 1996년 완공된 보령댐은 높이 50m, 총 저수량 1억 1,700만 톤 규모의 중소형 댐이다. 이 댐은 한국수자원공사가 충남 서북부 8개 시 · 군의 생활용수와 공업용수 등을 공급할 목적으로 만들었다. 댐에 다가가자 현 가뭄 상황이 얼마나 심각한지 한눈에 알 수 있었다. 저수량이 풍부했다면 보지 못했을 댐의 바닥 일부가 보였다. 댐 아래로 내려갈 수 있을 정도였다. 이날 현재 보령댐의 저수량은 2,300만 톤에 불과하다. 총 저수량의 7분의 1 수준까지 떨어진 것이다.

이 때문에 한국수자원공사는 대책 마련에 들어갔다. 그동안 광역수도관을 통해 보령댐이 용수를 공급해온 당진시와 서천군의 급수체계를 전환한 것. 당진시는 충남 아산까지 공급되는 대청댐의 물을 비상수로를 통해 공급하고, 서천군은 전주로 공급되는 용담댐의 물을 공급하기로 했다. 이를 통해 보령댐은 하루 2만 6천여 톤의 공급부담이 줄어들었다.

그럼에도 불구하고 보령댐이 하루 평균 공급해야 하는 물은 18만 톤이다. 이를 현재 저수량에 대입하면 최대 2016년 3월까지밖에 공급할 수 없다는 계산이 나온다. 게다가 우리나라의 겨울과 봄은 비가 적게 내리는 계절이라는 점에서 당장 저수량이 늘어나길 기대하기는 어렵다. 당장 내년 봄 농사철 논에 물을 대는 것마저 어려워질 수 있다는 우려까지 나오고 있는 상황이다.

박종덕 보령권관리단 운영팀장은 "보령지역 일부 논은 보령댐 물을 통해 농사를 짓고 있는데 올해 공급이 여의치 않으면서 주민들의 항의가 있었고, 어렵게 양해를 구해 해결했다"며 "내년 봄 더욱 심각해질 물 부족에 걱정이 앞서는 것이 사실"이라고 말했다.

보령댐 도수로 건설에 기대

현재 상황으로는 보령댐이 2016년 3월까지만 버틸 수 있다는 점에서 수자원공사도 비상이 걸렸다. 이에 정부는 수자원공사를 통해 4대강 사업으로 준공된 금강 백제보 하류와 보령댐 상류(반교천)를 연결하는 도수로를 2016년 2월까지 긴급 건설하기로 결정하고 착공에 들어갔다. 만약 이 공사가 순조롭게 완공된다면 2016년 3월 이전에 하루 11만 5천 톤의 물이 보령댐에 공급된다. 2016년 6월 장마철까지 버틸 수 있는 시간을 버는 셈이다.

문제는 백제보의 수질이다. 백제보의 수질은 현재 2급수로 알려져 있다. 보령댐의 수질이 1급수이다 보니 도수로 공사 이후 수질 악화가 발생할 수 있다는 우려가 있다. 이 때문에 일각에서는 보령댐 도수로 공사에 회의적인 시각을 보내고 있는 것이 사실이다. 하지만 수자원공사와 보령권관리단은 수질 관리에 자신이 있다며 자신감을 보이고 있다.

도수로에 설치할 정화시설을 거친다면 어느 정도 이물질 제거가 가능하며, 반교천에서 보령댐으로 내려오는 과정에서 이뤄지는 자연정화 효과, 그리고 보령권관리단이 운영하고 있는 정수장 시설을 거치게 된다면 수질에는 전혀 문제가 없을 수 있다는 설명이다.

박 팀장은 "2016년 3월부터 장마철이 시작되는 6월까지 버티기 위해서는 반드시 2월까지 보령댐 도수로 공사가 완료되어야 한다"며 "백제보의 수질이 2급수이기는 하지만 정화시설, 정수장 설비 등을 거친다면 깨끗한 물 공급에는 문제가 없을 것"이라고 자신했다.

이틀간 비 내렸지만 가뭄 해결엔 태부족

실낱같은 희망이 찾아오기도 했지만 역부족이었다. 2015년 10월 26일부터 이틀간 수도권과 충남권에 비가 내렸다. 충남권에 이틀간 내린 비는 약 40mm였다. 가을비치고는 적지 않은 양이었지만 악재를 되돌릴 만한 수준은 아니었다. 갈라진 땅이 물을 머금는 수준일 뿐 가뭄 해갈에는 턱없이 부족한 양이라는 게 보령권관리단 측 설명이다. 2015년 충남지역에는 746mm의 비가 내렸다. 이는 평년 대비 58% 수준에 불과하며, 2001년 역대 최소로 기록됐던 787mm보다 더 적게 내렸다.

박종덕 보령권관리단 운영팀장은 “이 지역 가뭄을 해결하기 위해서는 최소 400mm 이상의 비가 필요하다”라며 “전일 비가 내린 것은 다행이지만 해갈에는 역부족이다”라고 말했다.

우리나라는 6~9월 장마와 더불어 태풍의 영향도 적지 않게 받는다. 태풍이 오면 기록적인 폭우를 퍼붓는 경우가 많아 기피 대상이 되는 자연현상이다. 하지만 올해 보령권관리단 직원들은 오히려 태풍이 오길 손꼽아 기도했다.

2년간 장마철에 비가 적게 내리면서 태풍이 부족한 강우량을 메워주길 바랐던 것이었다. 하지만 2015년 우리나라를 관통하고 지나간 태풍은 전무했다. 박 팀장은 “가뭄이 심각해지고 있어 태풍이라도 와주길 기다렸지만 결국 태풍마저 도와주질 않았다”면서 “도수로 건설공사를 조속히 마무리해 2016년 6월 장마철까지 최대한 버틸 수 있도록 만전을 기할 것”이라고 말했다.

3장

끊임없는 고민과 끝없는 보람

최유석

인천공항세관 납세심사팀, 법무법인 상대 38연승을 거두다

국내 대형 로펌을 상대로 '38연승 신화'를 써내려가는 조직이 있다. 국내에서 내로라하는 법무법인을 상대로 2014년 이후 단 한 번도 지지 않았다. 법적 문제가 있는 사람이라면 관심을 가질 만한 이 조직은 인천공항세관 납세심사과 납세심사팀이다. 연전연승도 놀랍지만 더 놀라운 것은 로펌을 상대로 한 소송에서 이긴 직원들이 변호사가 아닌 일반인이라는 점이다. 추징세액을 조금이라도 덜 내려는 납세자가 국내 최고 대형 법무법인을 내세웠지만 국익을 지키겠다는 강한 의지와 독학 등을 통해 쌓은 법률 지식으로 완승을 거두고 있는 것이다.

패배? 모릅니다! 38연승 신화

인천공항세관 납세심사과는 인천국제공항 수입통관 이후에 발생하는 모든 관련 업무를 처리하고 있다. 박상덕 납세심사과장이 전체 조직을 관리하고 있고 납세심사팀과 심사2계, 징수계로 구성돼 있다. 수입 신고 건별로 사후 심사를 하는 것은 물론, 납세자의 조세 불복에 따른 심판청구와 소송 업무를 수행하고, 통관 후에는 납세자가 납기 내에 세금을 납부하지 않을 경우 체납을 관리하는 등의 업무를 진행한다. 또 수출용 원재료에 대한 관세환급도 담당하고 있고, 자유무역협정(FTA) 사후적용신청에 대한 처리도 담당하고 있다.

납세심사과에서 납세심사팀은 수입 신고 건별 사후 심사와 납세자의 조세 불복에 따른 심판청구 및 소송 업무를 수행한다. 오영진 주무를 팀장으로 김기형, 정현주, 최유석, 김상미, 김은수, 문경환, 김영희, 이선미, 홍진숙 관세행정관 등 10명으로 구성돼 있다.

납세심사팀은 다시 소송을 담당하는 쟁송전담팀과 심사정보분석팀으로 구분된다. 이 중 쟁송전담팀은 오 팀장과 문경환 관세행정관, 김영희 관세행정관 3명이다. 이들 3명이 국내외 로펌을 상대하고 있는 것이다. 이들은 이전에는 '법'과는 전혀 연관이 없는 업무를 했다. 그러나 현재는 인천공항세관에서 '준 변호사' 대접을 받을 정도로 해박한 지식을 갖고 있다.

오 팀장은 "최고의 변호사들에 맞서 직원들이 직접 답변서를 작성하고 법정에 출석해서 대형 로펌 변호사들과 치열한 법리 논쟁을 벌이고 있는 상황"이라면서 "처음 업무를 맞게 되면 상당히 힘들어 하지만 유능한 직원들이어서 6개월 정도가 지나면 적응을 하는 것은 물론 전문가 수준의 지식도 갖게 된다"고 말했다.

납세심사팀이 소송 전면에 나서지만 후방에서 지원하는 막강한 전문가도 있다. 통관지원과 최정은 관세행정관과 수입1과 김용섭 관세행정관, 조사관실 김영기 조사행정관 등이 각 분야에서 전문적인 지식과 노하우를 전하고 있다. 외부에서도 고문 변호사를 통해 자문을 받기도 한다.

쟁송전담팀의 노력과 각 분야별 전문가들의 도움으로 거둔 38연승을 통해 인천공항세관은 500억 원 이상의 탈루를 막았다.

문경환 관세행정관은 “새로운 분야에다 전문적인 지식도 필요한 업무여서 사실 처음에 적응이 쉽지는 않았다”면서 “그러나 소송에서 승소해 세금 탈루를 막으면 힘든 것은 사라지고 큰 보람만 남게 된다”고 말했다.

현재 인천공항세관이 국내외 로펌과 진행 중인 소송은 10건, 조세심판원에 제기된 심판청구는 49건에 달한다.

최일선에서 국민 건강도 보호

납세심사팀은 최일선에서 국민 건강을 보호하는 역할도 한다. 국민 건강에 해가 될 가능성이 있는 동식물에 대해서는 정상적인 수입 통관 절차를 밟았다고 하더라도 통관을 보류하고 있는 것이다.

대표적인 사례가 한때 세간의 큰 관심을 끌었던 애완용 타란툴라 독거미 사건이다. 당시 타란툴라 독거미 수입업자는 환경부의 수입 허가를 받고 정상적으로 수입을 진행했다. 그러나 납세심사팀은 수입 통관을 보류했다. 국민 건강에 해를 끼칠 수 있는 것에 대해서는 수입 통관을 보류할 수 있다는 관세법 273조를 들어 수입을 막은 것이다.

수입업자는 당연히 수입을 허가해달라며 소송을 걸었고 1심과 2심에서는 세관이 패했다. 그러나 세관심사팀은 전 세계적으로 타란툴라 독거미로 발생한 피해 사례를 수집하고 국민 건강에 어떻게 나쁜 영향을 미칠 수 있는지 관련 자료를 보강, 대법원에 제출했다. 최종 결과는 승소. 수입업자가 2년 후 재심 청구를 하기는 했지만 고등법원에서 기각됐고, 대법원에서는 상고 기각이 돼서 결국 최종 승소로 마무리됐다.

오 팀장은 "현재도 우리나라에는 국민 건강에 나쁜 영향을 끼칠 수 있는 위험한 동식물은 수입하지 못하게 막을 수 있는 현행법이 없다"면서 "유일하게 관세법으로 수입 통관을 보류시킬 수 있는 중요한 판례를 이끌어낸 것이어서 대단히 중요한 사건"이라고 설명했다. 이어 "타란툴라 독거미뿐 아니라 요즘 애완용 파충류와 식물이 인터넷에서 거래되고 있다"면서 "국민 건강에 해가 될 여지가 있는 제품은 수입 허가 요건을 갖췄다고 해도 통관이 되지 않을 수가 있으니 사전에 알고 수입을 추진할 필요가 있다"고 덧붙였다.

해외에서 국내 기업 보호 역할도

납세심사과는 국내뿐 아니라 해외에서도 논리 싸움을 자주 펼친다. 다만 국내와 다른 것은 해외에서는 국내 기업, 넓게는 우리나라의 이익을 위해 다른 국가의 세관과 치열한 논리 전쟁을 진행한다는 것이다.

실례로 지난 2008년 우리나라는 유럽연합(EU)와 DMB폰(TV 수신 기능이 있는 휴대전화)을 놓고 분쟁 중이었다. 국내 기업이 독일에 수출한 DMB폰에 대해 독일 세관 당국이 휴대전화(관세 0%)가 아닌 TV 수신기(관세 14%)로 분류하면서 분쟁이 발생한 것이다. 당시는 국내 기업들이 정보기술(IT) 융합에 의한 다기능 휴대전화로 EU 시장

공략을 강화하는 시점이어서 결과에 따라 큰 타격을 받을 수도 있는 상황이었다. 실제 2008년 1년간 삼성전자와 LG전자 등 국내 휴대전화 업체가 독일, 프랑스, 이탈리아 등 EU 8개국에 DMB폰을 수출하면서 1,400만 유로의 관세를 부담하기도 했다.

그러자 관련 업계가 관세청 관세평가분류원에 분쟁해결 지원을 요청했고, 납세심사팀은 국내 기업에게 유리한 논리를 개발했다. 이후 납세심사팀이 개발한 논리를 갖고 관세청은 당시 재정부, 외교부 등 관련 부처와의 공조 등 다양한 채널을 통해 우리나라에 유리한 결론을 이끌었다. 이를 통해 국내 기업들은 2007년과 2008년 이미 납부한 관세를 환급받은 것은 물론 연간 수천억 원의 관세 부담에서 벗어나게 됐다.

하루 평균 3만 5천여 수입 신고서 검토

납세심사팀의 다른 주 업무는 수입 신고를 사후에 심사하는 일이다. 수입업자가 수입 제품에 대한 신고서를 제출하면 수입업자의 업무 편의를 위해 그대로 통관시킨다. 이후 품목 분류는 제대로 됐는지, 과세 가격은 적정한지를 분석하는 것이다.

김기형 관세행정관과 정현주 관세행정관 등 심사정보분석관들이 하루에 분석하는 수입 신고서는 3만~3만 5천 건. 한 명당 평균적으로 최대 5천 건의 수입 신고서를 분석해야 한다. 쟁송전담팀이 탈루를 방지하기 위한 다소 방어적인 입장을 취하고 있다면, 심사정보분석팀은 놓친 세수를 다시 확보하는 데 주력하고 있다.

멀리서 보이는 김기형 관세행정관의 모니터는 보기만 해도 업무 강도가 센 것을 알 수 있었다. 43.18cm(17인치)의 모니터에 떠 있는 엑셀 프로그램은 수입 신고서 내용으로 가득 차 있었다. 한눈에 다 들어오지 않을 정도로 많은 양의 엑셀을 보고 문제가 있는 신고서를 찾아내는 것이 김 관세행정관을 포함한 심사정보분석팀의 업무다.

오 팀장은 "사실 방대한 수입 자료를 컴퓨터로 분석해서 찾아내야 하는 만큼 직원들의 업무처리에 대한 어려움은 상상을 초월한다"고 고충을 토로했다.

그래도 심사정보분석팀은 매달 1,800건가량의 잘못된 수입 신고서를 찾아내고 평균 8억~9억 원가량의 놓칠 뻔한 세금을 추징한다. 현재까지 84억 원의 세금을 추징했고, 연말까지 107억 원의 세금을 확보하는 것이 목표다.

물론 세금을 추징하는 것뿐 아니라 세금을 돌려주는 일도 많다. 처음에 일정 수준의 관세를 부과했지만 납세자의 이의 제기가 있었고, 그것이 타당하다고 결론이 나면 받았던 세금을 돌려주는 것이다.

세금을 제대로 부과하기 위해 직원들은 최신 정보기술(IT) 제품에 대해 '얼리 어답터'가 되기 위해 말 그대로 '주경야독晝耕夜讀'을 하고 있다. 통관되는 제품 중 상당수가 IT 품목인데, 해당 제품은 물론 그 제품을 구성하고 있는 부품까지도 이해하고 있어야 적정한 수준의 과세를 결정할 수 있기 때문이다.

납세심사과를 활용하라 조언

납세자를 대상으로 세수를 확보하는 것이 주된 일인 만큼 애로사항도 많다. 세금 추징에 불만을 품은 납세자의 항의 전화, 항의 방문, 직원을 상대로 소송을 제기하는 사례도 빈번하게 발생하기 때문이다. 소송 당사자가 되면 담당 업무를 계속해서 진행해야 하는 것은 물론, 본인에 대한 소송 변호도 직접 해야 하는 상황이다.

직원이 상대적으로 모자라는 것도 힘든 점 중에 하나다. 최근 해외 직구가 급증하면서 사후 처리도 폭발적으로 늘어나고 있어 직원들의 업무에 대한 피로도 늘어나고 있기 때문이다. 최소한 현재 인원보다 3명 정도는 더 많아야 업무가 효율적으로 돌아갈 것이라는 게 현장의 목소리다.

납세심사팀은 통관 이후에 가격 할인을 받은 경우, 환불한 경우, 반품한 경우 등 수입 통관 이후에 발생하는 모든 문제도 처리하고 있다.

납세심사팀은 납세자가 세제 혜택을 최대한 누리고 예기치 못한 세금을 부과받지 않기 위해서는 납세심사과를 적극적으로 활용할 필요가 있다고 조언하고 있다. 세금을 부과하다 보니 바라보는 시선이 그리 우호적이지는 않지만 최대한 가까이하고 자주 문의를 하면 그만큼 예기치 못한 세금을 부과받을 가능성이 낮다는 것이다.

인천국제공항 계류장 운영팀 & 이동지역관리팀, 1분의 오차도 허락하지 않는 활주로 위의 사람들

항공기는 하늘에 떠 있을 때가 가장 평온하고 안전하다. 그러나 지상에 내려온 이후부터는 한 순간도 눈을 뗄 수가 없다. 대부분의 항공 사고는 하늘보다는 공항에 착륙한 후 지상에서 벌어지기 때문이다.

인천국제공항에 착륙하는 항공기는 하루 평균 830회다. 착륙하는 비행기들이 무사히 다시 이륙할 수 있도록 하기 위해서는 전문가들로 구성된 전담팀이 24시간을 1분 단위로 쪼개서 쓸 정도로 살인적인 스케줄을 소화해야 한다. 그들이 바로 지상에 들어온 항공기의 일거수일투족을 추적 · 관리하고, 활주로 바닥에 떨어진 너트 하나까지 체크하는 '계류장 운영팀'과 '이동지역관리팀'이다. 이들을 비롯한 에어사이드 운영처의 노력으로 인천국제공항은 2001년 3월 29일 개항한 이후 단 한 차례의 항공기 사고도 발생하지 않았다.

오차를 허용하지 않는 계류장 운영팀

2015년 11월 10일, 인천국제공항 계류장 운영팀이 근무하고 있는 계류장 관제탑을 찾았다. 항공기가 지상에 내린 이후부터는 계류장 운영팀에서 모든 것을 관할한다. 항공기를 세워두는 '주기장' 배분부터, 수화물 적재 · 적하, 급유, 탑승게이트 배정에 이르기까지 비행기가 땅에 내린 직후 다시 뜨기 직전까지 모든 것을 이곳에서 관리한다.

계류장 운영팀은 총 20명으로 구성돼 있다. 이 인원들은 4인 1조로 구성돼 3교대로 24시간 운영된다. 운영팀이 하는 가장 기본적인 업무는 항공 운항 정보를 생산하는 일이다.

인천국제공항의 항공기 운항 스케줄은 매년 3월과 10월에 정기적으로 생성된다. 항공사에서 항공 운송 사업계획 신청서를 국토부에 제출해 승인을 받으면, 인천국제공항 계류장 운영팀이 이를 넘겨받아 공항 운영의 핵심 시스템인 '운항정보관리 시스템(FIMS)'에 이 계획을 입력한다.

공항에 가면 항공기의 편명과 출발, 도착 시간이 표시돼 있는 대형 디스플레이를 흔히 볼 수 있는데, 여기에 나오는 정보들이 모두 계류장 운영팀에서 생산한 것들이다.

운항 정보는 5분 단위로 촘촘히 짜여져 있는데, 공항에서 벌어지는 모든 업무는 이 정보를 토대로 진행되기 때문에 계획 수립부터 진행에 이르기까지 한 치의 오차도 없도록 하는 것이 관건이다.

온동훈 인천공항공사 운영본부 운영계획팀 과장은 "해당 항공편이 들어오면 수화물대 배정, 승객용 게이트 배정 등을 지정하는데,

승객뿐 아니라 공항 업무 종사자들 전원이 이 스케줄에 따라 움직인다"며 "그러나 항공기가 늦거나 빨리 들어오거나 하는 경우 이 일정들을 수시로 조정하면서 차질이 없도록 해야 하기 때문에 24시간 근무를 한다"고 말했다.

인천국제공항의 하루 평균 항공기 운항 횟수는 개항 원년 312회이던 것이 2015년에는 3배 이상 증가해 830회를 기록하고 있다. 운항하는 항공기 숫자가 늘어나면서 운영 환경도 복잡해졌다. 국내외에서 자주 발생하는 전염병이 발생하거나 항공 테러 가능성, 화산·지진 등 환경변화 등은 항공사의 정기 스케줄 운영에 큰 변수로 작용한다.

항공기 한 대가 너무 늦게 오거나 반대로 빨리 올 경우 그 뒤로 이어지는 모든 항공편의 주기장, 게이트, 수화물대 배정을 다시 해야 한다. 가령 탑승 게이트가 바뀔 경우 해당 항공사의 업무 인력들이 모두 이동을 해야 하며, 승객들도 혼선이 올 수 있다.

강성구 계류장 운영팀 차장은 "항공기가 연착되거나 늦어질 경우 탑승 게이트 등 자원을 재분배해야 하는데, 이 과정에서 항공사들의 불만들이 쏟아지기도 한다"며 "항공사 입장에서는 자사 승객들의 불편과 클레임을 최소화하는 게 중요하기 때문"이라고 말했다.

잠들지 않는 계류장 운영 업무

계류장 운영팀은 아침부터 저녁까지 숨 가쁜 일정을 소화하지만, 특히 오전 7~8시, 오후 4~7시가 가장 바쁘다. 이 시간대에 출입국 고객들이 몰리기 때문이다.

계류장 운영팀의 조별 근무자들이 일하는 관리소의 천장에는 초대형 모니터가 여러 개 달려 있다. 각각 비행 중인 항공기, 착륙해 있는 항공기들을 표시하는 레이더와 각 항공기들에 대해 진행되고 있는 작업 내용들이 빼곡히 표시되고 있다. 근무 중인 직원들의 책상에도 대형 모니터들로 가득 채워져 있었는데 모두 시간대별로 착륙한 비행기들에 대한 운영 계획들이다.

교대로 근무하는 계류장 운영팀의 1개조는 조장, 당일 주기장 운영, 수화물대 배정, 익일 주기장 운영 계획 등으로 업무가 나뉘어 있다. 여기에 정시 출퇴근하는 일근자 2명을 포함해 6명이 근무한다.

공항에 들어온 모든 항공기는 분 단위로 쪼개진 일정에 따라 지정된 주기장에서 기다리고, 화물작업 작업을 끝마치고, 정해진 게이트에서 정확한 시간에 승객들을 태우거나 내려야 한다. 1분만 어긋나도 뒤이어 몰려드는 모든 항공편이 지연되고, 수천 명의 승객과 항공사 운영요원 및 공항에 입주한 모든 관계기관들의 업무 스케줄이 차질을 빚기 때문에 운영팀의 업무 강도는 상당히 높은 수준이다.

정경성 계류장 운영팀 차장은 "전일 세운 계획대로 계류장 운영이 진행될 때는 별 문제가 없지만, 만일 어느 한 부분에서 늦어지면 그 이후 스케줄까지 모두 밀리기 때문에 그때부터는 비상상황"이라며 "계류장 운영팀에서 수립 · 관리하는 항공기 운항 정보에 따라 모든 항공기와 승객들, 입주기관, 조업사의 활동 계획이 좌우되기 때문에 최대한 차질 없게 수습하는 게 관건"이라고 말했다.

이 때문에 현장에서 직접 조별 근무를 서는 인력들은 식사도 제때 못 할 때가 많다. 화장실도 관리소 안에 설치해 업무 공백 시간을 최

소화하도록 했다. 계류장 운영팀은 운영 계획 수립과 함께 항공사들 간에 자원 배분 문제로 갈등이 생겼을 경우 이를 중재하는 역할도 해야 한다. 항공사들 입장에서는 자신들에게 최대한 편리한 게이트나 수화물대를 배정받고 싶어하기 마련이다. 이 때문에 항공사들이 간혹 제기하는 불만을 해결해주는 것도 주요 업무다.

정 차장은 "계류장 운영팀에서 배정한 운영 계획안은 항공사들이 의무적으로 따라야 하지만 항공사들의 사정도 고려해 문제가 생길 경우 최대한 해법을 찾으려고 노력한다"며 "항공사들끼리 양보를 통해 해결할 수 있도록 중재안을 내기도 한다"고 설명했다.

현재 인천국제공항에는 제2여객 터미널이 건립되고 있다. 이 터미널이 완공되면 항공기 운항 횟수가 크게 늘어나기 때문에 계류장 운영팀도 인력을 확충해야 한다.

하루 활주로 4회, 유도로 2회 이상 점검

이날 오후 2시, 인천국제공항 에어사이드에 위치한 이동지역안전관리소. 형광색 겉옷을 걸친 이동지역관리팀 직원 2명이 사무실을 나와 자동차를 타고 활주로로 들어섰다. 공항의 생명줄이라 할 수 있는 비행기가 뜨고 내리는 활주로와 유도로를 점검하기 위해서였다. 활주로 또는 유도로에 타이어 잔해나 드라이버 등 이물질이 있을 경우 대형사고로 이어질 수 있기 때문이다. 이들이 활주로와 유도로를 한 바퀴 도는 데 소요된 시간은 2시간여. 바닥에 떨어진 것이 있는지 확인하고 이동해야 하기 때문에 속도를 낼 수 없다.

이동지역관리팀 직원들은 하루에 이 같은 점검활동을 활주로는 최소한 4차례, 유도로는 최소 2차례 진행한다. 오전 8시 30분을 시작으로 오후 2시, 저녁, 새벽까지 점검활동을 진행하는 것이다.

그렇다고 아무 때나 활주로 등을 돌아볼 수 있는 것은 아니다. 하루 830여 차례나 비행기가 뜨고 내리는 지역을 점검하는 것인 만큼 안전을 위해 관제탑의 허락을 얻은 후에야 가능한 것이다. 이에 따라 점검은 착륙하는 비행기의 뒤를 따라 이뤄지는 경우가 많고, 직원 2명의 업무는 철저하게 분업화돼 있다. 한 명은 차량을 운전하면서 점검을 하고 다른 한 명은 관제탑이랑 교신하면서 도로 상태를 살핀다. 주로 자동차로 이동하면서 활주로 상태를 점검하지만 자세한 점검이 필요할 때는 도보로 이동하면서 점검활동을 벌인다.

사고와 직결될 수 있는 활주로 상태를 점검하는 이동지역관리팀은 4개조, 총 22명으로 구성돼 있다.

박진영 이동지역관리팀 이동지역안전관리소장은 "이동지역안전관리소는 일 년 365일 24시간 동안 지속적으로 공항 안전을 위한 점검활동을 하고 있다"면서 "항공기 운항에 지장을 초래할 수 있는 각종 이물질을 제거하는 것은 물론, 공항시설 파손·복구 등의 업무도 수행한다"고 설명했다.

이동지역관리팀은 또 교통경찰과 같은 역할도 진행하고 있다. 우선 에어사이드 내에서 운전하는 직원들을 대상으로 운전교육을 실시하고 운전승인서를 발급해준다. 운전승인서 없이 에어사이드에서 운전하는 것은 일반도로에서의 '무면허'와 같은 처벌을 받는다. 이동지역관리팀이 운전승인서를 발급하고 있는 것은 운전기준 등에 차이가 있기 때문이다. 실례로 에어사이드 내에서는 일반도로 중앙선 색을 나타내는 노란색 대신 검은색이 칠해져 있다. 또 중간중간 운전자들이 반드시 지켜야 하는 'STOP' 사인도 있다.

박 소장은 "운전교육은 기준을 알게 하려는 목적이 가장 크다. 80점 이상 통과해야 한다"면서 "만약 기준을 어길 경우 서울지방항공청에 위반 사실을 통보한다"고 말했다. 기준 위반이 경미할 경우에는 일정기간 운전 정지, 심할 경우에는 운전 취소 등의 처분을 받고 있다.

현재 에어사이드에서 운전을 해야 하는 직원 수는 7천여 명. 이들은 무조건 시험을 통해 운전승인서를 발급받아야 하고, 6개월에 한 번씩 교육도 받아야 한다. 이렇다 보니 운전승인서를 발급하는 것도 이동지역관리팀의 큰 역할 중 하나다. 하루 평균 80여 명, 많으면

120여 명이 이동지역안전관리소에 있는 운전교육장에서 교육을 받고 있다.

서울 성동구 희망일자리센터, 인생설계를 도와주는 맞춤형 일자리센터

일자리 창출이 우리 사회 최고의 가치로 부상했다. 지난 2008년 금융위기 이후 경기 부진이 이어지면서 일자리에 대한 요구는 폭발하고 있지만 경제 여건이 이를 수용하지 못하고 있기 때문이다. 지표를 봐도 체감실업률 10%를 넘은 상황이다. 특히 실업 문제가 고학력 청년층과 은퇴를 앞둔 장년층에 집중되면서 심각성을 더하고 있다. 이 같은 사회 분위기에 눈여겨볼 만한 곳이 서울 성동구다. 성동구는 2015년 5월과 7월 각각 고용노동부가 주최한 '2015년 전국지방자치단체 일자리 대상' '2015년 전국기초단체장 매니페스토 우수사례 경진대회 일자리 분야'에서 최우수상을 수상했다. 수상 당시 성동구는 연평균 창출 목표의 120%가 넘는 일자리를 만들어낸 점을 높이 평가받았다.

성동구가 일자리 정책에서 성과를 낼 수 있었던 이유는 2014년 6월 만들어진 '희망일자리센터'와 같은 현장밀착형 서비스가 주효했다는 평가다. 기존 성동구는 일반 자치구와 동일하게 '취업정보은행'을 운영하고 있었다. 구청 9층에 사무실이 있던 취업정보은행이 하던 일은 단순 일자리 정보 제공이었다.

이같이 정적인 업무방식을 탈피하고 적극적인 현장서비스를 제공하자는 취지에서 2014년 6월 만들어진 조직이 희망일자리센터다. 적극성을 보이기 위해 위치도 구청 9층에서 1층으로 옮겼다.

센터에서 일하는 사람은 직업상담사 3명과 보조인력 6명 등 총 9명으로 많지 않은 수준이다. 이들은 구인 · 구직 맞춤형 상담 및 취업연계 서비스 제공, 구인 발굴단 · 구직 상담실 운영 및 취업 지원 프로그램 운영, 각종 직업훈련, 교육정보 제공 등 다양한 일자리 지원 등을 하고 있다. 숫자는 적지만 이들은 2015년에만 8,124건의 취업을 알선했고, 이 가운데 2,003명(2015년 10월 1일 기준)이 취업에 성공하는 등 높은 성과를 내고 있다.

현장에서 해답을 찾다

성동구 희망일자리센터는 현재 구인 · 구직자들의 만남의 장인 '일 잡(Job)는 데이(Day)', 우수 구인 기업을 발굴하고 채용정보를 수집해 구직자와 구인자를 연결해주는 '찾아가는 일자리 발굴단', 구직이 필요한 주민들을 직접 찾아가 관련 상담을 해주는 '찾아가는 일자리 상담실', 전역 예정 병사들의 군복무 이후 인생설계를 돕는 '전역 예정 병사 직업심리검사' 등의 사업을 주기적으로 진행하고 있다.

이 가운데 2015년 11월 10일 서울 금호로 신금호역에서 열린 '찾아가는 일자리 상담실' 행사에 동행했다.

찾아가는 일자리 상담실은 희망일자리센터와 대한은퇴자협회가 공동으로 주관해 매주 화요일 성동구 주요 지역에서 운영하고 있다. 상담실이 성과를 낼 수 있는 비결은 현장에서 이뤄지는 상담인데도 질이 높다는 점이다. 실제 현장에서 중장년층의 상담이 많다는 점을 고려해 대한은퇴자협회 회원 1~2명이 함께 상담을 진행하고 있었다.

성동구 일자리정책과 백진태 주무관은 "찾아가는 일자리 상담실은 2014년 3월부터 시작됐고 월 2회 정도 운영됐다"며 "성과가 예상보다 높게 나오면서 2015년 10월부터는 월 4회로 늘려 운영 중이다. 행사를 통해 구인구직을 알선한 사례는 116건 정도"라고 밝혔다.

상담실이 평일 오후 2시부터 5시까지 운영된다는 점 때문에 아무래도 바쁜 일정이나 생활고 등으로 구청을 방문하기 어려운 주부, 어르신 등 40~50대 이상 중장년층 구직자의 호응이 높았다.

성동구 일자리정책과 희망일자리센터 이경선 주무관은 "주로 컴퓨터를 다루지 못하는 분들이나 취약계층에서 많이 찾고 초기 구직카드 작성과 같은 초기 상담이 주를 이룬다"며 "지하철역에서 진행

할 경우 40대 이상의 중장년층이 많이 오고, 한 번 나올 때 5~6명 정도 상담을 진행한다"고 전했다.

이날도 신금호역을 이용하던 어르신들이 찾아가는 일자리 상담실을 찾아 궁금한 점을 물어보고 구직 카드를 작성하는 모습을 볼 수 있었다.

이경선 주무관은 "취업에 대한 정보를 모르는 분이 많아 안타깝다. 따라서 개인 역량에 맞는 일자리를 연결해주는 것이 중요하다고 본다"며 "어르신들의 경우 빌딩이나 아파트 경비, 급식보조 등이 주를 이룬다. 30~40대 여성은 노동부에서 하는 취업정보 패키지를 연결해주고 있다"고 설명했다.

청년을 위한 사업도 선보여

성동구 희망일자리센터만의 특색 있는 정책을 꼽는다면 '전역 예정 병사 직업심리검사' 사업이다. 현재 희망일자리센터에서는 성동구 관내 예비군의 관리운영에 관한 권한을 위임받은 수임군부대의 전역 예정 병사를 대상으로 '직업심리검사'를 실시하고 있다. 직업심리검사는 월 1회 진행되고 2015년 10월까지 총 5회 열렸다.

2015년 2월부터 시작된 전역 예정 병사 직업심리검사는 참여자가 150개의 직업카드를 분류한 것을 토대로 성격과 적성을 분석하고 이에 맞는 직업군을 탐색, 진로에 도움을 주는 프로그램이다. 검사 결과가 나오면 직업상담사와 참여자가 일대일 상담을 한 후 이메일 또는 우편을 통해 전달된다.

성동구 일자리정책과 이진숙 주무관은 "다른 지자체에는 전역 예정 병사를 상대로 취업 컨설팅을 해주는 곳이 없는 것으로 안다"며 "최근 청년 취업이 큰 사회문제라는 지적이 나오고 있다. 그러나 희망일자리센터에서 진행되는 구인구직이 대부분 중장년층에 집중되는 한계를 극복하기 위해 청년세대인 전역 예정 병사를 대상으로 일자리사업을 시작하게 됐다"고 말했다.

맞춤형 직업능력개발 훈련

성동구는 희망일자리센터를 중심으로 올해 다양한 일자리 정책을 실시하고 있다. 성동구의 주요 정책은 지역특화산업인 수제화 · 의류패션 · 정보기술(IT)산업 활성화를 위한 '전문인력 양성', 경력단절 여성 · 결혼이주민 · 베이비붐세대 등 '다양한 계층별 직업훈련' 추진을 중심으로 구성됐다.

특히 주목할 부분은 성동구만 할 수 있는 수제화 전문인력 양성이다. 이 사업은 성수동 수제화 산업의 전통을 계승할 수제화 기능인력 양성을 위한 기초 및 심화과정이다. 교육훈련 상 · 하반기 각각 30명씩 총 60명이 일 년 동안 배출된다. 수제화 전문인력 양성은 성수동 수제화 재도약을 뒷받침하는 지원사업의 역할을 할 전망이다.

성동구 성수동 일대가 제화업의 '메카'로 떠오른 것은 1980~1990년대다. 1960년대 서울역 인근 염천교에 자리 잡은 구두 공장과 구두 가게들이 조금씩 성수동으로 옮기더니 외환위기를 전후해 대거 성수동으로 몰려왔다. 한때 수제화의 40% 이상이 이곳을 거쳐 전국으로 유통되기도 했다. 하루에 1만 켤레 이상이 팔릴 정도로 전성기를 누렸다. 그러나 2000년대 들어 외국산 저가 구두 공세로 주춤하고 있는 것이 현실이다.

성동구는 2016년 20억 원을 시작으로 2020년까지 100억 원 규모의 사회·경제 활성화 기금을 조성한다. 또 오는 2018년까지 서울 왕십리로 서울숲 인근에 특화산업종합지원센터 등 1만m^2 규모의 특화산업 클러스터도 만드는 등 다각도의 노력을 기울이는 중이다.

신규 일자리 창출 차원에서 성동구는 성수동 서울숲 진입로에 2015년 12월 개소를 목표로 '언더스탠드 에비뉴' 조성사업도 진행 중이다.

성동구와 롯데면세점, 문화예술사회공헌네트워크(ARCON)와 혁신적인 사회공헌 창조공간 조성에 대한 협약을 맺고 '언더스탠드 에비뉴' 조성계획을 추진해왔다. 언더스탠드 에비뉴는 성동구와 롯데면세점, ARCON이 취약계층의 자립을 돕고 사회활동가, 예술가, 시민 등 누구나 즐길 수 있게 114개의 컨테이너로 조성한 복합 문화공간이다. 이번 프로젝트로 앞으로 5년간 약 6천 명이 일자리를 얻을 수 있을 것으로 내다봤다.

성동구 관계자는 "언더스탠드 에비뉴 조성은 유스스탠드와 소셜스탠드, 오픈스탠드, 아트스탠드 등 7개 스탠드로 운영할 예정"이라며 "청소년 일터 학교 운영, 혁신적인 청년창업 허브 공간 등으로 활용할 계획"이라고 설명했다.

LH 마이홈 상담센터, 주거복지 사각지대에 내 집 마련 꿈을 심다

"살고 싶은 의지가 생겼어요."

서울 양천구에 거주하고 있는 김모 씨는 최근 '마이홈 상담센터'를 통해 삶의 의지를 되찾았다. 김씨는 그간 마음 좋은 지인의 배려로 거주 문제를 무상으로 해결했지만 본인이 기초생활수급 대상인지조차 알지 못한 채 지내왔다. 어느 날 주민센터를 방문한 김씨는 기초생활수급 및 주거급여 대상자에 해당될 수도 있다는 주민센터 직원의 말을 듣고 마이홈 상담센터를 찾았다. 마이홈 상담센터 상담사는 몸이 불편해 경제활동을 전혀 할 수 없었던 김씨에게 주거급여를 받기에 앞서 기초생활수급자로 선정되기 위한 과정을 함께 돕기 시작했다. 마이홈 상담센터 상담사의 도움으로 김씨는 최근 기초생활수급자로 선정돼 주거급여를 받기 위한 요건을 갖췄다. 김씨는 "지금까지 아무것도 되지 않을 것이라 생각하고 지냈는데 마이홈 상담센터 도움으로 기초생활수급도 받을 수 있게 됐다"며 "이제 주거급여를 받는 데도 적극적으로 용기를 내볼 것"이라고 말했다.

남편이 행방불명된 최모 씨는 아들과 딸을 혼자 키우고 있었다. 전세 보증금 5,500만 원 집에서 지내던 최씨는 전세 계약 만료가 코앞으로 다가오자 눈앞이 캄캄해졌다. 집주인은 최씨가 살던 집에 누수 공사를 했는데도 개선되지 않자 보수한다며 집을 비워줄 것을 통보했다. 급기야 집주인은 전세 계약 연장을 위해서는 현재 전세금에 2,500만 원을 더한 8천만 원을 요구했다. 최씨는 인근 지역에 전세 매물로 나온 1억 1천만 원대 주택을 계약하고 싶었지만 전세 보증금 5,500만 원과 여유자금 1천만 원을 합해도 4,500만 원이 부족했다. 이에 따라 마이홈 상담센터에서 기금 상담을 받은 최씨는 무직자도 최대 4천만 원까지 대출이 가능한 '버팀목 대출'을 통해 전세 계약을 성사시킬 수 있었다.

한국토지주택공사(LH)가 주거지원 정책 전반에 대한 전문적인 상담 서비스 '마이홈 상담센터'를 통해 특히 주거 빈곤층에게 삶의 희망을 심어주고 있다. 2015년 12월 2일 LH에 따르면 마이홈 상담센터는 생애주기별 맞춤형 주거지원 정책 전반에 걸친 정보를 제공하는 원스톱 주거지원 안내 시스템이다. 2015년 9월 국토교통부가 발표한 '서민 · 중산층 주거지원 강화 방안' 및 정부 3.0 시책의 일환으로 시작됐다.

마이홈 상담센터는 주거지원 상담을 필요로 하는 국민에게 정부 행복주택 · 주거급여 · 뉴스테이 · 공공임대주택 · 기금대출 등 정부의 주거지원 정책 통합 안내와 함께 개인별 맞춤 상담 서비스를 제공하고 있다. 지자체와 비영리단체(NGO) 등 유관기관 및 단체와 협업을 통한 거버넌스도 구축하고 있다.

2015년 12월 1일부터 전국 36개소 운영 돌입

각종 주거지원 정책 전반에 대해 전문적인 상담을 받을 수 있는 마이홈 상담센터는 2015년 10월 21일 서울 영등포구와 경기 수원시 등 2곳에 시범 개소해 시민들의 좋은 반응을 이끌어냈다. 12월 1일부터는 LH가 운영하는 기존 주거복지센터(28곳) 외에 8개 LH지역본부에도 상담센터를 설치해 총 36개의 마이홈 상담센터를 운영하고 있다.

마이홈 상담센터는 적게는 2명에서 많게는 4명의 상담직원들이 주거지원 정책과 기금에 대한 상담을 하고 있다. 이 가운데 가장 규모가 큰 서울 강서권 마이홈 상담센터에는 주거복지 전문 상담사 3명과 은행에서 파견된 기금 상담원 1명 등 총 4명이 상담을 맡고 있다.

2015년 10월 개소한 강서권 마이홈 상담센터는 11월 30일 기준 총 388건의 상담이 진행됐다. 특히 상담센터를 찾은 방문객은 50대와 60대 이상이 각각 21%, 43%를 차지했다. 전체 상담자의 절반을 넘는 것이다.

LH 서울지역본부 강서권주거복지센터 최근식 차장은 "주로 차상위계층이나 저소득층, 장애인, 한부모가족 등 정보 사각지대에 놓인 분들이 마이홈 상담센터를 방문하고 있다"며 "또 공공주택에 관심 있는 신혼부부나 정부 정책에 대한 이해가 어려운 고연령층, 원룸이나 고시촌에서 거주하는 젊은 연령층도 일부 문의한다"고 전했다.

그는 “젊은 층의 경우 전화로 행복주택 공급계획 등에 대해 주로 문의하고 있다”며 “관할지역인 서울 외에도 경기 파주, 고양, 부천 등 인근지역 대상 주택도 안내하는 한편, 서울시 또는 지방공사에서 모집 중인 임대주택 등도 함께 소개하고 있다”고 설명했다.

주거지원 사업, 상담센터 만족도 높아

마이홈 상담센터를 찾는 이들 대부분은 임대주택 · 행복주택 · 주거급여 등 정부의 주거지원에 관한 제도(사업)가 있는지 몰랐던 사례가 많았다.

강서권 마이홈 상담센터 상담사 김동희 씨는 "마이홈 상담센터에 관해서도 임대료 고지시나 주거급여 조사원, 주민자치센터 소개 등을 통해 찾아오는 경우가 많다"며 "주민자치센터 소개로 오시는 분들이 70%에 달한다"고 밝혔다. 그는 "본인이 신용불량자여서 임대주택 신청이 불가능하다고 생각하거나 선순위 혜택인 국가유공자인데도 주거지원 제도를 몰랐다는 사례가 있었다"며 "앞으로 마이홈에 대한 홍보 활동도 다양하게 벌일 것"이라고 덧붙였다.

마이홈 상담센터를 찾으면 당장 집을 구할 수 있다고 오해하는 사례에 대해서도 신청 절차와 입주자 모집 공고 등을 상세히 설명해 상담센터를 찾는 사람들의 만족도가 높다고 한다.

김 상담사는 "고객의 어려운 사정을 듣고 따뜻한 위로의 말과 함께 사후까지 상담센터에서 관리해 드리겠다고 하면 다들 좋아하신다"며 "처음 찾아오신 분들의 '안 될 것'이란 생각이 점차 긍정적으로 변해가는 모습을 보면서 보람을 느낀다"고 말했다.

주거복지 환경, 맞춤형 서비스 다변화

LH 서울지역본부 강서권주거복지센터 염재현 센터장은 "주거정책 패러다임이 주택 공급의 양적 확대에서 주거복지의 질적 향상으로 전환됐고, 국민의 요구도 수요자 중심의 맞춤형 서비스로 변화되고 있다"며 "그동안 주거지원에 관한 정보들이 산재돼 국민들에게 필요한 정보를 제대로 전달하지 못하던 정보 비대칭 문제를 이번 마이홈 상담센터 개소를 통해 전문적인 주거복지 정보를 보다 쉽게 전달하는 체계적인 시스템을 정립하게 됐다"고 강조했다.

LH는 연내 '찾아가는 주거복지 서비스'도 추진할 예정이다. 찾아가는 주거복지 서비스는 주거급여 조사 시 거동이 불편해 마이홈 상담센터를 방문하기 어려운 취약계층을 대상으로 쪽방을 비롯해 주민자치센터를 방문하는 이동설명회다. 또 지자체 및 NGO 등 유관기관과 적극적인 연계 및 협업망도 구축할 계획이다.

LH가 실시하는 업무 가운데 주거급여 조사 업무는 특히 현장에서 주거취약계층의 상황을 파악하는 중요 업무로 꼽힌다. 기초생활수급자가 주거급여 신청을 하면 지자체에서 LH측에 주택조사 의뢰를 하게 된다. LH측 현장조사원이 신청인의 집을 방문해 임대차 계약관계를 비롯한 거주환경을 확인한 내용을 지자체에 통보한다. 지자체는 LH 측의 현장 확인 내용을 바탕으로 신청자의 소득·재산 상태 등을 검토한 뒤 주거급여 수급 여부를 결정한다. LH 서울지역본부 강서권주거급여사업소 강호영 차장은 "센터 내 조사 업무는 2014년부터 시작했다"며 "요즘은 계약기간 만료가 몰리는 시기여서 고시원과 쪽방까지 확인해야 할 물량이 많아 하루에 8곳에서 많게는 10곳까지 방문하기도 한다"고 설명했다.

이 밖에 LH는 각종 주거복지 정보를 통합 제공하는 온라인 서비스 '마이홈 포털(www.myhome.go.kr)'을 운영하고 있다. 마이홈 포털은 전국 100만 호 공공임대주택 정보를 통합 제공함으로써 과거 임대주택 정보가 개별 기관별로 제공돼 불편했던 점을 개선한 것이다.

또 자신의 소득·자산·가구 구성 등을 입력하면 '통합 자가진단 서비스'를 통해 내가 지원받을 수 있는 정부의 주거지원 정책 프로그램을 한 번에 확인할 수 있다.

기존 전화상담 서비스 LH콜센터를 확대 개편한 '마이콜센터(1600-1004)'를 통해 임대주택 입주정보를 비롯해 마이홈 포털에서 제공되는 뉴스테이 · 주거급여 · 행복주택 등 주거지원 정책 전반에 대한 상담도 제공한다. 전문적인 2차 상담을 위해 기금과 주거급여 콜센터는 별도 유지 운영된다.

개인별 맞춤 상담에 주력

"지난 25년 근무 가운데 마이홈 상담센터에서 서민 주거안정에 기여할 수 있어 가장 보람이 있습니다."

2015년 12월 1일, 서울 양산로 한국토지주택공사(LH) 서울지역본부 강서권주거복지센터 사무실에서 만난 염재현 센터장은 "마이홈 상담센터는 정부가 시행하는 주거복지정책 혜택 대상자 가운데 이런 사실을 모르는 이들을 찾아 주거지원에 대한 갈증을 해소시키는 데 주력하고 있다"고 말했다.

LH는 주거복지사업 등 내 집 마련이 어려운 취약계층에 안정적이고 저렴한 맞춤형 주거공간을 제공해 주거안정을 도모하고 있다. 특히 이번 마이홈 상담센터 개소를 통해 사회초년생 · 신혼부부를 비롯해 주거 수준이 열악한 저소득층까지 주거에 대한 불안감을 전문적인 개인별 맞춤상담으로 해소시켜주고 있다.

염 센터장은 "주거복지의 관점이 공급자 중심에서 수요자 중심으로 전환되면서 사회적 비용 절감 및 주거비 절감을 꾀하고 있다"며 "또 저소득층과 서민 주거안정을 통해 맞춤형 주거복지 실현이 주된 목표"라고 설명했다.

염 센터장은 마이홈 상담센터 활성화를 위해 LH 외에 지자체 및 지방공사에 대한 정보도 제공하는 등 상담과 정보제공의 범위를 점진적으로 확대해나간다는 방침이다.

그는 "주거급여를 신청하기 위해 마이홈 상담센터를 찾은 이들 가운데 기초수급대상자 신청도 하지 못한 사례가 있어 지자체와 협업, 주거문제 해결에 앞서 우선 해결해야 할 문제를 상담사들과 함께 해결하고 있다"고 전했다.

또 그는 "지자체의 복지서비스가 필요한 경우에도 사회복지 서비스와 연계하는 방안을 고려 중"이라며 "상담센터에서 상담과 정보제공에 그치는 것이 아니라 상담일지 작성과 사례 점검회의 등을 통해 사례 관리 기능도 강화할 계획"이라고 밝혔다.

금융감독원 자본시장조사국, 불공정거래 조사 분야의 최고 전문가

유능한 데이트레이더 강모 씨는 닷컴 버블이 붕괴된 2000년 무렵 주식 투자 실패로 신용불량자로 전락했다. 재기를 노린 강씨는 'D건설사 관련 주식 투자 프로젝트'에 참여하게 된다. 프로젝트 팀은 상장법인 D사 주식을 미리 대량 사들인 뒤 우회상장 등 호재성 정보를 시장에 뿌리고 증권 방송에서 지속적으로 투자를 권유했다. 주가가 오르자 미리 사놓은 주식을 팔았다. 팀원도 화려했다. D사 사장, 조폭, 증권사 차장, 한국계 동포 펀드매니저, 증권방송 애널리스트 실장 등 거물급 프로들이 가담했다. 이후 수백억 원의 이득을 본 강씨는 꿈에 그리던 고급 외제차를 굴리며 풍족한 삶을 살게 됐다.

이 내용은 실제 사건이 아닌 영화 〈작전〉의 줄거리다. 강씨 사례가 실제 사건이었다면? 금융감독원 자본시장조사국에 적발돼 옥살이를 하고 있을 것이다.

"2015년 5월 1일 ○○○ 씨 명의 A증권사 계좌에서 ○○ 주식 4만 주가 HTS 주문을 통해 10억 원에 매수됐습니다. 이는 ○○○ 씨 본인이 매매한 것입니까?"

"네, 그렇습니다."

"출입국 기록 확인 결과 2015년 5월 1일 ○○○ 씨는 해외에 체류 중이었습니다. 당일 ○○○ 씨 계좌의 HTS 주문은 국내 IP를 통해 이뤄졌고, 이는 ○○○사 임원인 ○○○ 씨의 주문 IP와 일치합니다. 이에 대해 해명해주십시오."

"……."

얼핏 보면 검찰 조사실에서 일어나는 피의자 조사 같지만 서울 여의대로 금융감독원 5층에 위치한 문답실에서 불공정거래 혐의를 놓고 되풀이되는 문답 과정의 일부분이다. 금융감독원 자본시장조사국 직원은 매매 분석 결과를 바탕으로 '누가, 왜 이런 주문을 냈을까'

를 끊임없이 고민하며 날카로운 질문을 건넨다. 거짓말을 늘어놓던 불공정거래 혐의자는 다음 질문에서 말문이 막히곤 한다.

누가, 왜…… 끊임없는 의문과 고민

증권시장의 불공정거래 조사는 통상 '거래소-금융감독원-증권선물위원회의 심의·의결-고발 통보'의 순서로 이어진다. 금융감독원 자본시장조사국은 거래소 시장감시본부에서 이상징후가 있는 매매 데이터를 넘겨받아 분석하고 관련자를 문답조사하는 일을 한다. 이후 증권선물위원회의 심의·의결을 거쳐 검찰에 고발 통보를 한다.

2015년 11월 23일, 파이낸셜뉴스가 찾은 금융감독원 자본시장조사국 사무실은 독서실과 같이 조용한 분위기 속에 팽팽한 긴장감이 흘렀다. 조사국 직원들은 각자 자리에서 불공정거래 조사 시스템과 스프레드시트(엑셀) 등을 이용해 혐의 종목에 관련된 자료를 분석하고 있었다.

조사국의 문답조사 전 '몸풀기' 과정이다. 이상한 흐름이 발견된다면 누구로 인해, 어떤 매매 주문으로 흐름이 바뀌었는지 파악하고 매매를 이끌어낸 자금을 추적한다. 보통 한 달 정도 걸린다. 최광식 조사국 팀장은 "혐의자들은 그 종목에 대해 시장의 어느 누구보다 많은 정보를 갖고 있어 리서치 자료를 숙지하는 데 많은 시간이 소요된다"고 말했다. 불공정거래 혐의자 간 공모 혐의를 입증하려 은행 지점 수백 군데에 금융거래 조회서를 발송·수집해 불공정거래 자금 흐름을 분석하고, 통정매매 등 시세조종성 주문인지를 확인하려고 수만 셀에 달하는 방대한 금융거래 자료를 분석해야 하는 경우도 있다.

혐의자와 팽팽한 심리전

사무실 같은 층에는 문답실 12개가 옹기종기 모여 있었다. 겉보기에는 여느 회의실과 다를 바 없어 보이지만 조사국 직원과 혐의자 간 심리전이 팽팽히 벌어지는 장소다. 무게중심이 계좌에서 사람으로 이동하는 과정이자, 타인에게 털어놓을 수 없는 외로운 싸움이기도 하다. 스무 고개와 같은 끊임없는 문답 과정은 당사자 동의하에 녹화되고 문답서에 기록된다. 검찰의 소환 조사와 흡사해 보이지만 체포·구금 권한이 없다는 점 등에서 차이가 있다.

어떤 거래가 가장 많이 적발될까. 종전에는 시세조종이 전체 조사 사건의 30% 내외로 가장 많은 비중을 차지했지만, 최근에는 시세조종보다 미공개 정보를 이용한 불공정거래가 더 많이 발생하는 추세다. 정보통신기술과 결합한 신종 불공정거래도 속속 나타난다. 응용프로그램인터페이스(API)를 이용한 알고리즘 매매, 소셜네트워크서비스(SNS) 등을 활용한 시세조종이 대표적인 예다.

적발하기 어려운 사건은 전문 시세조종꾼에 의한 범죄다. 이준호 선임검사역은 “미공개 정보 이용 행위는 우발적이고 일회성에 그치는 경우가 많지만 시세조종 행위는 소위 전문 시세조종꾼에 의한 재범 확률이 상당히 높은 편”이라며 “전문 시세조종꾼들은 차명계좌를 써서 보다 치밀하게 접근하기 때문에 신경을 더 써야 한다”고 말했다. 2007년 세간을 떠들썩하게 한 ‘루보종목에 대한 다단계 주가조작 사건’의 경우 700개가 넘는 계좌가 동원되기도 했다. 시세조종꾼들은 자금 출처를 감추려 종종 현금 거래를 하지만, 조사원들은 폐쇄회로 TV와 관련 전표를 일일이 확인해가며 결정적인 자금의 흐름을 입증하기도 한다. 사건별로 접근 전략을 짜고 거짓말을 하거나 자신의 지위를 과시하는 이들을 대비한 여러 질문들을 준비해두는 일도 필수다.

그렇다고 해서 자백을 받아내는 게 목표는 아니다. 허위 진술이든 자백이든 모두 문답서에 적어 내려간다. 추후 검찰 조사 등에서 사실 관계를 파악하는 데 도움이 된다. 이해붕 부국장은 "억울한 사람이 생기면 안 되기 때문에 '이 사람은 나쁜 사람'이라는 편견을 버리고 조사를 시작한다"며 "사건을 마무리할 때는 꿈속에서까지 '정말 잘못을 저질렀을까'를 생각하기도 한다"고 전했다.

황진하 팀장은 "미공개 정보 이용 행위의 경우 혐의자들이 부인하는 경우가 대부분이어서 혐의를 입증할 정황 증거들을 최대한 많이 확보한다"며 "근무를 마치고 혐의자의 근무지를 떠올리며 사안들을 리마인드해보는 직원도 있다"고 말했다.

문답 조사가 끝나면 또 다른 큰 산을 넘어야 한다. 조사 내용을 바

탕으로 처리의견서를 작성하는 일로, 조사국원이 가장 바쁘고 고민을 많이 하는 시기다.

이 검사역은 "조사한 내용을 종합해 혐의 유무를 결정하고 부족한 부분이 있으면 보강 조사를 해야 하기 때문에 야근을 하거나 주말 근무를 하는 경우가 잦다"고 털어놨다. 동양그룹 시세조종 사건 때는 조사국 직원 16~17명이 일에 매달렸다. 수많은 피해자를 양산한 만큼 밤샘 작업은 계속됐고, 사건은 4개월여 만에 마무리됐다. 통상 금융감독원 조사는 3~4개월, 길게는 2년까지 걸린다고 한다.

최 팀장은 "금융감독원의 조사는 보통 조사국 직원 한 명과 팀장이 한 사건을 전담한다"며 "상대방을 전혀 모르는 상태에서 조사를 시작, 불공정거래 혐의자 파악부터 혐의 입증과 고발까지 전 과정을 담당하면서 겪는 스트레스와 육체적 · 정신적 에너지의 소모는 상당하다"고 설명했다. 때로는 조직폭력배와 같은 까다로운 혐의자를 상대한다. 실제 국내 대기업과 외국계 투자자가 관련된 모 카드사 불공정거래 사건을 담당한 금융감독원 조사팀장이 사건을 매듭지은 직후 뇌출혈로 순직하는 안타까운 사고도 있었다.

황 팀장은 "조사도, 혐의 판단도 팀장과 조사원 둘이서 결정해야 한다"며 "정보 유출의 우려 때문에 외부 도움을 받을 수 있는 게 거의 없다"고 말했다. 조사 사실이 시장에 알려지면 주가에 막대한 영향을 미칠 수 있기 때문에 조사국은 원칙적으로 신고 · 제보자에게도 조사 사실을 알리지 않고 있다. 큰 실적을 내도 외부에 '자랑'할 수도 없다.

검찰 수사에 협조하는 일도 잦다. 보통 고발이나 수사 기관에 통보한 건에 대해 검찰에 출석해 참고인 진술조서를 작성하거나 기소에 필요한 추가 자료를 제출한다. 도이치뱅크 옵션쇼크 사건이나 동양그룹 시세조종 사건과 같은 주요 사건은 검찰과의 협업으로 조사가 마무리됐다. "업무 특성상 형사 사건과 맞물려 있어 증인 소환장이 집으로 날아오면 가족들이 깜짝 놀라곤 했다"고 이 검사역은 말했다. 그는 다만 "아쉬운 점은 재판 기간이 길어지면서 2~3년 전 매듭지은 일을 진술하라고 할 때가 있다"며 "당시 기억이 흐릿해지거나 담당 조사자가 다른 부서로 이동하는 경우가 있어 진술에 어려움을 겪기도 한다"고 털어놨다.

불공정거래연구회 활동도 활발

수없이 걸려오는 민원 전화도 일일이 상대해야 한다. 일 년에 1,400여 건, 하루에 5건가량 증권 불공정거래 혐의에 대한 신고·제보를 접수하지만, 투자했다가 피해본 사람들이 "작전세력 때문에 돈을 잃었다"며 오는 호소성 제보도 많다.

이 때문에 금융감독원 내에서 조사국은 직원들이 기피하는 '3D 업종'처럼 여겨졌다. 하지만 불공정거래 조사에 대한 사명감과 조사 분야 전문성에 대한 관심이 높아지면서 10여 년간 꾸준히 근무하는 직원도 점차 늘고 있다.

조사원의 역량을 평상시 갈고닦기 위한 금융감독원 내 불공정거래연구회 활동도 활발하다.

30년 역사를 갖춘 '불공정거래 조사 분야 최고 전문가'라는 사실은 이들에게 가장 큰 자부심이다. 자본시장조사1국 김현열 국장은

"자본시장은 기업에게는 자금 조달, 투자자에게는 부를 축적하는 장을 마련하고 자본시장이 투명하고 공정하게 작동돼야 투자자들이 안심하고 거래할 수 있다"며 "이런 업무를 최일선에서 하는 금융감독원 조사국 조사원들은 자본시장의 파수꾼으로서 보람을 느끼고 있다"고 말했다.

범죄피해자지원센터 법무담당관, 피해자 목소리에 귀를 기울인다

얼마 전 A씨의 아버지는 동네 주민들과 몸싸움을 벌이다 사망했다. 1심에서 가해자는 살인을 의도하지 않았다는 법원 판단으로 살인죄를 면했다. 갑작스럽게 세상을 떠난 아버지로 인해 A씨 가정은 정상적인 생활이 불가능해졌다. 어머니와 누나는 정신적 충격으로 심리 치료가 필요한 상태다. A씨와 형은 처음 겪는 소송 때문에 현업에서 손을 놨다.

2015년 12월 18일 오전 10시, A씨는 서울서부지검 1층에 있는 범죄피해자지원센터를 찾았다. A씨를 맞은 사람은 범죄피해자지원센터 반영기 법무담당관(사법연수원 42기)이다. 공익법무관 3년차인 반 담당관은 2015년 초부터 서울서부지검 내 범죄피해자지원센터에서 근무하고 있다. 며칠 전 반 담당관은 A씨에게 전화를 걸어 상담을 권했다.

사건 기록, 상담의뢰서 등 A씨 관련 서류를 살피던 반 담당관은 센터 안에 들어선 A씨와 간단히 인사를 나눈 후 상담실로 향했다. A씨와 마주 앉은 반 담당관은 차분하게 입을 열었다.

"힘든 상황에서 시간을 내주셔서 감사합니다."

피해자 상담, 지원 요건보다 배려가 먼저

1시간여 상담을 마친 반 담당관은 메모했던 내용을 다시 한 번 체크한다. 형사소송을 진행 중인 A씨는 수사기관에 대한 불만이 컸다. 사건 처리 경과, 재판 진행 절차 등 수사·사법기관의 정보에 접근하기 어렵다는 얘기를 거듭 강조했다. 더욱이 1심 판결에서 가해자에게 살인죄가 적용되지 않았다는 점에 흥분한 상태였다.

반 담당관은 상담을 시작하고 40분 이상을 A씨의 말을 경청하며 틈틈이 메모했다. A씨의 말이 더 이상 이어지지 않을 때쯤 반 담당관은 다시 입을 열었다. 이후 10여 분은 A씨가 받을 수 있는 제도적 지원에 대한 소개와 설명이 이어졌다. A씨의 상담 결과 문서에는 '형사절차 안내' '어머니 치료와 생활비 지원 검토' 등이 적혔다.

반 담당관은 법조인 특유의 원칙적인 성향이 현재 근무에서는 오히려 경계해야 할 요소라고 말한다. 그는 "피해자가 지원 요건에 맞는지를 판단하는 데 상담의 초점이 맞춰지면 피해자 목소리에 진심으로 귀를 기울이기 힘들어진다"며 "상담 시간이 오래 걸리더라도 피해자 사연을 충분히 들어주는 배려가 무엇보다 중요하다"고 전했다.

법무담당관, 찾아가는 서비스

'피해자 지원 법무담당관'은 대한법률구조공단 소속으로, 피해자

지원 업무를 위해 각 검찰청에 파견된 법률구조업무 담당 공익법무관이다. 이들은 각 검찰청의 공익법무관실 또는 검찰청 관내 범죄피해자지원센터에서 근무한다. 반 담당관과 같이 각 검찰청에 파견돼 범죄피해자 지원을 위한 공익법무관 근무를 하는 피해자 지원 법무담당관은 총 38명이다.

지난 2013년 4월 대검찰청과 17개 지방검찰청에 18명의 공익법무관이 처음으로 피해자 지원 법무담당관으로 배치됐다. 범죄피해자에 대한 법률서비스 제공이 필요하다는 일선 검찰청 의견이 반영된 결과다.

2013년 8월에는 서울중앙지검, 서울동부지검 및 8개 차치지청(차장검사가 있는 검찰청)에 10명의 피해자 지원 법무담당관이 추가 배치됐다. 이후 일선청의 확대 요청으로 여주, 천안, 원주, 포항 등 부치지청(차장검사 없이 부장검사가 지청장을 맡는 소규모 검찰청)에도 공익법무관이 배치되면서 피해자 지원 법무담당관은 꾸준히 늘고 있다.

피해자 지원 법무담당관의 역할이 중요한 것은 '찾아가는 서비스'를 제공하기 때문이다. 범죄피해자지원센터에 접수된 피해자 상담의뢰서 또는 경찰, 검찰 등 수사기관의 사건 기록 등을 검토해 정부 지원이 필요할 것으로 보이는 피해자에게 직접 연락해 상담을 권유하고, 실제 지원이 이뤄지는 과정에서 행정적·법률적 지원을 전담한다는 얘기다. 2015년 10월까지 전국의 피해자 지원 법무담당관은 법률 상담 1만 4,610건, 경제적 지원 연계 1,827건, 조력기관 등 연계 6,297건 그리고 1,099건의 신변보호를 지원했다.

피해자 권리구제 '허브'

피해자 지원 법무담당관의 구체적인 업무는 크게 법률 지원, 범죄피해구조금 지원 등으로 나눌 수 있다.

우선 사법연수원에서 교육을 마친 피해자 지원 법무담당관은 전문적 영역인 법률 상담을 전담한다. 범죄피해에 대해 상담하고 향후 권리구제 절차 등을 안내해 가장 적합한 지원을 받을 수 있도록 연결하는 '허브' 역할을 하는 것이다. 아울러 피해자가 요청할 경우 법정 동행, 재판 모니터링, 서류 작성 지원, 수사·재판 진행상황 안내 등을 지원한다.

반 담당관은 "보통 재판이 오후에 있기 때문에 피해자 법정 동행은 오후에 나가는 경우가 대부분"이라며 "증인 신문 등으로 재판에 출석하는 피해자에게 비공개 심문, 가해자와 격리 등을 요청할 수 있는 권리를 안내하고 피해자 의사를 법원에 전달해주는 역할 등을 한다"고 설명했다.

피해자 지원 법무담당관은 범죄피해구조금심의회의 간사 역할을 한다. 범죄피해구조금은 생명 또는 신체를 해하는 범죄로 인해 사망 · 장해 · 중상해(전치 2개월 이상)를 입은 피해자에게 국가가 구조금을 지급하는 제도다.

범죄피해구조금 지원 여부를 결정하는 심의회의 개최 날짜를 잡고 회의에 상정될 안건을 정리하는 등 실무적 역할을 주도한다. 특히 기존의 사건 기록에서 범죄피해구조금 지급 미비 사건을 발굴해 범죄피해구조금을 지급하는 역할을 전담하고 있다.

반 담당관은 "심의위원들에게 직접 연락해 심의회 개최 날짜를 잡고 심의위원들이 심사할 사건을 정리해서 안건으로 올리는 등 심의회 개최와 진행을 위한 행정적인 절차를 전담하고 있다"며 "생활 형편 등으로 구조금 지원이 시급한 피해자의 경우 최대한 빠른 조치가 취해질 수 있도록 최선을 다하고 있다"고 말했다.

최전방 GOP 장병들, 국토수호의 의지로 최전방을 지킨다

해가 지고 땅거미가 내려앉기 시작할 무렵. GOP 소초가 활기를 띠기 시작한다. 보통의 직장인이라면 하루를 마무리하고 귀갓길을 서두를 시간이지만 최전방 GOP 장병들은 이때부터 본격적인 임무 수행 준비에 들어간다. 남들이 다 퇴근할 무렵이 이들에게는 출근 시간인 셈이다.

"군장검사 5분 전!"

나지막하면서도 엄중한 목소리가 소초 내 방송을 통해 전파되자 장병들의 동작은 한층 빨라졌다. 40~50명이 생활하는 곳인 만큼 시끌벅적할 수밖에 없건만 부산하게 오가는 와중에도 소음만큼은 절간같이 조용하다. 군대식 표현을 빌리자면 '기도비닉(아군의 활동이나 위치 등을 숨기는 행동. 불빛이나 소음을 내지 않도록 하는 것이 대표적)'을 유지하고 있기 때문이다.

그렇게 대한민국의 진짜 최전방, 육군 제25사단 72연대 승전부대

'악어' 소초의 하루는 어둠과 함께 시작됐다.

조용한 경례…… 최전방은 경례도 다르다

"부대 차렷! 소초장님께 대해 경례."

군대를 다녀온 대한민국 예비역이라면 다음에 무엇이 이어지는지 안다. 바로 쩌렁쩌렁하게 울리는 경례구호다. 지휘관에 따라 경례구호 소리의 크기로 '군기 수준'을 가늠하는 경우도 많기 때문에 경례구호는 일단 크게 지르고 봐야 한다는 것이 군대의 정설이다.

통상 '충성'이 제일 많지만 부대에 따라 '필승'이나 '단결' '통일' '돌격' 등 다양한 구호를 붙인다. 경례구호가 부대의 전통이나 특징을 상징하는 것이 되기도 하는 셈이다.

현역시절이나 예비역으로 전역한 이후 새로운 부대를 접할 때마

다 그 부대의 경례구호에 왠지 모를 관심이 은근히 생기곤 한다. 이날 악어 소초의 경우도 마찬가지.

하지만 그런 기대는 여지없이 빗나갔다. 놀랍게도 악어 소초에서는 경례구호를 붙이지 않았다. 경례구호 없이도 군인다운 절도와 패기가 느껴졌지만 통상의 부대가 근무자 신고 때 목청껏 경례구호를 외친다는 것을 감안하면 한편 당황스럽기도 했다.

사실 25사단의 경례구호는 '단결'이다. 하지만 수년 전부터 야간 경계근무 과정에서는 경례구호를 생략하는 것으로 지침이 변경됐다. 악어 소초장 임무혁 소위는 "기도비닉을 유지해야 하는 GOP 소초의 특성을 고려해 경례구호를 생략하기로 했다"고 설명했다.

스마트해진 철책선

어둠이 짙어지면서 휴전선 일대에 설치된 투광등에 불이 들어오기 시작했다. 도시의 불빛과 비할 바는 아니지만 철책을 따라 주변이 제법 환하게 밝아진다.

이 무렵이 되면 155마일 휴전선을 따라 설치된 각 GOP들은 전반야 근무자들이 투입되기 시작한다. '전반야'는 해질 무렵부터 자정까지를 말하는 것으로, 전반야 근무는 통상 부사관인 부소초장이 지휘를 맡는다. 자정부터 다음 날 새벽 해 뜰 무렵까지를 '후반야'라고 하는데 보통 장교인 소초장이 지휘한다.

과거에는 철책을 따라 설치된 매복진지를 따라 밤새 밀어내기식으로 근무했지만 수년 전부터 폐쇄회로 TV와 TOD 등 과학화 · 자동화 경계장비가 들어오면서 경계근무 형태도 많이 바뀌었다. 일례로 과거에는 철책을 일일이 손으로 만져보며 이상 유무를 점검했지만 이제는 철책을 건드리지 않는다. 철책에 센서가 설치돼 있어 손을 대면 경보가 울린다. 최전방 철책선도 스마트해진 셈이다.

악어 소초도 마찬가지. 과거에 비해 부담이 많이 줄었다는 게 부대 관계자들의 전언이다. 하지만 투광등이 곳곳에 설치돼 밝아졌다고 해도 도시의 불빛에 비할 바는 아니고, 철책선이 스마트해졌다고 해서 사람이 살펴봐야 할 곳이 사라진 것은 아니다. 과거에 비해 수월해졌다고 하지만 최전방 경계가 만만할 리 없다.

만만찮은 순찰 코스

당장 경계근무를 서는 철책까지 가는 것만 해도 쉽지 않았다. 우선 첫 번째 철책에 설치된 소통문을 열고 들어가면 가파른 사다리를 타고 7~8m 높이의 방벽을 내려가야 했다. 겨울철에 눈이라도 내리면 미끄러지는 것은 너무나도 뻔해 보였다.

매일 오르내리는 곳이다 보니 장병들은 아무렇지도 않게 내려갔지만 전역한 지 20년이 다 돼가는 기자에게는 상당히 버거운 코스였다.

"위험하지 않나요?"

첫 관문부터 쩔쩔매는 것을 숨기려고 앞서가던 병사에게 말을 걸자 시큰둥한 표정이 돌아온다. '뭐 이 정도 갖고 그러느냐'고 말하는 듯했다.

주근무지인 철책에 도착해도 난관은 계속됐다. 통행이 쉬운 곳에 철책이 설치된 것은 아니기 때문이다. 비교적 완만한 곳도 있지만 올라가기만 해도 숨이 막히는 급경사도 곳곳에 있다. 그나마 과거에

비해 많이 좋아졌다는 게 부대 관계자들의 전언이다.

악어 소초 장병들은 매일 밤 이 길을 몇 번씩 반복해 지나다니고 있다. 언제 어느 곳에서 적이 튀어나올지 모르는 만큼 오감을 칼날처럼 바짝 곤두세운 말이다. 부소초장 김동률 중사는 "적이 반드시 내 앞으로 온다고 생각하고 한 치의 흐트러짐 없이 근무에 임하고 있다"고 전했다. 익히 들었던 말이지만 이상하게도 믿음이 갔다.

최전방 근무해도 진급하기 힘들어

"GOP 근무하고 나면 진급하는 데 도움이 되지 않나요?"

기자의 질문에 GOP 소초들을 거느리고 있는 중대장 김기형 대위는 대답 대신 알 수 없는 미소를 지었다. 여러 차례 최전방 근무를 했던 만큼 아무래도 좀 수월하지 않겠느냐 싶었지만 꼭 그렇지도 않다는 게 부대 관계자들의 공통된 설명이다. 전체 전력의 절반 이상이 휴전선 부근에 집중돼 있다 보니 최전방 근무자가 그다지 특별한 존재는 아니기 때문이라고 한다.

"군인한테는 진급이 가장 큰 격려인데…… 좀 서운하겠네요."

안타깝고 안쓰러운 마음에 한마디를 던졌지만 이내 '아니다'는 대답이 돌아왔다. 요즘은 GOP에 배치되는 병사들도 모두 지원을 받아 충원하고 있는데 전방근무 좀 했다고 간부가 진급이나 기대하고 그러면 안 된다는 부대 관계자도 있었다.

"대한민국에서 군인이 전방 근무를 하는 건 당연하지요. 그런 사명감 없이 군인을 할 수 있겠습니까?"

승전대대 주임원사인 문덕진 원사의 말이다. 이날 문 원사와 승전부대 부사관단은 자기 주머니를 털어 악어 소초 병사들에게 피자를 돌렸다. 문 원사를 비롯한 부대 부사관단은 돈을 거둬 한 달에 한두 번씩 피자와 같은 '사제음식'을 병사들에게 돌린다. 누가 시킨 것은 아니지만 그냥 그래야 할 것 같아 그런다는 게 그들의 설명이다. 시킨 사람은 없지만 '그렇게 행동해야 할 것 같다'는 느낌. 그 느낌을 아마도 사명감이라 부르지 않을까 싶다.

민가와 인접해 민간인 안전 문제 빈번

3군사령부 작전지역(경기도)의 GOP는 1군 사령부 작전지역인 강원도 쪽 GOP와는 많이 달랐다. 버스터미널에서 산을 한두 개쯤 넘어야 겨우 소초 건물을 볼 수 있는 1군 지역과는 달리 3군 지역은 GOP에서 그리 멀지 않은 곳에 민가와 시가지가 형성돼 있다.

최근 입주가 시작된 경기 파주 운정신도시의 경우 휴전선에서 7km 정도 떨어진 곳에 있다. 자전거를 타도 20분이면 휴전선까지 갈 수 있다. 유명한 관광지가 된 해이리와 파주 신세계아울렛은 아예 바로 옆에 강둑이 북방한계선이다. 그러다 보니 3군 지역 GOP는 눈앞은 살벌한 적진인데 돌아서면 불야성이 펼쳐진다.

취재 허가를 받은 25사단 승전대대만 해도 제법 규모가 큰 마을이 인근에 있다. 자동차로 가면 채 2~3분이 걸리지 않는다. 등 뒤에 바로 대도시의 불야성이 펼쳐진 정도는 아니지만 자동차로 30~40분 정도면 일산 시내까지 들어갈 수 있다.

"최전방은 최전방인데…… 후방 같네요. 근무하긴 좋겠네요."

산꼭대기 격오지를 상상했던 기자가 시큰둥하게 입을 열자 부대 관계자들은 손사래를 치며 펄쩍 뛰었다. 남들 보기에는 편해 보일지 몰라도 군부대 입장에서는 골치 아픈 일이 더 많다는 것.

간부들이나 군인 가족들의 생활이 편리해진 측면이 있기는 하지만 민간인들로 인한 문제를 생각하면 차라리 좀 떨어진 것이 나을 것 같다는 부사관도 있었다.

"봄 되면 나물 캔다고 들어오고 여름에는 쏘가리 잡는다고 들어오고, 가을에는 도토리 줍는다고 들어온다"면서 "철책 바로 밑까지 들어와서는 장병들이 나가라고 해도 듣지 않는다"고 푸념하기도 했다.

아무리 대도시 근처에 있는 GOP라도 최전방이 분명한 만큼 곳곳이 지뢰지대다. 당연히 위험할 수밖에 없지만 나물 채취나 낚시를 위해 GOP를 침범(?)한 민간인들은 아랑곳하지 않는다고. 최근 웰빙 바람을 타고 야생 산나물 가격이 뛰고 있는 데다 예부터 몸보신용으로 쏘가리와 같은 민물생선은 한 마리당 수십만 원을 호가하는 경우까지 있기 때문이다.

또 다른 부대 관계자는 "아무리 막아놓아도 몰래 철조망을 뜯어내고 들어오는 사례도 있다"면서 "그러다 지뢰 사고를 당한 사람이 있었는데, 나중에 국가를 상대로 손해배상 소송을 냈더라"고 씁쓸해했다. 국가가 민간인들의 접근을 보다 적극적으로 제지하지 않았기 때문에 사고를 당했다는 것이 소송의 이유였다고.

25사단 72연대 정훈과장 배수나 대위는 "민간인이기 때문에 사법권이 없는 군부대 입장에서는 들어오지 말라고 열심히 홍보하고, 혹시라도 들어오면 설득해서 돌려보낼 수밖에 없다"면서 "군 본연의 업무에 집중할 수 있도록 자제해줬으면 좋겠다"라고 당부했다.

서울메트로 철도장비팀, '시민의 발' 고치는 지하세계의 닥터들

"마지막, 마지막 열차……."

어둠이 짙게 내려앉은 새벽 1시께. 서울 지하철 1호선 막차를 타고 온 승객들이 동묘앞역에서 내려 빠져나간다. 이때부터 서울메트로 철도장비팀은 분주해지기 시작한다. 모두가 잠든 새벽녘이 안전한 지하철로 달릴 수 있도록 작업하는 유일한 시간인 셈이다.

"한 번도 경험하지 못한 신세계일 겁니다."

2015년 12월 22일 새벽 1시, 서울메트로 지하철 1호선 동묘앞역에서 철도장비팀 팀장 김용 과장을 만났다. 그가 밤마다 이 세계로 들어온 지 벌써 22년째다. 그를 따라 접근금지 표시를 뒤로하고 역 내부 철로에 들어서자 어둠 속 긴 터널과 땅에 곧게 뻗은 은빛 레일, 그리고 선로 위 레일탐상차 2호가 눈에 들어왔다.

"단전되기 전까지 탐상 작업 준비를 마쳐야 합니다."

김 과장의 말이 끝나기 무섭게 팀원인 민승기 대리와 조영만 대리가 분주히 움직였다. 전기가 끊기기 전 30분 남짓한 시간 안전모, 야광밴드 등 안전장비를 갖춰 입고 레일탐상차의 운행 준비를 모두 마쳐야 한다.

어둡고 긴 터널, 곧게 뻗은 은빛 레일. 미묘한 결함을 찾기 위해 두 눈 크게 뜨고 레일탐상차를 몰아간다. 전진보다 후진을, 차 안에서보다 선로 위에서 더 많은 시간을 보낸다. 조금만 방심해도 대형 사고로 이어진다. 잠시도 긴장을 놓을 수 없는 이유다.

10년차가 넘은 베테랑들은 말한다. 아내도 자신들이 하는 일을 정확히 모를 거라고……. 그들을 '아침을 열어주는 사람'이라고 할 때 가장 자랑스럽단다. 시민들의 바쁜 아침을 안전하게 열어주는 보이지 않는 사람들, 오늘 밤도 묵묵히 일할 뿐이다.

3명의 대원은 우선 레일탐상차 밑부분에 붙어 있는 탐촉자(probe)를 닦아냈다. 또 레일에 물을 뿌리기 위해 물탱크에 물을 채웠으며, 레일탐상차의 시동을 걸었다.

새벽 1시 30분, 전기가 끊어졌다. 드디어 본격적인 지하세계의 작업이 시작되는 것이다. "화이팅!" 대원들의 힘찬 구호와 함께 2015년 마지막 선로 보수 임무를 맡은 서울메트로 레일탐상차가 움직이기 시작했다.

정밀탐상, 올해도 이상 무!

실제 작업이 가능한 시간은 새벽 1시 30분부터 5시까지 3시간가량이다. 이 시간 내에 모든 작업을 끝내기 위해 철도장비팀은 숨 가쁘게 일한다. 김 과장은 "보통 3~4개역 정도 구간 선로를 탐측하는

데, 구간이 짧아 보이지만 정밀탐상을 하다 보면 시간이 부족할 때가 많다"고 말했다.

레일탐상차의 결함관측은 초음파탐상을 통해 이뤄진다. 레일탐상차 아래 붙어 있는 12개의 탐촉자가 물이 뿌려진 선로에 초음파를 쏜 뒤, 되돌아온 음파를 컴퓨터 프로그램을 통해 분석해 선로의 결함 유무를 파악하는 방식이다.

이날 작업은 동묘앞역에서 청량리역까지 3개 역, 약 3km 정도 구간, 팀원들은 신속히 각자 위치로 이동했다.

팀원들의 각 임무는 컴퓨터 작업 프로그램 조작(조 대리), 각종 연락 담당 및 작업 차량 시야 확인(민 대리), 운전 · 감독 총괄(김 과장)로 나눠진다. 하지만 우선 결함이 관측되면 팀원 모두가 수동탐상, 선로 확인 등을 실시한다.

"처음 보는데, 이런 것 없었는데……."

30분쯤 운전대를 잡고 있던 김 과장이 신설동역에서 제기동역 부근으로 이동하던 중 긴급히 차를 뒤로 후진시켰다. 조 대리 앞에 놓인 3대의 컴퓨터 모니터에는 초음파탐상 결과, 결함 표시가 지속적으로 나타났다. 레일탐상차의 후진과 전진을 3차례 반복하며 동일 지점을 확인했지만 컴퓨터는 여전히 결함을 가리키고 있었다.

김 과장은 운행을 멈췄고 민 대리가 선로로 이동했다. 김 과장은 "홀(hole) 정보가 프로그램에 나타났는데 이런 결함이 발견되면 직접 눈으로 확인하고 수동탐상기를 활용해 탐측한다"고 전했다.

민 대리가 수동탐상기를 이용해 선로에 물을 뿌린 뒤 긴 주둥이 끝에 달린 탐촉자를 선로에 대자 탐지 장비에 결함 유무가 나타났다. 결함은 없었다.

"탐상차 프로브 교체하자."

옆에서 지켜보던 김 과장이 지시했다. 민 대리가 차량에서 1개의 프로브를 조립한 뒤 곧바로 교체했다. 이후 레일탐상차로 재검측을 실시하자 모니터엔 정상 표시가 나타났다. 김 과장은 "레일탐상차가 노후화된 탓에 기계 오류가 간혹 있는데 그때마다 팀원들이 장비를 직접 교체하고 고칠 때도 있다"고 말했다.

만약 수동탐상기에서도 결함이 나타나면 이후에는 선로를 관리하는 궤도관리소에 통보, 직접적인 선로보수 작업이 이뤄진다.

현재 레일탐상차는 연 4회 레일탐상을 실시해 서울메트로 1~4호선의 선로 안전을 책임지고 있다. 이날 탐상이 정상적으로 마무리되면 올해 서울메트로에 설치된 선로 총 283km의 구간을 모두 검측하게 된다.

순간의 보람이지만 평생 가

"잠깐만 나와보세요. 가까이서 레일을 보세요. 멀리서 봤을 때처럼 똑바른가요?"

새벽 2시 45분, 청량리역 부근에서 이동하던 탐상차를 멈추고 김 과장이 내렸다. 자세히 보니 곧게 뻗은 레일이 군데군데 용접된 부분을 중심으로 울퉁불퉁 튀어나와 있었다.

선로는 보통 20m 길이의 철근 조각을 이어 붙여놓은 결합체다. 이 선로에 매일 같이 육중한 열차가 지나가다 보면 자연스레 흠집이 생기고, 심하면 선로가 끊어지기 마련이다. 특히 열차가 급정거를 하는 구간이나 곡선 구간, 그리고 2개의 선로가 교차하는 분기分岐 구간 선로에는 더욱 치명적 손상이 있는 경우가 많다. 철도장비팀이 작업에 더욱 신중을 기할 수밖에 없는 이유다.

22년째 철도장비팀에서 근무한 김 과장은 2년째 레일탐상차 운행을 맡고 있다. 그 역시 서울메트로 직원으로서 가장 뿌듯했던 순간은 선로에 생긴 결함을 파악해 대형 참사를 미리 예방했을 때다. 그는 "일 년 전쯤 을지로3가역 부근에서 선로의 수직결함을 최초로 발견했다. 보통 레일탐상차는 수직결함을 관측하지 못하는 경우가 많다. 당시에는 수동탐상기를 직접 메고 선로에 들어가 수직으로 금이 가 있는 선로를 발견했는데 그때의 경험은 아직까지도 짜릿하다"며 당시를 회상했다. 수직결함은 선로 자체가 두 동강이 난 것처럼 수직으로 찢어진 상태로 선로 결함 중 가장 큰 문제다. 열차의 탈선 등 대형사고로 이어질 수 있기 때문이다.

우리는 "시민의 아침을 여는 사람들"

2시간쯤 레일탐상차의 굉음을 듣다 보니 일이 거의 종료되는 때쯤엔 귀가 아플 정도였다. 소음측정기를 이용해 음량을 측정해보자 80데시벨이 나왔다. 지하철이 들어오는 순간소음과 맞먹는 수치다.

모두 10년차가 넘은 베테랑들에게도 반복되는 소음은 괴로움이다. "저는 한쪽 귀가 난청이고, 조 대리도……. 그런데 과장님은 아직 괜찮아요?" 민 대리가 소음측정기를 보며 말했다. 다행히 김 과장은 아직 정상이다. 민 대리는 "매년 서울메트로에서 종합건강검진을 받으면 대부분의 직원들이 난청에 시달리고 있다"고 답했다.

반복되는 야간 근무와 지하 내부에 존재하는 사고 위험도 이들에겐 큰 부담감이다. 현재 레일탐상차는 3팀이 돌아가면서 하루씩 야간 근무를 서고 있다. 야간 근무 후에는 하루를 꼬박 쉰다고 해도 몸이 늘어지기 마련이다.

민 대리는 "현재 시스템이 주간 · 야간 · 비번 · 휴무로 운영되는데 야간 근무를 서는 날은 몸이 정말 힘들다"며 "또 이 시간대는 다른 팀들도 함께 작업을 하다 보니 정신을 놓고 있으면 큰 사고로도 이어진다"고 토로했다.

실제 이날 기자가 가장 많이 들은 말은 "반대 선로 가지 마세요"다. 취재를 위해 반대편 선로로 계속 이동했기 때문이다. 지하 내부에서는 철도장비팀의 차량뿐만 아니라 물탱크차, 밀링차, 전기차 등 다른 차량들도 함께 운행되고 있기 때문에 작업에 있어 항상 사고 위험을 조심해야 한다.

작업은 새벽 3시 40분께 청량리역에 도착하고 나서야 모두 끝났다. 다행히 결함은 관측되지 않았고 무사히 동묘앞역에 다시 돌아올 수 있었다. 팀원들은 이 순간 가장 행복을 느낀다.

조 내리는 "결함을 관측하게 되면 밤에 잠도 못 자는데 오늘은 마음 놓고 푹 잘 수 있겠다"라며 웃었다.

"우리가 새벽같이 나와서 일하는 것은 사람들은 모를 거예요. 하지만 우리가 있어서 시민들이 안전한 지하철을 타잖아요. 아침을 여는 사람이죠."

레일탐상차란

레일탐상차는 1993년, 1996년에 스위스 SPENO사로부터 각 1대씩 2대가 도입됐다. 현재 2대의 차량은 서울메트로 1~4호선에 배치돼 연 4회 레일탐상을 시행하고 있다. 최대 탐상 속도는 35km/h(실작업속도 15~20km/h)이며 장비 중량은 18.5톤이다. 레일탐상차에는 좌우에 6개씩 총 12개의 탐촉자가 달려 있어 탐촉자를 통해 초음파탐상을 한다. 탐촉자는 물이 뿌려진 레일 위를 지나가며 초음파를 발사하고 이때 반사하는 초음파를 컴퓨터가 인식 · 분석함으로써 결함의 종류 및 크기, 위치 등을 기록한다. 또 결함 발생 장소에는 페인트를 분사해 표시해둔다. 정밀탐상은 레일의 상태, 부설 조건, 조작자의 기능, 탐촉자의 상태, 탐상 속도 등의 조건들이 양호할 때에 이뤄질 수 있다.

초음파탐상이란

초음파탐상(Ultrasonic Testing)은 어선에서 어군탐지기를 이용해 물고기 떼를 찾는 것과 같은 방법을 쓴다. 즉 레일탐상차가 선로로

초음파를 보내고 그 반사파를 수신해 레일 결함의 유무와 위치, 그리고 크기 등을 알아낸다. 초음파는 선로 결함 등 표면에 부딪히면 반사돼 돌아오는데 이때 정상 선로와 결함 선로에서의 반사파를 구분할 수 있는 것은 '속도=거리/시간'에 의한 두 반사파의 시간차 등의 차이에 의한다. 이 같은 방식으로 레일 내의 균열, 기공(blow hole)과 같은 결함도 찾아낼 수 있다.

서울시 전·월세보증금지원센터, 집 없는 서민들의 든든한 조력자

서울 연남동 원룸에 거주하는 Y씨는 전세 계약 만료를 앞두고 난감한 상황에 직면했다. 계약 연장을 원하던 Y씨는 만기 1개월 전에 연장을 요청했지만 집주인이 전세를 월세로 전환하고 싶다는 이유로 이를 거절했다. Y씨는 부랴부랴 새로운 전셋집을 마련하기 위해 움직였고 계약 만료 날짜에 맞춰 이사할 수 있는 집을 구하는 데 어렵게 성공했다. 문제는 이후 발생했다. 집주인이 아직 입주할 월세 입주자가 결정되지 않았다며 전세보증금을 줄 수 없다고 버텼기 때문이다.

직장생활 7년 동안 고생해 모은 전 재산 8천만 원이 고스란히 보증금으로 묶여 있는 Y씨 입장에서는 전세보증금을 돌려받지 못하면 이사가 불가능한 상황. 통사정을 했지만 집주인은 모르쇠로 일관했다. 지인을 통해 보증금을 받아낼 수 있는 방법을 수소문했지만 집주인이 버티면 방법이 없다는 이야기만 되돌아왔다. 결국 Y씨는 어렵게 구한 전셋집을 포기하고 언제라도 나갈 준비를 한 상태에서 불안한 주거를 이어가고 있다.

Y씨의 사례는 한국에 살고 있는 집 없는 서민이면 누구나 경험하는 현실이다. 그리고 늘 피해를 보는 쪽은 '을乙' 입장인 집이 없는 서민이다.

통상 세입자가 전·월세 계약이 만료되면 새로운 임차인에게서 보증금을 받아 나간다. 그러나 계약 기간에 이사 시기가 맞지 않으면 보증금 마련이 어려워 오도 가도 못 하는 상황에 빠지는 것이다. 특히 높은 전·월세 보증금 때문에 전 재산이 집에 묶여 있는 Y씨와 같은 서민이 새로 계약한 집으로 이사하기 위해서는 단기로 수천만 원을 대출받아야 하지만 고리의 이자를 생각하면 엄두를 내지 못하는 것이 현실이다.

이처럼 2년 주기로 반복되는 주거 불안 등 '전세살이 설움'을 해

소하기 위해 지난 2012년 8월 9일 서울시 전·월세보증금지원센터가 출범했다. 서울 덕수궁길 서울시청 서소문별관 1층에 위치한 센터는 임차보증금 대출 업무를 중심으로 주택임대차 관련 상담, 분쟁상담·조정, 사법적 구제절차 지원 등을 수행하며 집 없는 서민의 조력자가 되고 있다. 전국 최초 시도라는 점에서 주목받고 있다.

하루 150~200건 상담

전·월세보증금지원센터의 출범은 박원순 서울시장의 민선 5기 공약에서 시작됐다. 서울시는 1998년 민선 2기인 고건 전 서울시장 시절부터 주택임대차 상담실을 운영해왔다. 당시 주택임대차 상담실의 역할은 임차인과 임대인 간의 분쟁에 대해 전화 상담을 해주는 정도였다.

10년 넘게 큰 역할이 없었던 주택임대차 상담실을 센터로 확대·개편한 것은 2012년. 박 시장은 민선 5기 선거공약을 통해 임대차 상담만 진행하던 상담실을 대출 업무까지 진행할 수 있도록 확대하겠다고 밝혔다. 이후에는 주택임대차 관련 법률상담 서비스까지 영역이 확대됐다. 박 시장은 과거 본인 스스로도 '전세살이'의 고충을 경험한 바 있다고 한다. 본인의 경험이 공약 형성에 영향을 준 것.

센터 사업이 활성화되면서 위치도 이전하게 됐다. 센터가 처음 자리 잡은 곳은 서울 무교동 서울시청 을지로별관이다. 그러나 서민들과 접근성이 떨어지고 상담 공간이 협소해 서민들이 찾아오기 불편하다는 이유로 시청역과 가까운 서소문청사 1층으로 이전했다.

인력은 총 9명이 역할을 담당하고 있다. 전문성이 중요한 만큼 변호사와 공인중개사 등 부동산 관련 전문 인력이 활동하고 있다.

서울시 전·월세보증금지원센터 서혜진 주무관은 "전체 9명이 하루 150~200건 정도의 상담을 진행하고, 한 명이 많으면 35건의 상담을 진행하는 경우도 있다"며 "주택임대차 상담이라는 것이 전후 과정을 모두 알아야 하기 때문에 상담 시간이 오래 걸린다. 보통 상담은 30분에서 1시간 정도"라고 말했다.

2014년부터 본격 활성화

센터는 2012년 출범 이후 2015년까지 총 15만 4,875건의 상담을 진행했다. 이 가운데 임대차 상담이 11만 11건으로 가장 많았다. 집 없는 서민들이 주거 불안을 느낄 때마다 센터를 찾았다는 이야기다.

보증금으로 고민하는 서민들이 본격적으로 도움을 받게 된 시기는 2014년이다. 2012년 출범 이후 2013년에 보증금 관련 대출 추천은 49건에 그쳤다. 그러나 2014년 168건으로 크게 늘었으며 집행액도 177억 1,645만 7천 원에 이른다.

서 주무관은 "사실상 대출 첫 해였던 2013년의 경우 대출상품이 2개에 불과했지만, 2014년 대출상품을 더 만들고 대출이자도 내리면서 문턱을 낮췄다"며 "관공서에서 진행하다 보니 까다롭기는 하지만 낮은 이자로 대출을 받을 수 있다는 점에서 많은 서민들이 찾아왔다"고 설명했다.

현재 센터에서 진행하고 있는 대출상품은 계약 종료 전 계약금 대출, 계약 종료 전 잔금 대출, 계약 종료 후 잔금 대출 등 3가지다. 대출 금액은 상품에 따라 다르지만 계약 종료 후 잔금 대출의 경우 최대 2억 원까지 가능하며 금리는 1.8% 수준으로 낮다.

서 주무관은 "2015년의 경우 시중 은행 이자가 낮아지면서 대출 상담이나 집행액이 줄어들었지만 2016년의 경우 금리도 낮추고 고정금리를 적용하기 때문에 문의가 많이 올 것"이라고 덧붙였다.

독거노인, 조선족 등 사연도 많아

센터가 활성화되면서 다양한 사연을 가진 사람들이 찾는다고 한다. 한 번은 혼자 사는 할머니가 센터로 찾아와 안타까운 사연을 상담했다고. 할머니는 반지하에 살면서 병원 식당에서 일했다. 할머니의 소원은 SH공사의 임대아파트에 당첨돼 집다운 집에서 사는 것이었다. 그러다가 반지하 집을 재계약한 지 3개월 만에 덜컥 임대아파트에 당첨이 되면서 문제가 발생했다. 집주인이 반지하 집에 새로 입주할 사람을 구해 보증금을 받아서 나가라고 요구한 것이었다. 바로 입주할 사람이 생기면 문제가 없지만 반지하이다 보니 입주할 사람이 없어 고민만 하던 할머니는 지인을 통해 알게 된 센터를 찾게 됐고 도움을 받아 임대아파트에 입주하게 됐다. 센터의 도움이 없었다면 임대아파트에 살고 싶다는 할머니의 꿈은 물거품이 됐을 것이다.

집주인과 분쟁으로 괴로워하던 세 모녀의 사연도 있다. 이들은 살던 집을 재계약한 후 집주인의 이상한 행동에 시달렸다고 한다. 집주인이 보증금을 너무 적게 받았다고 생각했는지 아침이고 저녁이고 집에 찾아와 문을 두드리고 보증금을 올려달라고 요구한 것이다. 황당한 요구여서 거절했지만 집주인은 집요했다. 내성적인 성격이라 누구에게 말도 하지 못하고 2개월 동안 버티던 세입자들은 무거운 발걸음으로 센터를 찾아왔다. 어떻게든 집주인의 요구를 무시하고 싶었지만 덜컥 어머니가 폐암 말기 진단을 받으면서 빨리 이사를 가야겠다는 생각이 들어서다. 센터에서는 원만하게 집주인과 세 모녀 사이의 분쟁 조정을 이뤄냈고 이들은 다른 집으로 이사할 수 있었다고 한다.

최근 센터에서는 조선족 동포들의 분쟁 조정이 늘어나고 있다고 한다. 무리한 요구를 해 보증금을 떼먹으려 하는 집주인과 중국으로 돌아가야 하는 동포 간 분쟁을 조정하는 역할을 하는 것이다. 가령 계약 만료 시점이 되면 거울이 깨졌다는 이유로 5만 원이면 될 것을 20만 원을 달라고 요구하는 등의 방법으로 보증금을 적게 돌려준다는 것이다. 조선족 동포들은 비자가 만료되면 어쩔 수 없이 중국으로 돌아가야 된다는 점을 집주인들이 악용하는 것이다.

임대차 계약 시 주의할 점들

센터를 찾는 사람들은 청년들이나 70대가 많다고 한다. 경험이 적다 보니 전·월세 계약 과정에서 꼼꼼하게 살피지 못했기 때문이다.

서 주무관은 "대학생 등 사회 경험이 적은 분들의 상담이 많다"며 "계약서 작성 시 공인중개사의 말만 믿고 계약했다가 만기 시점에 집주인에게 보증금을 떼이거나 계약 당시 이야기와 실제 거주 환경이 너무 달라 고민만 하다가 센터를 찾아온다"고 전했다.

센터에서는 집주인과 분쟁을 막기 위해 사전에 꼼꼼하게 등기부등본을 확인하고 전입신고 및 확정일자를 받는 것이 중요하다고 강조한다. 특히 등기부등본 주소와 계약서상의 주소가 일치하는지 반드시 확인해야 하고, 임대 계약하는 사람과 등기부등본상의 소유주가 같은지도 확인해야 한다. 등기부등본을 통해 담보 대출·근저당 설정 여부 등을 파악하는 게 필수다. 이를 확인해야 입주 이후 집이 경매로 넘어가더라도 보증금이 안전한지 여부를 판단할 수 있어서다.

서 주무관은 "요즘 1인 가구가 늘어나 원룸에 거주하는 인구가 많다"며 "원룸의 경우 집주인이 수익을 높이기 위해 불법으로 방에 칸막이를 쳐서 원룸을 쪼개는 사례도 있다. 따라서 원룸을 계약할 때는 더욱 조심해야 하고, 사전에 수리가 필요한 부분 등은 특명으로 명시해야 한다"고 당부했다.

교통안전공단 희망봉사단, 다시 웃을 수 있게 힘이 되어주는 사람들

부산에서 30년간 청소년 상담 교육을 해온 김모 씨. 김씨는 일주일에 한 차례 승합차를 타고 바깥나들이에 나선다. 그의 동행인은 중증장애로 걷기가 불편한 A씨. A씨는 교통사고로 장애를 얻은 후 차도 없고 이동이 힘들어 주로 집에서 지냈다. 그러나 김씨를 만난 후 일주일에 한 번은 바깥 공기를 쐬면서 재활운동을 한다. 처음에는 지팡이를 짚고도 혼자 걷기 힘들었지만 이제는 김씨의 도움을 받아 조금씩 발걸음을 옮길 수 있다.

경기 안양에 사는 한모 씨는 B씨 노부부에게 아들이나 다름없다. 이사를 할 때는 이삿짐을 날라주고, 모처럼 해보는 외출도 함께한다. B씨 부부는 20여 년 전 교통사고로 큰아들을 잃은 후 고통 속에서 살았다. 사업은 부도가 나 정리해야 했고, 생후 4개월이었던 어린 손녀까지 양육해야 했다. B씨 부부는 한씨 방문을 거절하기도 수차례. 그러나 한씨의 지속적인 방문이 이어지면서 노부부는 이제 한씨의 손을 잡으며 고맙다고 말한다. 노부부는 한씨를 만나 아들을 잃은 아픔을 극복하고 점차 일상을 회복하고 있다.

3년째 교통사고 피해가정들을 방문하고 있는 신모 씨는 매달 한두 차례씩 다양한 피해가정을 방문해 스스럼없이 지낸다. 옷장을 정리해주거나 집 안을 청소하는 등 거리낌이 없다. 교통사고로 머리를 많이 다쳐 신씨의 방문 약속 날짜를 종종 잊곤 했던 C씨도 그들 중 하나. 최근 신씨는 C씨가 평소 배우고 싶어하던 피아노 치는 법을 가르쳐주기 시작하면서 C씨에게 '피아노 선생님'으로도 불린다.

교통안전공단(TS) 희망봉사단원들의 일상이다. 김씨와 한씨, 신씨 모두 봉사단원으로 활동하면서 예기치 못한 교통사고로 피해를 입은 이들을 만나 다양한 도움을 주고 있다. 이들에게 피해가정과의 만남은 누구를 돕는다는 느낌보다는 가까이 있는 이웃이나 가족을 챙겨준다는 마음이 크다.

교통사고 피해를 입으면서 마음의 문을 닫았던 사람이 봉사자에게 차츰 마음을 열 때, 장애를 입어 혼자서는 간단한 일을 하기도 힘들었던 이들이 조금씩 움직이면서 일상생활을 시작할 때 봉사단원들은 내 일처럼 기분이 좋다.

마음 움직이는 건 꾸준한 관심

이들을 찾아다니는 일이 생각처럼 수월한 것은 아니다. 자칫 봉사

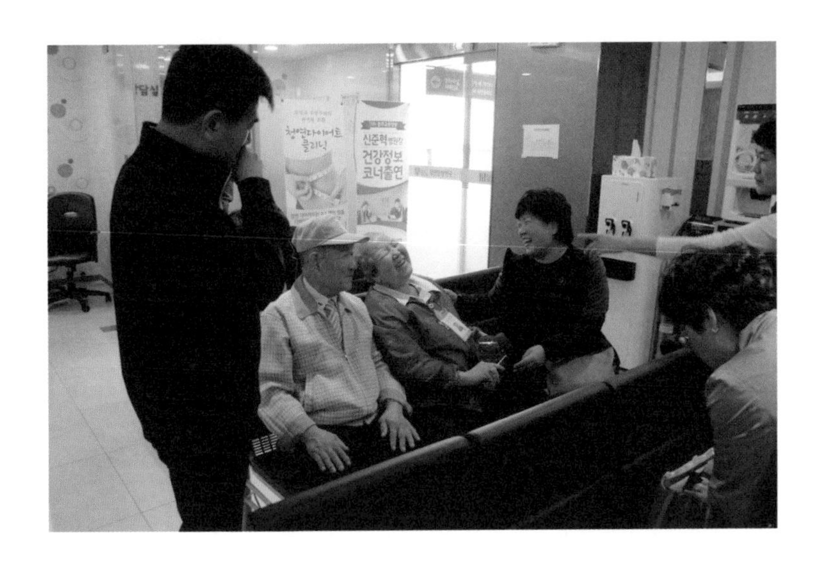

하기로 한 약속 날짜라도 어그러지는 날에는 낭패다. 봉사를 하려는 사람이나 받는 사람이나 괜히 불편해지고 마음이 먼저 지치기도 한다. 또 교통사고로 몸뿐만 아니라 마음을 다친 이도 적지 않아 막상 봉사자들과 만남 자체에 적대적인 경우마저 있다.

봉사단원들이 이들에게 다가가 친구가 되기까지 무엇보다 이들의 마음을 움직이게 하는 건 꾸준한 관심이라고. 묵묵히 피해가정을 방문하면서 조금씩 그들에게 힘을 보태는 것이다.

교통안전공단에서 희망봉사단을 조직한 것도 그런 취지에서였다. 각 지역별로 1~2명에 불과한 공단 직원만으로는 교통사고로 피해를 입은 가정을 일일이 돕기에 역부족이었다. 특히 지난 2009년부터 공단이 교통사고 피해가정들에 대한 경제적인 지원뿐만 아니라 정서적인 지원에도 관심을 기울이기 시작하면서 이듬해인 2010년 일반인 봉사자들로 구성된 희망봉사단을 본격 구성하게 됐다.

희망봉사단은 처음에는 교통사고로 장애를 입으면서 공단의 지원금을 신청하러 외출을 하기조차 수월치 않았던 피해자들을 대신해 서류 신청 업무를 도와주고 병원을 동행하거나 말벗이 돼주는 일을 주로 했다. 그러다가 최근에는 피해가정의 나들이 지원이나 이들을 위한 반찬 지원, 목욕과 미용, 집안 청소까지 활동 영역을 넓히고 있다.

실제 공단은 매년 1월 일반인들을 대상으로 희망봉사단원 모집 공고를 한다. 선발된 봉사단원들은 같은 해 3월부터 11월까지 9개월 동안 교통사고로 피해를 입은 가정을 돕는다. 전국의 주요 도시 14개 지역별로 1명당 일주일에 2~3개 가정을 방문하면 방문 횟수는 1개월 동안 적게는 6회에서 많게는 12회가량 된다.

교통안전공단 관계자는 "2015년에는 교통사고로 장애를 입은 이들에게 수목원 관람이나 낚시, 연극 관람 등 문화활동을 할 수 있도록 다양한 도움을 줄 수 있어 좋았다"며 "거동이 불편한 지원자와 동행하면서 외출이나 목욕 등 기본적인 일상생활이 가능할 수 있도록 수혜가정에 실질적인 도움이 되는 항목 위주의 봉사활동을 시행 중"이라고 설명했다.

공단이 희망봉사단 모집을 시작한 첫해 80명이었던 봉사자는 꾸준히 증가해 2015년에는 199명으로 2배 이상이 됐다. 지원 횟수도 2011년 7,500회에서, 2013년 8,450회, 2015년 1만 372회로 매년 확대되고 있다.

도움 사각지대 줄이는 데 주력

2016년 목표는 봉사단원 220명을 모집해 3월부터 11월까지 9개월 동안 매달 6회씩 모두 1만1,880회 지원을 하는 것이다. 각 지역별로 인원을 골고루 배치해 도움의 사각지대를 줄이는 데 주력할 계획이다. 무엇보다 봉사활동 시간이 맞지 않을 때는 서비스를 받을 수 없어 난감해지는 일이 없도록 조정하고, 피해가정들의 사생활을 보호하도록 더 애쓰려고 한다. 물품 지원의 경우 피해가정이 원하는 물품을 지원할 수 있도록 세심하게 신경 쓰려 한다고 전했다.

봉사자들이 개인사정으로 봉사활동을 중단하게 될 경우 업무 공백이 생기지 않도록 하고, 똑같은 서비스로 중복 지원이 되거나 지역별로 봉사자들이 편중돼 불편을 겪지 않도록 하는 것도 핵심 과제다.

공단은 올해도 어김없이 봉사단원 구성 준비에 한창이다. 올해 봉사를 받을 교통사고 피해가정을 선별해 다음 달에는 이들을 위한 봉사단원들을 선발할 예정이다. 이들 가운데는 매년 사회복지사, 요양보호사 등 관련 분야 전문자격증을 가진 이들도 있어 피해가정에 보다 전문적인 도움을 주는 데 힘이 되고 있다고.

더욱이 다양한 봉사관련 단체나 대학생과 같은 일반인들도 신청을 하면서 피해가정에서 혼자 하기 힘든 일을 돕는 숨은 일꾼 역할을 톡톡히 담당하고 있다.

각 분야의 전문가들로 이루어진 199명의 숨은 손길들

2015년 교통안전공단 희망봉사단원으로 활동한 사람은 199명이다. 알게 모르게 봉사를 이어오면서 이들 가운데는 수년째 계속 희망봉사단 활동을 하는 이들도 적지 않다. 누가 시키지 않는데도 이들이 봉사에 나선 이유는 무엇일까.

이들이 봉사단원이 된 이유는 다양하다. 대개는 교육이나 상담, 복지 등 관련 활동을 하면서 각자가 가진 경험과 지식을 살려 피해가정을 돕게 되는 경우가 많지만, 그렇지 않은 일반인들도 본인 재능껏 피해가정을 지원하고 있다. 물론 봉사자 모두가 교통사고 피해가정에 보탬이 되고 싶다는 마음은 공통적이다.

대구에서 봉사단원으로 활동한 박모 씨의 경우 대학에서 물리치료학과 사회복지학을 전공했다. 현재 대구장애인복지관과 대한물리치료사협회 활동을 하고 있는 그는 재활서비스나 의료지원 중심의 활동을 한다. 직접 피해가정을 방문해 물리치료와 같은 재활서비스를 제공하고, 동호회 활동이나 생활체육 활동을 하면서 치료에 도움이 되는 여가활동도 돕는다. 피해자들과 운동 경기를 함께 응원하면서 물리치료에 도움이 될 수 있게 하고, 독거장애인에게는 의료지원의 중계자 역할도 해줬다. 박씨는 중증장애인들에게 물리치료 서비스를 제공하고 복지관이나 요양시설 등을 연계하는 방식으로 맞춤형 지원을 해줄 수 있어 뿌듯하다.

그런가 하면 경인지역에서 봉사단원으로 활동한 서모 씨는 중식요리사라는 직업적 특성을 살려 봉사에 나섰다. 교통사고로 장애가 생긴 이들이 집에서 혼자 요리를 해 먹는 것은 쉽지 않은 일이다. 서씨는 이를 감안해 피해가정에 각자의 입맛을 고려해 반찬을 지원하고, 직접 그 집에서 요리 시현을 하기도 한다. 특히 요리 시현을 할 때는 장애인들에게 음식을 만드는 과정과 먹는 방법을 보여줌으로써 평소에 혼자서 식사 준비를 할 수 있도록 한다. 게다가 식사를 준비하는 과정에서 이웃과 음식을 나눠 먹으면서 자연스레 생기는 친밀한 관계는 덤이라고.

공단의 권유로 봉사를 시작한 경우도 있다.

전북 완주의 이모 씨는 지난 2013년 장애우 위문공연 후 단원으로 활동하게 됐다. 차량 지원과 목욕 봉사, 겨울 김장을 비롯해 이불 세탁과 서랍 정리, 화장실 청소까지 피해가정의 살림살이를 도왔다. 이 씨가 방문한 가정만 해도 2014~2015년 2년 동안 152곳이나 된다.

부산에서 학교 밖 청소년 교육 및 상담봉사를 해온 김모 씨나 심리상담사와 힐링 전문강사로 활동 중인 유모 씨는 평소 어려움을 겪는 이들을 보면서 봉사활동에 나서게 된 경우다. 제주도에서 15년 동안 안전생활실천시민연합에서 활동한 강모 씨와 광주에서 어린이 안전학교를 운영하고 있는 김모 씨도 마찬가지.

어릴 적 아버지의 사고로 국가생계 지원을 받고 자란 이모 씨 역시 봉사의 손길을 다시 되돌려주고 싶은 마음에 봉사단원이 됐다. 불우청소년을 상담했거나 교통사고 피해의 어려움을 누구보다 잘 아는 그들은 피해가정에 조금이나마 익숙하게 다가갈 수 있었다.

그러나 이 같은 경험이 전부는 아니다. 경남 김해에 사는 신모 씨는 멀리 경남 양산까지 반찬 지원을 마다하지 않는다. 양산에 사는 조손가정에 2014년부터 2년째 지원을 하고 있는데, 멀다고 지원 받기를 꺼리는 노부부에게 반찬 지원을 자처했다. 신씨는 봉사단원 활동을 통해 만나게 된 귀한 인연들에 교통안전공단에 감사하다고 말한다. 앞으로도 여력이 될 때까지 열심히 활동하겠다는 게 신씨 포부다.

이들 모두는 공통적으로 조용하지만 묵묵히 봉사단원으로 활동하면서 피해가정을 돕고 싶다고 말한다. 본인이 가진 마음가짐으로 각자가 할 수 있는 일로 피해가족들을 지속적으로 만나고 있다.

교통복지공단에 따르면 2015년 봉사단에 대한 수혜 가정의 만족도는 10점 만점에 9.2점. 전년도인 2014년 8.9점, 2013년 8.7점에서 꾸준히 높아졌다. 앞으로도 교통사고 피해자들을 돕는 데 꼭 필요한 역할을 하는 게 이들의 목표다.

5678도시철도 역무원, 출근길 열차의 안전 운행을 책임진다

서울 지하철 5·6호선 청구역의 하루가 시작되는 시간, 오전 4시 10분이다. 동이 트기 한참 전이지만 역무원들은 서둘러 오늘의 첫차를 맞을 채비를 했다. 전날 오후 6시부터 근무한 이들은 새벽 1시께 잠자리에 들어 쪽잠을 자다시피 했지만 서울시민의 안전이 그들의 손에 달린 만큼 얼굴에는 피곤한 기색을 찾을 수 없었다.

"일찍 오셨네요!"

2016년 1월 5일 오전 4시 30분, 청구역 입구 셔터 너머로 반듯한 옷매무새를 갖춘 청구역 안준영 부역장이 밝게 인사를 건넸다. 올해 들어 처음으로 영하로 뚝 떨어진 날씨에 다소 얇아 보이는 근무복이었지만 안 부역장은 "시민들을 직접 대하는 만큼 단정한 복장과 용모는 역무원이 갖춰야 할 기본자세"라며 웃어 보였다.

첫째도 안전, 둘째도 안전

청구역의 첫차는 평일 기준으로 5호선 방화행과 6호선 봉화산행이 오전 5시 35분에, 6호선 응암행과 5호선 마천행이 각각 오전 5시 38분과 5시 53분에 출발한다. 안 부역장은 첫차가 들어오기 전까지 역의 시설물을 점검하기 위해 뛰다시피 바삐 움직였다. 오전 4시 30분부터 시작된 일과지만 5호선과 6호선이 지나는 환승역의 선로 4개를 비롯해 에스컬레이터와 엘리베이터 등 각종 시설물의 이상 유무를 첫차가 들어오기 전까지 확인해야 하기 때문이다.

안 부역장은 가장 먼저 지하 2층에 위치한 6호선 승강장의 조명을 켜고 스크린도어를 확인했다. 간혹 스크린도어가 안 열리는 경우도 있어 사전 점검을 반드시 해야 한다고 안 부역장은 말했다. 그는 "청구역을 지나는 5호선과 6호선은 약 15~16년이 된 선로"라며 "정기적으로 점검 및 보수를 하고 있지만 최근 신설된 노선에 비해서는 노후됐기 때문에 작은 변화라도 사고로 이어질 수 있는 만큼 절대 지나쳐서는 안 된다"고 말했다.

안 부역장은 5호선과 6호선의 상·하행선을 빠른 걸음으로 일일이 돌며 선로에 이상이 없는지 꼼꼼히 둘러봤다. 이따금 노후된 시설물 등이 선로 위 천장에서 떨어지거나 지하철과 승강장 사이 벌어진 틈새로 휴대전화, 교통카드, 지갑 등이 떨어져 있을 경우 종합관제탑에 알린 뒤 신속하게 처리해야 하기 때문이라고 그는 설명했다.

안 부역장이 첫차가 들어오기 전 선로 점검을 하는 데만 걷는 거리는 약 1,400m에 달한다. 한 선로당 약 170m에 달해 지하 2층과 4층을 오르내리며 총 4개 선로를 둘러보는 데만 1km가 넘는 거리를 걷

는 셈이다.

청구역 입구 셔터는 안 부역장이 선로 점검을 모두 마친 뒤에야 열렸다. 지상으로 연결된 엘리베이터를 가동해 지상으로 올라가자 역내 근무하는 점포 상인들과 환경미화원들이 엘리베이터 앞에서 기다리고 있었다.

"날씨가 많이 차가워졌네요. 수고하세요!"

역내 상인들의 인사를 뒤로 하고 안 부역장은 3개의 입구등과 시설물을 돌아보며 점검을 이어갔다. 특히 겨울철에는 눈이나 비가 내릴 경우 계단이 얼어 지하철 입구에서 안전사고가 많이 일어난다. 그는 "그런 날은 아무래도 혼자 처리하기 버거운 업무량이기 때문에 사회복무요원과 함께 발 빠르게 조치를 취하고 있다"고 말했다.

청구역은 총 10대의 에스컬레이터와 5대의 엘리베이터를 보유하고 있다. 안 부역장은 "에스컬레이터 등 시설물이 많은 만큼 노약자와 취객 안전사고가 많아 늘 예의주시하고 있다"며 "최근 특히 스마트폰 보급이 늘어나면서 에스컬레이터를 탈 때 손잡이를 잡지 않는 경우가 많아 안전사고가 빈번히 발생한다"고 말했다. 역무원은 안전사고 발생 시 119 구급대원들이 도착하기 전까지 시민들을 보호하고 응급처치를 하는 등 즉각적인 조치를 취하고 있다.

첫차 무사히 보낸 뒤에야 한시름…… 그러나 이제 시작

첫차 시간이 다가오자 이른 시간인데도 청구역에는 시민들이 제법 모여들었다. 첫차를 기다리며 신문을 읽는 중년 남성을 비롯해 다소 피곤한 기색으로 의자에 앉아 있는 중년 여성들도 눈에 띄었다.

"지금 봉화산, 봉화산행 열차가 들어오고 있습니다."

오전 5시 35분이 되자 이윽고 청구역의 첫차인 6호선 봉화산행 열차가 선로에 들어섰다. 승객들이 안전하게 승차한 뒤 역무원은 기관사가 있는 방향을 향해 두 팔로 큰 원을 만들어 보였다. '승강장의 승객들이 모두 탑승했으니 열차의 문을 닫고 출발해도 좋다'는 신호다. 만일 열차로 승객이 갑작스럽게 뛰어드는 경우를 대비해 역무원과 기관사 간 수신호를 확인한다. 안 부역장은 "기관사가 거울로 승강장의 승객들이 탑승을 완료했는지 확인을 하지만 일부 선로의 경우 곡선으로 이뤄져 있어 반사거울만으로는 승객들의 탑승 상태를 확인하기 어려울 때가 있어 역무원의 수신호가 필요하다"고 설명했다.

안 부역장은 이같이 4개 선로에 첫차가 무사히 통과한 후에야 한시름 내려놓았다. 그러나 역무원의 일과는 첫차를 보낸 이후에도 쉼없이 이어졌다. 다급하고 예외적인 일들이 바로 심야 시간과 첫차를 전후한 시간대에 발생하기 때문이다.

밤낮 없이 긴장을 한시도 늦출 수 없는 업무에도 안 부역장은 내내 미소를 잃지 않았다. "조금 고되다는 생각이 들더라도 이것이 제가 맡은 책임이자 임무인데 절대 소홀히 할 수 없죠." 지하철을 통해 많은 사람이 오가는 만큼 역무원의 역할도 클 수밖에 없다는 게 그의 설명이다.

오전 8시부터 근무를 시작하는 주간조가 도착하자 역장과 부역장, 당직자를 비롯한 사회복무요원 등이 함께 시민 민원 응대부터 열차 운행 관리, 시설물 관리 근무를 이어갔다. 출근 시간이 다가오면서 역을 이용하는 시민들이 늘어나기 때문에 만일의 상황에 대비하기 위한 것이다. 안 부역장은 이후에도 역내 화장실 점검을 비롯해 교통카드 충전기기와 지폐교환기 등을 확인했다.

역무원을 힘들게 하는 억지 민원…… 선진 시민의식 필요

지하철 역무원은 역 운영과 관련된 모든 업무를 담당한다. 시민 민원 처리를 비롯해 열차 운행 관리, 시설물 관리, 수익금 관리 등이 이에 해당된다. 특히 이 가운데 시민들의 민원 처리도 업무의 상당 부분을 차지하고 있다. 안 부역장은 업무 가운데 가장 보람되면서도 가장 힘든 일로 '시민 응대'를 꼽았다. 일부 시민들이 간혹 역무원에게 억지스럽거나 과도한 서비스를 요구할 경우가 있기 때문이라고 그는 토로했다.

안 부역장은 "직접 겪은 일은 아니지만 역내 이동 시 무거운 짐을 들어달라는 요청이 가끔 있다. 그런데 현장에 나가보면 충분히 짐을 들어줄 건장한 남성과 동행하고 있음에도 역무원에게 아랫사람 대하듯 지시하는 시민이 있어 심적으로 힘들다며 상담을 요청하는 후배들이 있다. 역무원이 아니라 내 아버지이고 내 딸이었더라도 그렇게 대했을지 의문이 들 때도 있다"고 말했다. 이 밖에도 민원 응대 시 미소를 띠지 않았다는 이유로 불만 신고를 하거나 시민응대센터 역무원에게 다짜고짜 욕설을 하고 가는 일부 시민도 있어 역무원들이 가슴앓이를 한다는 것이다.

안 부역장은 "그런 일은 극히 일부에 불과하지만 마음 아픈 현실인 것도 사실"이라며 "다행히 대다수의 시민은 도움을 드렸을 때 고마움을 표해주셔서 내 일처럼 보람되고 기쁠 때가 더 많다"고 전했다.

그는 "예전에 한 어르신이 종친회 연락처를 적어놓은 수첩을 분실했다며 사색이 돼 사무실을 찾은 적이 있었다"면서 "당시 수십 명의 연락처를 한꺼번에 잃어버려 하얗게 질린 어르신의 표정을 잊을 수가 없다"고 설명했다. 그는 우선 어르신을 안심시킨 후 열차 운행이 끝난 뒤 선로에 떨어진 수첩을 찾아 돌려드렸던 기억을 떠올렸다.

그는 "역무원에게 가장 중요한 것은 안전, 그리고 고객 관리"라며 "장애인이나 노약자 등 도움을 요청하는 분들에게 내 일처럼 도움을 드렸을 때 결과를 떠나서 고마움을 표해줄 땐 보람을 느끼고 큰 힘을 얻는다"고 말했다.

한국마사회 문화공감센터, 지역사회 주민들의 문화 쉼터를 꿈꾼다

과거 '화상경마장'이라 불리며 기피 시설로 인식됐던 장외발매소가 누구나 찾고 싶은 공간인 렛츠런 문화공감센터로 새롭게 태어났다. 문화공감센터는 경마장이 있는 렛츠런파크 외에 일정 건물에 경주를 볼 수 있는 최첨단 중계시스템을 갖춰, 거리상 직접 렛츠런파크를 방문할 수 없는 고객 불편을 최소화하기 위해 운영되고 있다. 문화공감센터는 단순한 경주 중계 서비스를 넘어 평일 월요일부터 목요일까지 다양한 문화 강좌를 개설 · 운영하는 한편 동아리 활동, 공부방 등 시설 개방을 통해 지역사회 주민들의 문화 체험과 소통의 장소로 적극 활용되도록 지원하고 있다. 미국, 영국, 호주, 일본 등 해외에서는 이미 렛츠런 문화공감센터와 유사한 시설을 운영하고 있으며, 이를 통해 지역사회의 세수 증대는 물론, 성인의 여가 및 레저 욕구 충족, 불법도박 이용을 방지하는 효과를 보고 있다.

과거 반성, 미래 준비하는 렛츠런 문화공감센터

지난 2013년 취임한 삼성물산 회장 출신 한국마사회 현명관 회장은 한국마사회에 큰 변화를 가져왔다. 현 회장은 고객을 최우선에 두고 지속적인 성장 기반 마련을 목표로 정했다. '혁신'이라는 키워드에 주목한 현 회장의 고객중심 경영과 경쟁력 강화를 위한 노력은 다양한 결실로 나타나고 있다. 렛츠런 문화공감센터도 노력의 일환이라고 볼 수 있다.

전국 30개 렛츠런 문화공감센터는 연간 70만 명 이상의 고객 및 주민들이 이용하고 있다. 렛츠런 문화공감센터는 지역사회 구성원들이 다양한 문화를 배우면서 즐기고 소통하는 공간인 것이다. 한국마사회는 이를 통해 지역사회와 상생을 통한 고객 감동 경영을 실천하고 있다.

전국 렛츠런 문화공감센터의 문화 강좌 프로그램 기획과 센터 운영 지원은 상생문화공감팀에서 담당하고 있다. 이들은 문화가 기획자들에 의해 일방향적으로 만들어지는 것이 아니라 회원들이 원하는 분야를 직접 찾아 즐겁게 배우면서부터 시작한다고 강조했다. 실제 상생문화공감팀은 강좌를 개설하기 전에 고객들을 대상으로 수강하고 싶은 강의에 대한 설문조사를 진행하기도 한다.

문유진 상생문화공감팀장은 “문화공감센터 회원들이 즐거운 마음으로 자신이 좋아하는 분야를 찾아 배우고, 그 기쁨과 감동을 다른 사람들과 나눌 수 있도록 묵묵히 노력할 것”이라고 전했다.

전국 30개 센터서 700강좌 운영

한국마사회의 이런 노력에 보답이라도 하듯 2015년 렛츠런 문화공감센터 회원 수는 가파르게 증가했다. 문화센터에 학기제(3개월 단위) 개념을 도입, 달성 목표를 설정하는 등 동기부여는 물론이고 수준별 수업을 진행해 회원의 만족도를 높였다. 자연스럽게 지역주민 참여가 증가해 수강 강좌 기준 2015년 1학기 1만 4천여 명에서 2016년 1학기에는 2만 5천여 명이 수강 등록을 마쳤다. 불과 일 년 사이 문화공감센터 학기별 수강 인원이 180% 이상 급증한 것이다.

전국적인 관심과 인기에 힘입어 강좌도 더욱 풍성해졌다. 분야와 장르를 넘나드는 50여 종의 다양한 커리큘럼에는 흔히 볼 수 없는 승마교실부터 트렌드를 반영한 천연화장품 및 반려동물 옷 만들기 프로그램 등도 포함됐다.

단순한 분야라도 강좌를 다변화해 선택의 폭을 넓힌 점 역시 렛츠런 문화공감센터만의 장점. 댄스 분야의 경우 밸리댄스, 챠밍댄스, 리듬댄스, 훌라댄스, 한국무용, 진도북춤 등 다채로운 강좌를 운영, 각자 취향에 맞춰 수강할 수 있도록 했다. 또 성인 위주 강좌가 아니라 인기 많은 영유아 강좌인 '숙명 유리드믹스' '5-터치 오감발달 놀이' '트니트니 트니짐' 등을 개설해 부모와 아이가 함께 시간을 보낼 수 있는 학습 기회를 제공하고 있다.

단순 강좌 넘어 지역 숙원사업도 추진

렛츠런 문화공감센터는 문화 강좌 개설에 그치지 않고 지역 숙원 사업 추진에도 앞장서고 있다. 2015년 22억 4천만 원의 재원을 마련해 총 71개 사회복지 사업에 지원했다. 상생문화공감팀은 직접 지자체 및 주민자치회 등으로부터 신청서를 접수받아 지자체와 회의를 거쳐 환경 개선, 교육환경 구축 등 다양한 사업에 기여했다.

렛츠런 문화공감센터 강동은 지난 2013년부터 고령화 사회에 진입한 한국 노인복지 정책의 미흡함을 인식하고 매년 봄과 가을이면 강동구청에서 실시하는 '독거노인 바깥 나들이' 프로그램을 지원하고 있다. 2015년 10월 프로그램 참가자는 "멀리 여행을 떠나본 지가 언제인지도 기억나지 않는데 나들이를 준비해준 구청과 문화센터에 고맙다"는 인사를 전하기도 했다.

렛츠런 문화공감센터 도봉은 '사랑을 담은 집 고쳐주기'를 통해 지역 주민들의 따뜻한 보금자리 마련에 힘쓰고 있다. 렛츠런 문화공감센터 일산은 다문화가정을 후원하기 위해 결혼이주여성 대상 전문 직업교육 기초과정을 제공한다. 관계자는 "언어와 문화가 낯설어 마땅한 취미나 직업을 갖지 못한 여성들에게 내실 있는 교육 프로그램이 될 것으로 기대해 다문화인들의 삶의 질 향상을 위해 노력 중"이라고 설명했다.

최우선 가치, 아이들 꿈 키우는 렛츠런 멘토링

한국마사회 상생문화공감팀은 2015년부터 '(사)행복한 재단' 등과 함께 업무협약을 체결해 '수퍼 파워 멘토링'을 추진 중이다. 현재 전국 30개 렛츠런 문화공감센터가 동참, 시작 단계였던 2014년(3개 문화공감센터)과 비교하면 불과 3년 만에 참여 문화공감센터 수는 10배 늘어났고, 멘토와 멘티를 합친 참여자는 1,500여 명에 이른다.

렛츠런 문화공감센터가 소재한 지역에 거주하는 중·고생이라면 누구나 '수퍼 파워 멘토링'에 참여할 수 있다. 대학생 또는 대학원생과 중·고등학생을 일대일로 매칭해 운영하고 있으며, 학업 외에 개인적인 고민이나 진로에 대한 상담 등도 진행함으로써 넓은 범위에 걸쳐 멘토가 가진 경험과 노하우를 배울 수 있게 했다.

멘토 및 멘티를 대상으로 실시한 설문조사 결과, 응답자 대부분이 멘토링 참가에 높은 만족도를 보이는 것으로 나타났다. 특히 응답자의 95.3%가 멘토링을 통해 성적이 향상됐다고 답하는 등 학업에 미치는 긍정적인 효과도 큰 것으로 입증됐다.

여기에 상생공감팀은 컨퍼런스를 개최, 멘토·멘티와 가족들이 한자리에 모여 대화하고 우수 참가자들에게는 장학금도 수여하는 화합의 자리도 마련하고 있다.

상생문화공감팀 강좌 다양화에 주력

한국마사회 상생문화공감팀은 풍부한 강좌로 가득 찬 문화센터를 만들기 위해 조직됐다. 1992년부터 문화센터가 운영되기는 했으나 전담 부서가 신설된 것은 2015년부터다. 현명관 회장 취임 전까지는 운영자 주도 아래 강좌가 생겼다면 이제는 수급자인 고객들 의견을 최대한 반영하기 위한 것이다.

현재는 어느 정도 인기 강좌가 자리를 잡았지만 초기 지역주민이나 회원들을 대상으로 직접 설문조사한 결과를 토대로 강좌를 구성하기도 했다. 문화센터를 이용하는 연령층이 60~70대로 비교적 높은 만큼 최신 유행이 반영된 강좌는 팀에서 직접 준비하기도 한다.

최고 인기 강좌는 '노래 교실'이다. 경마 중계를 위해 쓰이는 모니터가 많아 큰 화면에 가사를 띄워놓고 함께 노래를 부를 수 있다는 장점도 있다. 규모가 큰 문화센터는 동시에 600명이 노래 교실을 수강할 수도 있다. 요가와 필라테스 등 운동 강좌는 여성들에게 인기다.

최근 떠오르는 인기 강좌는 '트니트니'다. 트니트니는 영유아를 위한 강좌로, 일종의 아동신체발달 프로그램이다. 강좌에 참여한 아동은 다양한 방법으로 육체활동을 하면서 오감의 자극을 받는다. 육아 예능 프로그램에도 자주 등장하는 강좌로, 현재 백화점 문화센터 등에서도 크게 인기를 끌고 있다. 상생문화공감팀은 한국마사회가 운영하는 문화공감센터가 같은 프로그램을 비교적 저렴한 가격에 제공, 대기자가 많다고 전했다.

전면 무료이던 강좌가 2015년부터 전면 유료화되면서 한때 고객들이 불만을 표출하기도 했다. 상생문화공감팀 안재성 씨는 "유료로 전환한 뒤에도 회비는 3개월에 1만 원 수준"이라며 "수익사업이 아니라 강의의 효율성 제고를 위한 것"이라고 설명했다. 무료로 시행하면 출석 체크에도 문제가 있고 성실하게 출석하는 고객들이 피해를 볼 가능성 때문이다.

그는 "센터별로 일단 한 강좌는 무료로, 해당 지자체 거주자는 50% 할인이 가능하다"며 "최대한 저렴한 가격에 강좌를 제공하기 위해 노력한다"고 덧붙였다.

상생문화공감팀은 올해 센터 간 수강 인원과 강좌 수 차이를 줄이는 것을 목표로 삼고 있다. 센터 크기나 지역주민 수에 따라 센터별로 개설되는 강좌 수가 다른 경우가 있어 상향평준화하려는 것. 어느 지역에서도 같은 종류의 강좌를 저렴한 가격에 제공할 수 있도록 하는 게 2016년 상생문화공감팀의 가장 큰 과제가 될 것으로 보인다.

SH공사 용지보상부,
주민과의 소통이 가장 중요하다

서울 구로구 항동은 사진을 좋아하는 사람들에게는 유명한 장소였다. 지난 2004년까지 그린벨트로 묶여 녹지가 잘 보존됐기 때문이다. 또 항동을 가로지르는 철로 사이사이 무성하게 자란 풀 덕분에 오묘한 분위기까지 자아내 사진이 취미인 사람들이 많이 찾았다. 과거에는 철길을 따라 죽 걷다 보면 '길은 열려 있다' '힘들 땐 쉬어 가세요' '혼자라고 생각 말기' 등의 글귀가 있어 마음을 차분하게 만들어주기도 했다. 이들 문구는 사진을 좋아하는 사람들에게 좋은 배경이 되기도 했다.

서울 항동이 2015년 12월부터 주거지역으로 변신하기 위한 건물 착공에 들어갔다. 물론 사진 찍는 사람들이 찾던 철길과 인근지역은 녹지로 보존된다.

사실 항동이 주거지역으로 변신하는 과정은 쉽지 않았다. 2004년 그린벨트에서 해제된 후 2010년 4월 이명박정부 때 보금자리주택지구로 지정되면서 주민들은 지역개발에 대해 기대감이 높았다. 그러나 2011년 4월 사업은 중단됐고, 다시 시작된 것은 3년이 지난 2013년이었다.

건물 착공이 되기까지 과정은 쉽지 않았지만 결과는 긍정적이다. 사업 주체인 SH공사도 여러 최초 사례를 남기기도 했다. 특히 항동 공공주택지구는 거액의 보상가격을 요구하며 땅 매각을 거부하는 이른바 '알박기'와 이에 대응한 사업자의 강제철거가 발생하지 않은 유일한 사례로 기록됐다. 이 과정에서 SH공사 용지보상부의 역할이 컸다는 평가다.

시작된 항동공공주택지구 공사

항동공공주택지구는 2015년 10월 토목공사를 착공했으며, 12월에는 건설 착공까지 이뤄졌다. 정부가 대지와 논밭, 임야로 이뤄진 항동 일대 66만 5,566m²를 2010년 5월 공공주택지구로 지정한 지 5년여 만이다.

이에 따라 이 지구는 5,230가구 규모의 아파트와 도시형생활주택으로 구성된 신흥 주거타운으로 변모한다. 아파트 4,325가구, 도시형생활주택 875가구, 단독주택 30가구 등이다. 임대아파트는 모두 전용면적 60m² 이하 소형만 지어지고 총 2,119호에 이른다.

착공을 한 만큼 사업은 2017년 말에 마무리가 될 예정이지만 여기까지 오는 과정은 험난했다. 먼저 처음 사업이 시작된 것은 2010년 4월이었다. 당시 사업은 항동보금자리주택이었다. 보금자리주택은 이명박정부 때 무주택 서민을 위해 공공부문이 직접 주택을 공급하는 사업이었다. 보금자리주택지구로 지정됐지만 곧바로 진행되지 못한 것은 사업성이 낮았기 때문이다.

초기 계획은 66만m²가 넘는 부지에 3천 가구 이상의 임대주택을 만드는 것이었다. 임대주택 숫자가 많다 보니 SH공사 입장에서는 수익을 낼 수 없었고 사업을 진행하기 위한 공사채 발행도 불가능했다. 2015년 5월 발표된 감사원 감사 결과에 따르면 2010년 7월 당시 추정이익률은 -4.4%로 지방공사채 발행 기준인 2%에 턱없이 못 미쳤다. 더구나 2012년에는 서울시 방침에 따라 임대주택 건설계획에 1,170가구를 추가했고 이익률은 -20.4%까지 낮아졌다. SH공사가 공사채 발행 없이 자체 자금으로 사업을 추진할 만한 여력이 없기 때문에 지지부진한 상태에 놓인 것이다.

어렵고 긴 조율 과정을 거쳐 사업은 변경됐다. 당초 아파트 7개 단지를 만들겠다는 계획은 2·3·4·8단지에 아파트, 1·2·3단지에 도시형생활주택(행복주택)을 조성하는 것으로 바뀌면서 사업성을 갖추게 됐다.

한명학 SH공사 용지보상부장은 "임대주택을 많이 지을수록 좋겠지만 수익성을 고려하지 않은 채 사업을 수행하기는 어렵다"며 "사업성을 개선하면서도 각 부처의 요구조건을 맞추기 위해 갖은 노력을 했다"고 전했다.

주민과 대화로 보상 마무리

사업성 문제는 해결했지만 넘어야 할 벽은 또 있었다. 공사를 착공하기 위해서는 주민들 이주와 이에 따른 보상을 해야 한다. 사실 주민들은 지역개발을 절실히 원했다. 2004년까지 그린벨트로 묶여 있다 보니 개발에서 소외됐고, 주택에 문제가 생겨도 재건축 등 이렇다 할 방법이 없었다.

따라서 2011년 4월 사업이 중단됐을 때 주민들은 강하게 반발했다. 주민대책위원회는 항동 곳곳에 현수막을 걸고 사업 재개를 요구했다. 서울시청을 찾아가 박원순 서울시장과 직접 대화를 요구하는 1인 시위를 벌이기도 했다.

한 차례 사업 중단 이후 사업은 2013년 항동공공주택지구라는 이름으로 다시 시작됐지만 이번에는 주민 이주 관련 보상 문제가 수면으로 떠올랐다. SH공사 용지보상부는 보상 문제를 해결하기 위해 현장에 사무실을 차렸다. 사무실은 2013년 항동공공주택지구의 한 주민이 살던 주택을 이용했다.

용지보상부가 선택한 방법은 주민들과 접점을 늘리는 것이었다. 단순히 강하게 이주를 강요하는 식의 방법으로는 문제 해결이 불가능했기 때문이다.

한 부장은 "2013년 현장에 와보니 항동에서 세입자로 사는 주민들 가운데 독거노인이나 영업하는 사람들의 경우 고물상이 많았다"며 "5만 원 정도의 싼 월세를 내면서 사는 사람들이 갑자기 어디로 갈 수 있겠나. 더구나 토지 주인들은 초기 SH공사 직원을 싼 값에 땅을 빼앗아가는 도둑이라고 생각했다"고 설명했다. 그는 "할머니와 할아버지들에게 보상에 대해 설명을 드리고 이주 등 행정적인 부분은 우리가 모두 처리해드리면서 한 명씩 대화를 해나가는 방식으로 신뢰를 쌓았다"고 말했다.

꾸준하게 주민과 신뢰를 쌓아가는 과정에서 박 시장이 항동을 찾아 주민들과 만난 것도 보상 문제를 해결하는 데 큰 도움이 됐다.

한 부장은 "내부적으로는 2015년 주민들의 보상 및 이주 문제로 착공이 불가능하다는 의견이 우세했다. 서울시는 일주일에 한 번씩 항동공공주택지구 조기 착공을 위해 회의를 했다"며 "부정적인 분위기였는데 2015년 착공에 들어가자 SH공사 용지보상부가 대단하다는 이야기가 나왔다"고 털어놨다. 이 같은 과정을 거쳐 이뤄진 주민보상은 총 4,349억 2,800만 원이다.

항동지구, 최초 사례 남겨

대화를 통해 주민 보상 문제를 해결하는 과정에서 SH공사 용지보상부는 여러 가지 첫 기록을 남겼다.

먼저 항동공공주택지구에서는 주민들의 '알박기'와 '강제철거' 과정 없이 보상 문제가 마무리됐다. 용지보상부가 지구에 상주하며 주민들 이야기와 요구사항을 자신의 일처럼 듣고 해결해주기 위해 노력한 덕분이다.

한 부장은 "택지지구 개발과정에서 계획된 공정이 있다 보니 알박기를 하는 주민과 강제철거하려는 사업자 간의 갈등이 자주 발생한다. 그러나 항동공공주택지구에서는 알박기나 강제철거 없이 깨끗하게 보상 문제가 마무리됐다"며 "주민에 대한 보상과 이주가 깔끔하게 이뤄진 것은 항동공공주택지구가 유일하다"고 지적했다.

주민과 대화 과정에서 SH공사 입장에서는 처음으로 단독주택용지를 단독주택과 점포 겸용 용지로 분양하는 일도 있었다. 단독주택용지를 받는 주민들이 생계 차원에서 점포를 할 수 있는 길을 열어달라는 주민대책위원회 주장을 받아들인 것이다.

한 부장은 "다른 지구에서 단독주택용지에 입주하겠다고 해서 분양했는데 분양시점에 단독주택을 포기하고 아파트로 가는 사례가 있어 초기 대화과정에서는 점포 용도에 부정적이었다"며 "현 시점에서 보면 주민과 SH공사 모두 긍정적이다. 주민들은 생계를 해결할 수 있고 SH공사 입장에서도 택지 가격이 높아져 이득"이라고 언급했다.

현재 항동공공주택지구 관련 행정 소송 30여 건이 진행되는 점을 제외하면 사실상 보상 문제는 마무리됐다. 한 부장은 "처음 항동공공주택지구에 왔을 때는 힘들었지만 이제 주민들과 서로가 미운 정, 고운 정이 다 들었다"며 "보상 업무를 하는 사람들은 다른 부서에서 근무하는 사람들과 달리 인간관계에 대해 많은 것을 배울 수 있다는 점이 매력"이라고 말했다.

서초소방서 잠원119안전센터 응급구조사, 응급 환자의 든든한 생명줄

"출동, 출동, 상황 발생, 긴급 출동……."

고요했던 서울 서초소방서 잠원119안전센터에 갑자기 요란한 사이렌이 울려 퍼진다. 긴급 상황이라는 뜻이다. 응급구조팀은 '골든 타임'을 사수하기 위해 재빨리 응급차에 몸을 싣는다. 응급차가 차선을 바꿔가며 갈 지之 자로 달리고 있는 중에도 응급대원들은 환자 정보를 확인하며 처치 계획을 세운다. 5분여간의 출동 시간이 대원들에게도, 환자에게도 가장 중요한 '골든 타임'이다.

2016년 1월 21일 오후 2시 50분께 이동하는 응급차 안에서 응급구조팀 응급구조사 강규훈 반장을 만났다. 그는 환자 정보를 확인하느라 정신이 없었다. 대학에서 응급구조에 대해 공부한 지도 이제 10년이 넘었지만 아직도 그는 응급 상황이 항상 긴장된다. 언제, 어디서, 어떤 응급 환자를 만날지 예측할 수 없어서다. 긴급 상황 때마다 다양한 환자에 적합한 응급처치를 해야 하는 응급구조사는 그야말로 '만능 해결사'다.

구조팀은 3명의 응급구조사 자격증이 있는 구급 대원으로 구성돼 있다. 강 반장을 포함해 신속한 후송을 위해 운전대를 잡는 정춘교 팀장, 환자 정보를 파악하고 응급처치를 하는 성정은 반장이 그 주인공이다. 출동부터 시작해 구조활동은 철저한 팀플레이를 통해 이뤄진다. 정 팀장이 현장으로 안전하고 신속하게 응급차를 운전하면 성 반장과 강 반장은 환자 정보를 확인하고 구조 계획을 세운다. 응급차가 도착한 후 환자를 이송하는 짧은 시간 동안 이뤄지는 이들의 업무 협력은 환자에게 새 생명을 불어넣는다.

만능 해결사 같은 응급구조사

'사건 발생 1-1월 21일 오후 3시 30분, 휴가 나온 군인 세제 복용 자살 기도.'

앞선 환자를 병원에 이송하고 복귀할 무렵 다시 출동 지시가 떨어졌다. 대원들은 5분 만에 서초구 잠원동 A아파트 현장에 도착했다. 이제부터 구조팀의 본격적인 '치료'와 '조사' 그리고 '이송'이 시작된다.

현장에는 세제를 복용한 김모 씨가 거품을 토하며 침대에 누워 있었고, 그 옆에는 신고자인 어머니가 횡설수설하며 울고 있었다. 집 안에는 환자가 구토한 흔적, 세제가 들어 있는 물컵 등이 확인됐다. 강 반장은 먼저 환자의 의식, 호흡 등을 확인했다. 응급 상황이 발생했을 경우 환자의 치료가 가장 우선이기 때문이다 .

응급구조사는 응급 의료에 관한 법률에 따라 응급 환자에 대해 상담·구조 및 이송 업무뿐 아니라 기도 확보, 심폐소생술, 약물 투여 등의 응급처치를 할 수 있다. 2015년 한 해 동안 구급대원은 환자 33만 5,470명에게 85만 4,800건의 응급처치술을 시행할 정도로 응급처치는 구조사의 기본 업무 중 하나다.

강 반장은 김씨의 의식과 호흡이 정상인 것을 확인하고 그에게 증상을 물었다. 김씨는 대원들에게 세제를 복용했다고 털어놨고, 성 반장은 즉시 환자가 복용한 세제를 찾아내 인체에 무해한 종류라는 사실을 알아냈다. 병원으로 가기 전 강 반장은 사건 발생 시간과 복용한 세제 양, 구토 횟수 등 사건의 종합적인 발생 경위를 환자 어머니에게 묻는 등 사건 전반을 조사했다. 어머니가 외출한 시간과 돌아온 시간을 고려해 환자의 세제 복용 시간을 유추하고 복용량 등을 파악한 것이다.

강 반장은 "사건 발생에 대한 기본적인 내용은 환자를 맡은 의사에게 전달되고 응급 환자 치료에 도움을 줄 때가 많다"며 "주변 사람의 경우 당황해서 사건을 기억하지 못하는 경우가 있어 최대한 빨리 관련 사실을 알아내려 한다"고 말했다.

병원으로 가는 길에 강 반장은 김씨를 응급차에 눕혔고, 정 팀장은 인근의 A대학 병원으로 신속히 차를 몰았다. 그동안 대원들은 응급차 내부 응급 의료 도구를 이용해 김씨의 혈압과, 맥박, 체온 등을 측정하고 산소포화도를 검사했다.

또 병원으로 이송되는 중간 강 반장은 구조대의 구조구급활동 시스템에 환자의 인적사항과 증상, 사건 발생 경위 등을 입력하고 있었다. 이 내용은 향후 의사에게 전달돼 환자 치료를 위한 정보로 사용된다. 3시 50분께 대원들은 김씨를 무사히 병원에 이송해 의사에게 환자의 상태 전반을 전달했다.

얌체 이용객에 취객까지……

'사건 발생 2-1월 21일 오후 3시, 병원 예약까지 마친 얌체 비응급 환자.'

"환자가 병원까지 다 예약한 상태입니다. 비응급 환자인데 병원을 가기 위해 구급차를 이용하는 경우죠."

구조팀은 출동 신고가 들어온 서초구 잠원동 A아파트로 긴급히 이동한 뒤 환자 상태를 확인하고 쓴웃음을 지었다. 지난번에도 비응급 환자면서 구급대를 이용한 적이 있는 소위 '얌체 이용객'이었기 때문이다. 응급차가 '구급 택시'로 전락하는 순간이다. 응급차 내부에는 외상 세트, 기관 삽관 튜브 세트, 분만 세트, 화상 세트, 기타 소독, 수액 세트 등 다양한 응급처치 용품이 있지만 이 같은 비응급 환자에게는 무용지물이다.

현장에 도착하자 70대 환자 오모 씨는 뇌경색으로 인해 거동이 어려웠고 강 반장과 성 반장이 힘껏 들어 들것에 실었다. 환자의 보호자는 이미 예약돼 있는 A병원으로 가달라고 했다. 해당 보호자는 "최근 건강이 또 안 좋아져 병원에 다시 입원해 검사를 해야 한다고 했다"며 "웬만하면 저기(병원 응급차)로 가려고 했는데 오늘은 아예 움직이시지 못해서……"라고 말끝을 흐렸다. 이 환자는 무사히 응급실이 아닌 '일반 병동'으로 이송됐다.

강 반장은 "이런 출동을 나가면 긴급하게 발생하는 응급 환자를 신속히 해결할 수 없는 것이 가장 큰 문제"라고 토로했다.

국민안전처 '2014년 구급활동 현황'에 따르면 전체 구급 출동(238만 9,211건)의 10건 중 1건은 비정상 출동이었다. 오인(5만 1,779건), 허위(1,557건), 출동 중 취소(21만 6,768건) 등 비정상 출동은 28만 5,243건(11.9%)에 달했다. 비응급 얌체 환자의 경우 119구조구급에 관한 법률에 따라 구급대원이 판단해 '이송 거부' 혹은 '과태료 부과'를 할 수 있지만 실제 현장에서는 판단이 힘든 부분도 있다.

강 반장은 "긴급 환자인지 아닌지 대략 알 수 있지만 갑자기 문제가 생길 수 있기 때문에 이송하는 경우가 많다"며 "또 야간 근무의 경우 취객들 이송이 많은데 이송 거부나 과태료 부과를 한 적은 거의 없었다"고 말했다.

국민안전처는 현재 1급 응급구조사 등 전문자격증을 갖춘 119구급대원을 계속 확충하면서 비응급 이송은 줄이고 응급환자 이송을 늘리는 데 노력을 기울이고 있다.

힘든 일, 사명감으로 승화시킨다

'사건 발생 3-1월 28일 새벽 2시, 24시간 불 꺼지지 않는 잠원119안전센터.'

서초소방서 잠원119안전센터는 대원들이 주간, 야간 돌아가며 근무하고 있다. 구조팀에게 새벽 근무는 더없이 고되다. 모두가 잠든 새벽에도 구조 요청은 끊임없이 들어오기 때문이다. 이날 오후 6시부터 갑자기 쓰러져 통증을 호소하는 환자부터 길거리에서 응급차를 붙잡고 복통을 호소하는 환자를 병원으로 이송하며 쉴 틈 없이 구조 활동을 벌이고 나니 벌써 새벽 2시가 가까웠다.

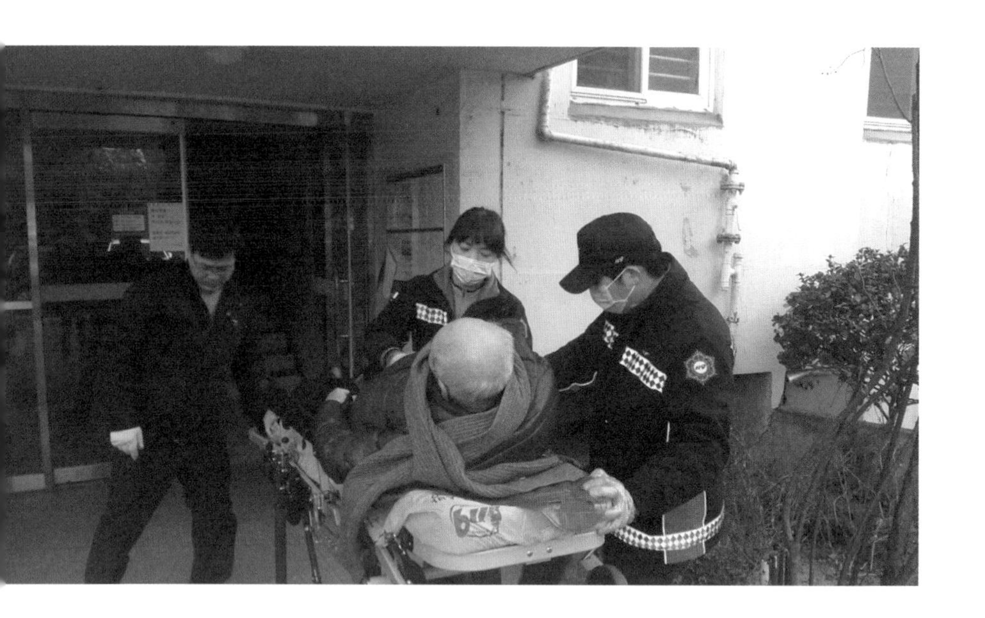

센터로 들어오는 대원들의 모습은 한없이 지쳐 보였다. 새벽 2시께 잠깐의 쉬는 시간 동안 겉으로 보면 듬직했던 대원들을 자세히 보니 하나같이 부상에 시달리고 있었다. 정 팀장을 포함해 아직 30대인 강 반장과 성 반장 역시 허리, 어깨 통증 등 잔병을 달고 산다. 또 부상 환자, 사망 환자 등을 매번 상대해야 하니 정신적인 스트레스도 이만저만이 아니다.

2015년 국가인권위원회(인권위)가 전국 소방직 공무원 8,525명(여성 508명)을 대상으로 조사한 자료에 따르면 '건강이 나쁜 편이거나 매우 나쁘다'고 응답한 소방대원은 10.2%에 달했다. 응답한 소방대원들이 겪는 청력 문제(24.8%), 우울 또는 불안장애(19.4%), 불면증 또는 수면장애(43.2%)도 심각한 수준이었으며, 또 대원의 64.9%는 허리 통증을 호소했다.

강 반장은 “응급환자를 상대하는 만큼 정신적으로, 또 육체적으로도 당연히 힘든 직업”이라며 “몸이 아프고 환자가 꿈에 나와 잠을 설친 적도 많다”고 털어놨다. 힘들어도 대원들은 서로를 믿고 사명감을 바탕으로 매일같이 구조활동을 이어간다. 정 팀장은 “어려운 점이 많지만 팀원들과 함께 생명을 구할 때면 구조사로서의 사명감을 느낀다”고 밝혔다.

강 반장 역시 “심폐소생술로 멈췄던 심장을 뛰게 하는 경험을 하다 보면 이 직업에 어느덧 빠져들게 된다”며 “힘든 순간보다 가슴 뛴 순간이 더 많았다”고 말했다.

성 반장은 2015년까지만 해도 소방교육 쪽 분야에서 일했다. 여성 응급구조사로서 구급대원으로 일하는 게 힘들기도 했지만 다양한 활동을 경험해보고 싶었기 때문이다. 다시 돌아온 그는 지금 누구보다도 구급대 활동에 자부심이 있는 응급구조사다. 그는 “다시 구급대원으로 출동하고 난 다음 드디어 내게 맞는 옷을 입은 것 같은 느낌이 들었다”고 기뻐했다.

일산경찰서 사이버 수사팀, 국경 없는 범죄에 맞서 사이버 안보를 지킨다

모두가 인터넷을 한다. 미래창조과학부의 2014년 조사에 따르면 한국 만3세 이상 인구의 83.6%인 4,111만 8천여 명이 인터넷 이용자다. 60대의 절반 이상이 인터넷을 이용하고, 30대 이하에서는 인터넷을 이용하지 않는 사람이 고작 0.2% 내외다. 이들 대부분은 스마트폰 등 모바일 기기를 통해 장소와 상관없이 인터넷에 접속한다. 집은 물론이고 직장과 학교, 버스, 지하철, 심지어는 화장실에서까지도 사람들은 인터넷에서 떨어질 줄 모른다. 인터넷은 이미 삶의 일부분이다.

삶이 있는 곳엔 범죄도 있다. 인터넷도 예외가 아니다. 지난 2001년 3만 3,289건이던 사이버범죄는 2014년 11만 109건으로 3배 이상 늘었다. 금융범죄부터 각종 해킹과 불법사이트 운영까지 여러 형태의 범죄가 온라인상에서 발생한다. 수법 역시 진화를 거듭한다.

일선 경찰관서에 마련된 사이버 수사팀은 오늘도 사이버범죄와 맞서 사투를 벌이고 있다. 그 가운데 2015년 주목할 만한 성과를 올리고 경찰청 탑사이버팀(Top-cyber team) 초대 왕중왕에 선발된 일산경찰서 사이버 수사팀을 찾았다.

中 금융사기 조직 와해, 신종 금융범죄에 전문성

일산경찰서 사이버 수사팀이 전국 최고로 꼽힌 데는 2015년 6월 파밍(악성코드를 통해 스마트폰 사용자의 개인정보를 빼내 계좌에 든 금액을 몰래 이체하는 범죄)과 몸캠피싱(음란화상채팅을 하자고 접근해 상대방의 행위를 녹화한 후 협박하는 범죄) 범죄를 저질러온 금융사기 조직을 검거한 영향이 컸다.

중국 연길지역에 근거를 둔 이 조직은 2015년 2월부터 5월까지 파밍과 몸캠피싱 등을 통해 수십 명의 피해자로부터 8억 2천여만 원을 받아 챙겼다. 특히 성적 행위가 담긴 은밀한 영상을 녹화해 지인에게 보내겠다고 협박당한 피해자들의 고통이 컸다. 일산경찰서 사이버 수사팀은 여러 건의 신고가 접수되자 즉각 수사에 나섰다. 팀 전원이 매달린 대규모 수사였다. 범죄가 일어나는 양상은 일찌감치 파악했지만 조직이 점조직 형태로 나뉘어 있어 섣불리 움직였다간 주요 범죄자들이 몸을 숨길 우려가 있었다. 그러던 중 인출조직을 관리하는 총책이 한국에 입국한다는 첩보를 입수했고 현장을 덮쳐 인출총책을 포함한 31명의 조직원을 검거(15명 구속)하는 데 성공했다. 말단 조직원부터 중국 총책, 대포통장 모집책, 현금 인출책, 환전상까지 파밍 범죄와 관련한 모든 조직원을 검거한 첫 번째 사례였다.

일산경찰서 사이버 수사팀장 김선겸 경감은 "사이버범죄는 국경이 없는데 우리는 국경이 있는 경찰이다 보니 범죄를 뿌리까지 뽑기가 쉬운 일이 아니다"며 "검거작업을 하면 보통 중간에서 끊어지기가 쉬운데 끝까지 조직을 뿌리 뽑은 부분이 높이 평가받았다"고 말했다. 그는 "이 수사가 한국에서 파밍이나 몸캠피싱 범죄가 어떻게 이뤄지는지 향후 수사에 필요한 정보를 제대로 알게 된 첫 사례"라고 강조했다.

일산경찰서 사이버 수사팀이 신종 금융사기 조직원을 검거한 건 이번이 처음이 아니다. 3년 전에는 국내 최초로 파밍 범죄 조직원을 검거하는 성과를 내기도 했다. 김 팀장은 "일산경찰서 사이버수사팀이 보이스피싱에서 스미싱, 파밍 등으로 진화하고 있는 신종 사이버 금융사기 부문에 강점을 갖고 있다"고 자평했다.

이밖에 2015년 한 해 일산경찰서 사이버 수사팀은 쇼핑몰 먹튀 사기조직, 도박 사이트 운영 조직, 중고물건 사기단 등을 검거하는 성과를 올렸다.

팀워크와 자긍심, 오늘을 만든 두 가지

일산경찰서 사이버 수사팀원은 팀장인 김선겸 경감을 포함해 모두 9명이다. 김남식 경위, 김규환 경위, 김진규 경사, 김길회 경장, 전원석 경장, 원은경 경사, 김종규 경사, 윤제용 경장이 그들이다. 이 가운데 김진규 경사와 김길회 경장은 전문기술을 갖춘 사이버 특채 직원이다.

사실 사이버 수사팀에 방문하기 전에는 팀원 전원이 컴퓨터 전문가일 거라고 생각했다. 사이버범죄 수법이 첨단을 달리는 전문분야이기 때문이다. 그러나 인터뷰 내내 김 팀장은 수사가 종합 활동이란 점을 강조했다. 그는 "사무실 안에서 분석을 잘한다고 해서 사건이 해결되는 게 아니다"며 "직접 나가 범인도 검거해야 하고 법률적 지식도 필요하고 팀의 균형이 잘 잡혀 있어야 하는데 일산경찰서 사이버 수사팀 같은 경우 팀 구성이 매우 좋다"고 자부했다.

수사가 여러 명이 함께 하는 종합 활동이다 보니 팀워크도 중요하다. 범인 한 명을 검거한 뒤에도 증거를 분석해 구속영장을 신청하고 남은 조직원을 검거하는 등 시간과 싸움을 벌여야 하는 사이버범죄 특성상 많은 팀원이 한 사건에 매달릴 때가 많기 때문이다. 일산경찰서 사이버 수사팀이 최고의 자리를 차지한 비결이 있느냐는 질문에 김 팀장이 주저 없이 '팀워크'라고 답한 이유다.

자긍심 역시 사이버 수사팀 팀원들을 지탱하는 가치다. 하루 수십 통씩 신고 접수를 받고 그에 대한 대응을 해나가는 일선 경찰서 사이버 수사팀이 별도로 독자적인 수사에 나서기 위해서는 자긍심과 사명감이 필수적이다. 김 팀장은 "매일 피해가 발생하고, 그 피해를 최전선에서 마주하기 때문에 스스로 범죄 방어의 최후 보루라는 생각을 가질 수밖에 없다"며 "사이버범죄만큼 검거가 곧 예방으로 이어지는 범죄가 없기 때문에 높은 업무 강도에도 최선을 다해 검거활동에 나서고 있다"고 말했다.

진화하는 사이버범죄, 인력과 투자 절실

사이버범죄와 사이버 수사는 다른 어느 분야보다 빠르게 진화하고 있다. 하나의 기술이 개발되면 범죄자는 잡히지 않기 위해서, 경찰은 이들을 쫓기 위해 그 기술을 적용하고 연구한다. 계속 새로운 기술이 개발되는 IT분야다 보니 다루는 사건 역시 새로운 형태일 수밖에 없다. 수년 만에 단순한 피싱 범죄에서 스미싱을 거쳐 파밍으로 트렌드가 바뀌어온 금융사기가 대표적이다.

김 팀장은 "사이버범죄를 다루다 보면 늘 신종 범죄와 마주칠 수밖에 없다"며 "누군가에게 배워서 할 수 있는 게 아니라 직접 부딪치며 해나가야 하는 개척 분야라는 게 어려우면서도 매력적"이라고 설명했다.

그에게 어려웠던 순간에 대해 묻자 "2007년부터 6년 동안 사이버팀장을 하다 2년 동안 자리를 비웠는데 그 2년의 공백은 내가 이 일을 다시 할 수 있을까 싶었을 정도"였다고 회상했다. 그는 "SNS도 발달하고 PC에서 모바일로 옮겨가고 수사 환경이 너무나 변해 힘이 들었다"며 "사이버범죄에 있어서는 예전 전문가가 지금 전문가는 아니다"라고 못을 박았다.

갈수록 조직화되고 전문화되는 사이버범죄에 효과적으로 대응하기 위해 가장 필요한 건 무엇일까? 김 팀장이 내놓은 답은 '인력과 예산'이었다. 인력과 예산이 확충되면 보다 심도 있는 수사가 가능하지만 그렇지 못해 안타까운 부분이 많다는 것이다. 경찰청에 사이버안전국이 설치되면서 비약적인 발전이 이뤄졌지만 아직 개선될 수 있는 부분도 많다는 게 그의 판단이다.

사이버범죄 특성상 갑자기 사건 발생이 급등하는 경우가 많지만 이에 대응할 인력이 부족해 난감한 상황에 처할 때도 적지 않다. 비교적 인력이 많은 편인 일산경찰서 사정이 이러니 다른 경찰서 사이버 수사팀은 독자적인 인지 수사를 감행할 엄두를 내기도 쉽지 않은 형편이다.

김 팀장은 “세월호 참사 등 사회적 이슈가 부각되고 유가족 모욕이나 연예인 명예훼손 등 사건이 터지면 한 사람이 감당해야 할 업무량이 너무 늘어난다”며 “2015년만 해도 스미싱이라고 해서 소액결제 사기가 기승을 부려 하루에 100건씩 신고가 들어왔는데 이런 경우 다른 수사를 진행할 수 없을 정도”라고 털어놨다.

그는 “매번 불가능하게 보이는 사건을 사명감을 갖고 해결해내는 팀원들이 자랑스럽다”면서 “이들에 대한 객관적인 평가가 이뤄지고 사회적으로도 사이버 수사가 중요하며 앞으로 더욱 중요해질 것이라는 인식이 확산되고 공유됐으면 한다”고 전했다.

조달청 국유재산기획조사과, 숨어 있는 국가 재산은 끝까지 추적한다

"숨어 있는 국가 재산, 끝까지 추적해 찾아낸다!"

무단 점유됐거나 방치된 국가 소유 부동산을 찾아내 권리화하는 국유 자산 '파수꾼'이 있다. 조달청 국유재산기획조사과 직원들이 주인공. 이들은 제대로 활용되지 않고 있는 국가 토지나 주인 없는 부동산 및 일본인 명의의 은닉재산을 발굴, 국유화하는 등 국유자산을 늘리는 일을 전담한다. 한마디로 나라의 재산을 살찌우고 보전하는 국가 재산관리인인 셈이다. 이들은 관련 부서 인력을 풀가동, 전국에 흩어져 있는 무단 점유지를 판독해내는 것은 물론, 실태 확인을 위해 일선 지방청 직원들과 함께 전국의 국유지 현장 구석구석을 누비고 있다.

2016년 3월 3일 오후, 마곡사 인근 충남 공주 사곡면 호계리 유구천 제방. 경칩이 이틀 앞이지만 막바지 겨울바람이 제법 매섭게 몰아친다. 둑길 위에는 '국유재산 실태조사'라는 글씨가 선명한 빨간색

조끼를 갖춰 입은 몇몇 사람들이 이야기를 나누고 있다. 이들이 들고 있는 장비는 현재의 위치를 알려주는 위성위치확인시스템(GPS)과 태블릿PC. 이 장비와 지도를 대조하며 한참 동안 대화를 나눈 이들은 제방 아래쪽 농가 주택으로 발길을 옮긴다.

이 집터의 일부가 국유지를 침범한 것으로 보인다는 게 이들의 판단이다. 이런 사실을 집주인에게 통보하고 정확한 침범 사유를 확인하기 위해 집 안으로 들어섰다. 그러나 확인 결과, 집 주인은 출타 중인 상황. 주변 밭에서 일을 하고 있던 주민을 만나 연락처를 알아낸 이들은 곧바로 집주인과 휴대전화 통화를 했다. 자신들이 지금까지 조사한 결과를 집주인에게 알리고 추후 정확한 조사를 벌이겠다는 의사를 전했다.

이날 현장 실사에 나선 이들은 조달청 국유재산기획조사과 현장 조사팀. 이들은 사전에 항공사진 대조 작업을 통해 무단 점유된 국가 토지가 있는지를 분석한 뒤 현장 조사를 거쳐 실제 상황을 최종적으로 파악한다. 만일 현장 조사 결과 국유지 무단 점유가 확인되면 그 내용을 시·군·구의 재산관리관에게 통보하게 된다. 재산관리관은 무단점유 등을 재확인한 뒤 사용료나 변상금을 부과하거나 용도폐지를 통해 민간에 매각한다.

현장 상황 파악을 마친 조사팀은 다시 차량으로 20여 분을 이동, 대규모 공사 현장에 도착했다. 공주시 사곡면 계실리 국민안전교육연구단지 공사 현장. 조사팀은 현장 실사 전 항공사진 확인 과정에서 국유지인 이 일대에 창고로 추정되는 건물이 있는 것을 발견하고 무단 점유인지 여부를 확인하기 위해 이 곳을 찾았다. 그러나 현장을 찾은 이들은 이 일대가 이미 국민안전처 주관의 공사가 진행 중인 만큼 별다른 조치가 필요하지 않다는 판단을 내렸다.

국유재산 효용성 제고, 국가 자산 증대

조달청 국유재산 관련 업무 가운데 핵심은 행정재산의 관리 실태 점검. 전 국토의 25%를 차지하고 있는 국유재산이 행정 목적으로 사용되고 있는지 여부를 정밀하게 조사하는 일이다. 무단 점유됐거나 의미 없이 방치돼 있는 유휴 재산의 활용도를 높이기 위한 것이다. 지난 2011년 기획재정부로부터 국유재산 업무를 위임받은 조달청은 2015년 한 해 동안만 총 7만 9천 필지, 1억 3,393만 8천m²(금액 기준 36조 원)에 대한 활용 실태를 점검해 총 6,632필지, 676만 6천m²(6,069억 원) 규모의 유휴 재산을 찾아냈다. 전년인 2014년 조사량(5만 필지)보다 58% 늘어난 것이다.

국가 자산을 늘리고 가치를 보전하는 일도 국유재산 관리부서의 주요 업무다. 이를 위해 주인이 없는 무주無主 부동산과 일본인 명의의 재산을 찾아내고 국유재산 대장과 등기부 간 관리기관이 일치하지 않는 건을 추려내 정비하고 있다. 2015년에만 무주 부동산 1,851필지 149만m²(금액 기준 755억 원)를 찾아내 국유화했다. 과거 일본인 명의의 은닉 재산도 2015년 한 해 동안 1,247필지를 조사해 이 가운데 4.6%에 해당하는 은닉 의심 57필지를 확인하고 계속 조사 중이다. 2016년에도 의심이 가는 5,062필지에 대해 은닉 여부를 정밀 조사할 예정이다.

1조 원 규모 무주 은닉 부동산 찾아내

조달청은 지난 2012년 6월 주인 없는 부동산 등의 국가귀속 업무를 시작한 이후 2015년 초까지 모두 7,654필지 5,520만m^2의 땅을 국유화했다. 서울 강남구 면적의 1.4배로 재산 가치만도 1조 원에 이른다. 국가귀속 재산에는 지방자치단체 및 개인으로부터 소유자 없는 부동산으로 신고 접수된 토지 6,029필지(9,194억 원) 외에도 조달청이 자체 조사해 국유화한 1,625필지(955억 원)가 포함돼 있다. 조달청이 자체 조사해 국유화하고 있는 재산은 일본인(법인) 명의 재산, 가지번 토지 및 장기간 소유자 변동이 없는 재산 등이다.

이중 일본 정부 및 법인 명의 재산의 국가귀속을 추진해 조선총독부(310필지), 동양척식주식회사(26필지), 일본법인(88필지) 및 일본인 개인(1,201필지) 소유지 등 총 1,625필지에 대한 국가귀속을 마쳤고 일본인 개인재산 국가귀속 대상 2,600여 필지는 무주부동산 공고 뒤 국가귀속을 마무리할 계획이다.

어려움 큰 만큼 보람은 두 배

거의 매일 낯선 장소에서 일면식이 없는 사람들과 맞닥뜨리는 조사팀에게 황당하고 힘든 일은 한두 가지가 아니다. 농어촌이나 산간에서는 차량 진입이 안 되는 경우가 많아 농로나 산길을 몇 시간씩 걸어서 목표 지점을 찾는 것은 예삿일. 산이나 들길을 걸을 때는 뱀이나 들개 등 야생동물과 조우해 위험에 처하기도 한다.

조달청 국유재산기획조사과 현장 조사팀 강중호 사무관은 "2015년에 인적이 없는 산길에서 국유재산 실태 조사 중 야생 들개들이 쫓아와 도망갔던 일이 있다"며 "그 이후로 산길 주변을 조사할 때는 혹시나 하는 마음에 긴장된다"고 속내를 털어놨다.

일본인 명의 부동산과 무주 부동산 국유화 과정은 개인의 재산이 걸려 있는 만큼 매우 민감할 수밖에 없어 조사 과정에서 다툼이 발생하기 마련이다. 조달청에 법적인 조사 권한이 없는 것도 조사에 한계가 따를 수밖에 없는 요인. 조사팀 이병권 사무관은 "은닉 재산 국가 환수는 개인 소유의 재산을 국유화하는 과정으로, 재산을 빼앗기는 상대를 조사해야만 한다"면서 "재산 소유자가 면담에 불응하거나 자신의 불만을 강하게 표현하는 경우가 대부분이어서 힘이 들 때가 많다"고 토로했다.

그러나 무엇보다 이들에게는 불과 24명의 행정재산 실태조사 인력과 보잘것없는 장비로 전국 방방곡곡에 흩어져 있는 토지를 전수조사하는 것이 가장 큰 어려움이다. 이런 상황을 헤쳐 나가기 위해 조사팀은 2016년 안에 공중에서 촬영이 가능한 드론을 구입할 계획이다. 드론은 방사형 등 모양이 일정하지 않은 토지와 임야나 진입로가 없어 조사요원이 접근하기 힘든 지역, 광범위한 지역을 일시에 조사하는 데 큰 도움이 될 것으로 기대된다.

쉽지 않은 임무를 수행하는 만큼 돌아오는 보람은 크다. 국유재산기획조사과 김홍창 과장은 "국유재산 실태 조사를 통해 찾아낸 유휴지나 무주 부동산이 재산 가치가 높은 경우나 후손에게 조상의 땅을 되찾아주었을 경우 현장에서 뛰는 조사요원들은 큰 자부심을 느낀다"면서 "어려움도 있지만 이런 보람과 자부심이 현장을 누비는 원동력이 된다"고 전했다.

일본인 명의 은닉 재산 국유화는 어떻게

조달청이 추진하는 일본인 명의 은닉 재산 국유화 작업은 어떻게 진행될까.

일본인 명의의 은닉 재산이란, 1945년 국권 회복 이후 일본 사람 이름으로 된 재산은 모두 귀속재산으로 국유화돼야 하지만 내국인이 이를 자신의 이름으로 등록해 소유하고 있는 부동산을 말한다.

어떻게 이런 일이 가능했을까. 내국인이 일본인 재산을 자신의 것으로 등록할 수 있었던 데는 1977년 제정된 '부동산소유권 이전등기 등에 관한 특별조치법'의 영향이 컸다. 등기상 일본인 명의의 토지지만 특별조치법 발효 이후에는 이 땅이 이전에 자신의 집안 소유였다는 사실을 확인해주는 마을 주민들의 보증서만으로도 내국인이 권리화할 수 있게 된 것. 이 과정에서 개인이 특별조치법을 악용, 국유화돼야 할 일본인 재산을 편취한 사례가 있을 것이라는 게 조달청의 판단이다.

조달청은 일본인 명의의 은닉 재산 파악을 위해 우선 일제 강점기 일본인 이름으로 된 53만 357필지의 토지대장 자료를 입수했다. 이 가운데 진짜 일본인이 아닌 창씨개명한 한국인의 재산 31만 3,642필지와 귀속재산으로 이미 국유화가 완료된 20만 6,236필지를 제외하고 특별조치법으로 소유권이 변경된 1만 479필지를 조사 대상으로 추렸다.

조달청은 2015년 전체 조사 대상 토지 가운데 절반가량인 5,417필지에 대한 정밀 조사를 마쳤다. 이 가운데 창씨개명한 한국인 재산과 국유화 이후 국세청 등이 개인에게 매각한 재산 등을 제외하고 일본인 명의 은닉 재산으로 추정되는 57필지를 찾아내는 데 성공했다. 조달청은 이들 토지 소유주를 상대로 국가환수 소송을 제기할 방침이다.

2016년에는 나머지 조사 대상 5,062필지에 대한 소유권이전보증서 및 옛 토지대상 등을 지방자치단체로부터 넘겨받아 정밀분석을 마치고, 2016년 10월까지 은닉 추정 재산을 모두 찾아낸다는 계획이다.

그러나 특별조치법에 따라 등기 이전을 가능케 한 서류가 허위라는 사실을 입증하기는 쉽지만은 않은 상황. 등기 이전 당사자가 대부분 사망한 데다 현재의 소유자는 상속자이거나 제3자 매입을 통해 소유하고 있어 증거를 확보하는 데 어려움이 따르기 때문이다.

대한민국의 빛과 소금, 공복들 ❷

1판 1쇄 2016년 9월 20일

지 은 이 파이낸셜뉴스

발 행 인 주정관
발 행 처 북스토리㈜
주　　소 경기도 부천시 원미구 길주로 1 한국만화영상진흥원 311호
대표전화 032-325-5281
팩시밀리 032-323-5283
출판등록 1999년 8월 18일 (제22-1610호)
홈페이지 www.ebookstory.co.kr
이 메 일 bookstory@naver.com

ISBN 979-11-5564-131-6 04810
979-11-5564-129-3 (세트)

※잘못된 책은 바꾸어드립니다.

이 도서의 국립중앙도서관 출판시도서목록(CIP)은
서지정보유통지원시스템 홈페이지(http://www.seoji.nl.go.kr)와
국가자료공동목록시스템(http://www.nl.go.kr/kolisnet)에서 이용하실 수 있습니다.
(CIP제어번호 : CIP2016019426)